Londonske

From London, with Love

Olja Knezevic

Trece izdanje
Copyright Olja Knezevic 2013

'...Before you leave

Remember that these streets don't own you

And you don't own them

For your time on Earth is on loan

And you walk it alone

Although you share the pavement

With those that you love

For you may think you're 'on the road'

But you are not your postcode

So don't wear your sole out

By treading the same ground.

Just remember that you are loved

That you are more perfect

That the neighbourhoods that raised you.'

(*Before you leave* by Keith Jarret a.k.a. Keith Jay)

Marku i Lari

GRAD SA TAJNOM
2005. Septembar.
Preseljenje iz Zagreba u London ne pada mi teško. Na znam kako to, dovraga. Moj mentalitet plus moj karakter – uvijek ruku pod ruku - uvjeravaju me da se na početku svega treba mučiti i biti duboko nezadovoljan; a, opet, svakoga jutra, London mi izmami osmijeh.
Međunarodno priznata mudrost: majka može biti sretna onoliko koliko je srećno njeno najnesrećnije dijete. Sedmogodišnjeg sina upisali su u treći osnovne a nigdje prethodno nije završio ni prvi ni drugi razred. Sada, naravno, nije srećan što je školu počeo od trećeg razreda, na jeziku koji mu nije maternji. Njegovi su ovdašnji vršnjaci već na Tudorima, prešli su stare Rimljane i Egipćane; iz matematike rade tablicu dijeljenja! Da je barem tablica množenja, pa da ga tjeram da je svakodnevno buba, na prazno, jer koncept 'puta nečega' potpuno mu je nepoznat. Rekla sam im, tamo u školi, zapravo na ulazu u školu, kako bi on u Hrvatskoj tek sada krenuo u prvi i učio sabiranje. 'Možda da ga ipak vratite u drugi?' pitala sam.
'Thank you,' mislim da su rekli. I odmah izgovorili novo 'Good morning,' nekome iza mojih leđa.
Kćerka pravi svoje prve korake u centru gradurine, njenoj majci još nepoznate, i to po najprometnijoj ulici, Sloane Streetu, iznad, da *iznad*, koje živimo, to jest lebdimo na devetom spratu, u malenom, žutom, iznajmljenom stanu sa metrom kvadratnim staklene kutijice od balkona. 'Samo jednu godinu,' – rekao je muž.
Sve to životni su pomaci koji traže brzo prilagođavanje i utenirani optimizam. Osobine koje nikada nisam imala. Ili, možda, jesam? Život prije Zagreba, prije djece, samo nazirem, kao kada beduini naziru oazu iza pješčane jare.
Barem se jednoga dana kćerka može pohvaliti detaljem da je prohodala ispred Prade i Chanela na Sloane Streetu. Neće se sjećati kako je majka kaskala za njom, izbezumljenog lica i koraka, poput dobro maskirane tjelohraniteljice (na više nivoa), odgurujući po pločniku sebične shoppere.
Ipak, London mi ulazi pod kožu; ima neku skoro opipljivu privlačnost. *Sexy mf* od grada - uprkos tim ukrštenim vjetrovima, i

vlazi, uprkos izbljuvanim trotoarima, grobljima žvakaćih guma i osušenih skulptura psećeg izmeta kućnih mezimaca čiji je život tako dobar, *life is goood*, prijatelju, 2005-te, life is good i kada si londonski pas, i to što ružniji – to bolje, jer i ljudi su dobri 2005-te, i vole se dokazivati kao dobrotvori.

Sloboda, mislila sam u početku. Je li to ta čuvena demokratija?

Ili je u pitanju nedostatak ljudske galame-radi-galame, deranja što nikuda ne vodi? Umjesto toga - neopterećujuća ljubaznost domaćeg stanovništva, dvostruko uzvraćena ako i stranac pokaže da je savladao vještinu nježnog ophođenja.

2005. Novembar.

U vozu sam, vraćam se iz posjete Windsoru i Eton Collegeu. Svi čitaju. Niko nikoga ne gleda u oči. Svi pogled spuštaju na knjige. Meni to smeta. Ja volim da gledam ljude. Štaviše, tu sam zainteresovanost za ljude (a ne toliko za životinje, biljke ili stvari) nekada smatrala svojom komparativnom prednošću. Sad bi to da mi ubiju. E, pa neće moći. Udovoljiću sebi. Gledaću u vas, ljudi. Pitaću se koja je vaša priča, šta to tako tvrdoglavo čitate? (Najviše Orwella! Izgleda da je George Orwell opet *in*. Otkud mi ovo 'opet'? Možda on ovdje nikada nije ni bio *out*.) Na koga ste tako lijepi, koje su se nacije u vašoj krvi pomiješale? Šta nosite ispod kaputa, u torbi, džepu, čarapi? U srcu. Zar vam zajednički boravak u kotlu nije magičan? Hello? Hello?

Prijatan ženski glas sa razglasa opominje putnike da prijave nadležnima ako vide bilo šta sumnjivo. Najsumnjivija sam im ja. Sada ne samo što ih gledam, već drsko čitam privatne spise sa ekrana laptopa nekog mladića koji je sjeo ispred mene. Kako se usuđujem?

To što čitam je mladićev scenario, još uvijek - kako piše u nazivu dokumenta - bez naziva. A mladić se zove Jason. Untitled by Jason. Zapamtiću ime jer mu scenario nije loš. Mnogo akcije uz pokoji ljubavni predah; dobri, živi dijalozi. Klimam glavom, smješkam se i čitam. Možda i uspije, Jason. Provjeravam gdje sam, da ne promašim stanicu. Putnici brzo sklanjaju pogled s mene.

U Jasonovom je scenariju glavni negativac opet neki Rus, 'Malinovich'. Vrtim glavom, pomalo razočarana. Rus je kliše, kao da sam isti lik vidjela u barem pet trilera u poslednjih par godina: kratko podšišan, stalno u kožnom mantilu, komunicira isključivo kratkim rečenicama komandnog karaktera i smrtonosnog sadržaja. A baš bi bilo dobro da je drugačiji, Malinovich, pa makar se na kraju ispostavilo da nije, da je isti kao svi mi, Rusi i Crnogorci, jer je nas i Rusa trista miliona.

I, tako, dok voz ulazi u stanicu na kojoj ću ja izaći iz zajedničkog nam kotla, ne mogu odoljeti, kucnem mladića po ramenu.

On se trgne, pogleda me u čudu.

'Haj, Jason,' kažem mu. 'Dobro pišeš, ali šta misliš da od Malinovicha napraviš Rusa-heroja, pozitivca, makar u početku? To bi bilo zanimljivo, previše je bilo Rusa-negativaca, zar ne?'

'D-d-dobro,' zamuckuje. 'H-h-hoću.'

Moram izaći na svojoj stanici. 'Bye!' mahnem Jasonu kroz prozor voza.

Već se osjećam bolje.

Odlučujem vratiti se Orwellu. Shvatam da sam od njegovih pisanija čitala samo 'Životinjsku farmu', nekada, kada je to bila obavezna lektira.

Prva knjiga koju zvanično kupujem u londonskoj knjižari Orwellova je zbirka eseja 'Books vs cigarettes'. Pogodio me naziv zbirke pravo u čitalački nerv.

Orvel nije previše mislio o smrti dok su nad njim letjeli Hitlerovi avioni. Umjestvo molitve, pisao je svoj esej 'Engleska, tvoja Engleska" u kojem je raščlanio misteriju zašto pokreti poput fašizma i komunizma ne uspijevaju u ovom neobičnom Kraljevstvu. Podsjetio je na nacionalnu karakteristiku Engleza – opsjednutost cvijećem, koju je objasnio jednako opsesivnim poštovanjem privatnosti i tradicionalnim uvažavanjem individualnosti. Odnosno: u trenucima odmora, u privatnosti svoje 'bašte', Englez treba da se posveti svom hobiju, a ne nekakvom nerazumnom udruživanju i kolektivnom ispiranju mozga.

Ta je engleska ljubav prema hobiju izgleda zarazna. U novome gradu, daleko od starih rutina i prijatelja, i ja sam poželjela njegovati nešto novo i sasvim lično, neko svoje cvijeće – polagano, bez panike: ionako, mislila sam, prije ili kasnije sve će doći na svoje.

U Londonu, gradurini, nije baš lako ne paničiti. Zaključak koji mi se ovdje nametnuo je onaj da roditelji nikada ne treba sami da odgajaju djecu.

I otkačeni *daljni* rodjak s podgoričkog ćoska ponekad djeci bude koristan, korisniji od usamljenih roditelja u stranoj zemlji koji toj djeci moraju zamijeniti čitavu jednu zajednicu; biti im i baba i deda mekog srca, i tetke spretne u kuhinji, stričevi i ujaci sa svojim anegdotama, pa i taj otkačeni *daljni* rođak s podgoričkog ćoška, pored ostalog.

Toliko sam vjerovala u ovu tezu da sam bila spremna da je odštampam, umnožim i dijelim po bolnicama, školama, Marks & Spenseru, supermarketima - uz prijedlog osnivanja humanitarnog projekta 'Rodbina u stranoj zemlji', gdje bi se po adresama pronalazili ljudi koji bi jedni drugima mogli zamijeniti prave bake, djedove, unuke i ostale rođake.

U decembru, uhvatila me prva kriza. Počela sam pušiti u staklenoj kutijici od balkona, osjećajući se poput melanholičnog, neshvaćenog džina. Ispod mene, sporopokretna gomila turista, autobusa, kamiona; neprijateljska armija koja kao da je čekala da se spustim na njihov nivo, da me mogu zgaziti. London mi više nije izgledao poput *sexy mf* od grada, već više poput nekog smrdljivog i neorganizovanog okupljališta za odbačene strance. Gdje su pravi Londonci, oni iz 'Tatlerove' rubrike 'O poznatima'? Dobro, neću biti toliko naivna, ali gdje su barem pravi Englezi, ružičastih obraza?

(Kasnije sam engleske mladiće počela prepoznavati po pomno začešljanoj kosi, urednom razdeljku i naglašenoj eleganciji u ophođenju. Bivalo mi ih je žao: neprilagođeni sada i u sopstvenoj zemlji.)

Tako neukorijenjena, iznad Chanela u Sloan Streetu, plakala sam noću u iznajmljeni jastuk. I sanjala: dedu koji naočare za sunce sa očiju nije skidao nikada, čak ni kada se slikao za ličnu kartu – *Jack Nicholson, eat your heart out!;* baku, kako mi se u snu opet povjerava da je 'jedan vrlo fini gospodin' kojeg je samo jednom u životu srela na ulici pitao jesam li joj ja kćerka; neudate dedine sestre Spasu i Senku; i Vukicu Mićunović koja je stalno od Spase tražila da joj pravi 'palačinke bez ičega'; Miru, Tamaru i Seku, i njihovu osnovnu školu u dvorištu moje zgrade, u koju sam išla popodne, nakon jutarnje smjene u mojoj školi.

Community, htjela sam da vičem iz staklene kutije iznad Chanela. Izgubili ste *community*, plemensku zajednicu, i djeca vam rastu bez odgovornosti prema svojoj genetici! Takođe, bez poriva da nekog pretka učine ponosnim na svoju verziju te iste genetike. Gotovi ste.

2006. Mart *The* Surovi

Ne upoznah nikada tako surovu baba-Martu kao ovoga proljeća u Londonu. Migrena se svakodnevno budi zajedno sa mnom, pulsirajući između dva vratna pršljena. Smrznutim prstima ujutru sinu vezujem kravatu. Nigdje slobodnog taksija, uzduž i poprijeko Sloan Streeta. Psujem i kasnim. Direktor škole opet nas dočekuje bez riječi, s mlakim stiskom ruke i ne gledajući nas u oči, dok ja sina hrabrim govoreći mu: 'Jednog ćeš nam dana biti zahvalan zbog ove godine u Londonu.'

*

Uvjerena sam da je baš te godine nas sin prestao da idealizuje svoje roditelje. 'Kralja i Boginju' zamijenili su obični smrtnici, roditelji sa stranim akcentima. Tiho je snimao stanje, očima statičnim poput sveprisutnih uličnih kamera.

Pomislih kako bi otprilike izgledala stranica njegovog dnevnika iz tog surovog proljeća 2006.

'U Londonu, majka se stalno smrzava i miriše na tigrovu mast. Recimo, april je, a ona se i dalje smrzava. U Hajd parku zavija vjetar, majka dolazi da me pokupi sa fudbala, mada ne mora, može me pokupiti i malo kasnije, nakon što u školi završim domaći. Ali ne, evo je - korakom odvažne ratnice protiv vjetrovitih proljeća, sa očima tužnog juga, ona stiže u park. Jednom je vjetar zaista bio tako jak da je odlomio i oduvao čitavu granu hrasta, a ta je grana je pala baš na majčina leđa.

'Fuck!' zavrištala je majka i svi u parku su je čuli. Sve je stalo. Osim vjetra.

Brzo se pribrala i kljoknula arniku, homeopatski lijek koji stalno ima u svim svojim torbama. Nasmiješila se, mašući rukom publici.

'Čovječe,' rekao je mi je jedan od dječaka s fudbala. 'Jel' tvoja majka upravo izgovorila EF-JU-SI-KEJ? *Sick*, man, *cool!*'

Utakmica je završena, nisam ni primio loptu od kad sam ugledao majku. Kad evo nje, sve bliže. Ispravlja ranjena leđa, odlučno korača preko livade. Prilazi nastavniku fizickog, o ne, o zašto, zašto će sada opet glasno da se smije i navodi primjere iz školstva i sporta iz njene zemlje? I opet će da laže da je ona nekada bila vrhunska profesionalna plivačica. Smrznuta majčica, suvih

usana zalijepljenih za zube, ipak nedovoljno zalijepljenih da bi joj to ubilo želju za razgovorom.
 'Ju'blib'lobv,' kaže majka mom nastavniku fizičkog.
Naravno, on je ne razumije. Ni ja je ne razumijem.
 'Mama, 'ajmo kući,' preklinjem je.
 '*Pardon me?*' pita je nastavnik fizičkog.
 'Ju'blib'lobv,' ponavlja majka kroz smrznute usne a iz očiju joj cure suze od vjetra. Nevjerovatno, ali njeno pitanje zvuči kao "You believe in love?" (Vjeruješ li u ljubav?) I slutim da će majka sada početi jedan od njenih razgovora o astrologiji.
 '*Do I believe in love?*' čudi se nastavnik fizičkog.
 Majka se na vjetru previja od smijeha. 'No, no, no,' kaze ona i oblizuje usne, zatim razjapljuje čeljust da bi slomila led sa lica. "*You Will Live Long*," značajno govori, naglašavajući svaku riječ.
 OMG. 'Živjećeš dugo', rekla je nastavniku i objasnila mu da mora da će sto godina poživjeti kada mu je u opisu posla da toliko vremena provodi sa djecom u parku.
 Nastavnik je mlad, i on sigurno NIKADA ne razmišlja o smrti, tako da majka ostaje potpuno neshvaćena, ponovo, u ovom gradu gdje se još najbolje ne snalazi i gdje svakome naširoko navodi primjere iz rodne grude, i kako se nešto tamo superiorno radilo (nekada), i svi su bili zadovoljni, ali, da, onda je došao rat . . . Svi učesnici razgovora odgovore joj samo kratkim '*Thank you*,' a ona jos uvijek misli da su joj na nečemu zahvalni kad joj to kažu, a ne da to znači '*Goodbye*,' odnosno 'Idi kući sada, popij šolju čaja.'
 Majka se definitivno ovdje previše trudi. Previše se šminka, smije, komentariše, prebrzo hoda i kupuje previše hrane. Moram joj pomoći da se uravnoteži.'

Eto, tako sam zamišljala sinove misli i nepostojeće zapise.
 Došli su jun i jul. Ni u tim mjesecima mi u Londonu niko od prolaznika i poznanika nije vidio kožu; hodala sam umotana u slojeve robe dugih rukava.
Došao je i avgust. Napokon napustismo London. Dobro je, preživjeli smo gradurinu.

*

Osam godina kasnije, još uvijek smo tu.
 I dalje osjećam da London ima neku sasvim posebnu tajnu, istovremeno lijepu i ružnu.

Te sam godine otkrila tek prvi sloj tajne: treba pronaći svoju baštu i u njoj njegovati svoje cvijeće. I ne paničiti: prije ili kasnije, sve će doći na svoje.

STRAH OD SLOBODE (Blagoslovena bejbisiterka)

Nedjelja popodne, Times već rasprodat u mom kraju.

Kako to da je baš Times rasprodat, a gdje god da pogledam, ljudi čitaju Mail on Sunday?

Kupila bih i ja nedjeljni Mail, ionako u toj novini manje plaše naciju lošim vijestima - ako se izuzmu one loše vijesti za koje su krivi imigranti. Nakon čitanja Daily Maila do te se mjere osjećam prokleto-ukletim strancem da bih odmah pakovala torbe i hvatala prvi prevoz za Kontinent.

Kupila bih rado i Independent, ali, nafiksan turobnim istinama iz nezavisnih izvora, on me plaši više nego Times.

Natpis iz podzemne: 'Pobijedi svoje strahove i pobijedićeš neprijatelja.' Zapadnjaci postaju samuraji. Novi samuraji sa svojim se strahovima suočavaju preko novina, gladno ih iščitavajući svakoga jutra. Čovjek valjda osnaži kada uz prvu kafu u mozgu posloži sve crne prognoze - kao da mu saznanje o katastrofama daje kontrolu nad njima.

Ja se suočavam uveče. Kada stvari idu zaista loše, ja, fino, pred spavanje, nabrojim sebi svaku bitku koja već izgleda kao da će biti izgubljena. Nakon što trenutne životne nedaće dobiju jasnu definiciju i budu smještene u fioke svijesti, ja se nasmiješim mraku oko sebe.

'I, jel' ti to sve?' zadovoljno pitam nekog kao Boga Životnih Nedaća. 'To je sve sto imaš? Strah od melanoma, raka želuca, dojke ili pankreasa; strah za one koje volim a daleko su mi; panični strah za djecu i njihovu budućnost? Šta će biti sa njima ako ja umrem u snu od kapi a muž na putu? To ti je to?' Bog se nategne, još jednom, ali, da, taj je zamotuljak mogućih najgorih problema bio sve što je imao za mene. Mogu mirno da zaspim.

Svake me zime iz novina plaše epidemijom nekog sasvim novog gripa životinjskog predznaka, velikim zamrzavanjem ili crnim ledom. Ove obijesti majke prirode, pardon, Majke Prirode (velikim slovima, sorry) u mojoj su glavi dobile ogromne dimenzije, mada je recimo Crni Led, koji zvuči poput najnovije mutacije virusa kuge, samo dobri stari asfalt sa poledicom.

    Arktička zima brzo putuje prema jugu, upozoravaju meteorolozi, pritom misleći na London. I London je jug nekog sjevera. I zato što sebe smatraju Južnjacima Londonci nikako da shvate da se lako može desiti da ovdje zimi padne snijeg, pa da onda jos i zamrzne preko noći. Ne. Oni zimu smatraju tek još jednim godišnjim dobom, pogodnim za njima draži stil oblačenja, nešto malo drugačiji od ljetnjeg. Parkom skakuću psi obučeni u Ralph Lauren džempere i Burberry mantilčiće. Djevojke i žene i dalje su u baletankama preko dana; u sandalama sa visokim štiklama ako izlaze uveče. Bez čarapa. Sve je isto kao u avgustu, samo što je preko ramena prebačena pašmina, zgužvani mantil ili kruti mali kaput. Neuništive su te engleske žene, otporne na zimu, kao foke. Mozda i zato što piju daj-šta-daš alkohol od ručka do ponoći. Sa strahom od zime davno su se suočile.

    Kao i sa strahom od slobode; strahom od nametnute nam reputacije o 'ženskoj sebičnosti'.

    U Londonu, barem od kad sam ja stigla tu, novine, svako malo, šire glasine da je takozvano 'moje vrijeme' štetan trend. Štetan za djecu, kažu. Dosta je bilo uzleta prema klišeiziranom 'staklenom plafonu'. Treba obnoviti osjećaj krivice majkama. Podrazumijeva se da su majke te koje upražnjavaju to sebično 'moje-vrijeme.' Očevi nemaju potrebe za tim trendom. Svaka im čast.

    'Zašto britanska djeca nisu srećna?' pitaju novine. 'Zato što smo postali preveliki individualisti, i na račun porodičnog vremena sada imamo 'moje-vrijeme'.' Iza toga slijede horror priče o bebisiterkama koje su mučile i pjanile djecu dok su se majke družile s drugim majkama, sebično koristeći pravo na njihovo vrijeme.

    Mene su uspjeli da ubijede u štetnost trenda, isto kao što su me ubijedili da među predškolskom djecom vlada epidemija meningitisa C, i da svaki odgovorni roditelj treba svoje malo dijete da vakciniše protiv te pošasti. Odvela sam kćerku na vakcinaciju, platila Prevenar vakcinu 120 funti, a meningitis C kao da je isparirao sa lica zemlje. Niko ga više nikada nije spomenuo. Jednoga će dana vjerovatno u novinama isplivati gadna istina o vakcini Prevenar, i reklamiraće se, terminologijom zastrašivanja, anti-vakcina protiv te vakcine. Do tada ću već biti starosjedilac gradurine, i neću nasijedati na propagandu.

Ostao mi, za utjehu novinama, strah od inkvizitorskih bebisiterki. Djecu sam svuda vukla sa sobom.

Nakon što je još jedan zagorjeli tiganj bučno završio u smeću, muž je predložio da odem u 'shopping'. Sama. To je bila šifra za: 'Izluftiraj nervozu negdje van kuće.'

Ubacio mi je tu 'shopping' bubu u glavu. Počeh da vodim kampanju među sebičnim majkama da mi se nađe pouzdana bebisiterka.

'Tebi bi se dopala Nina,' reče jedna od majki. 'Nina joj je nadimak od nekog komplikovanog slovenskog imena. Ona je iz Bugarske, a ti si iz Makedonije –'

'Montenegro,' rekoh ja. 'Ja sam iz Montenegra.'

'Pa to sam i mislila,' reče ta majka i dade mi Ninin broj.

Zamišljala sam Ninu kao mladu studentkinju-doseljenicu, obučenu u streč-farmerice i štikle u sred bijela dana, izblajhane kose, tamnih očiju i obrva, jarko crvenog karmina na usnama i malo preko usana. Meni je takav lik ulivao povjerenje. Balkan moje mladosti.

Nina koja se javila na telefon žvakala je nesto žilavo što nikako da sažvaće i proguta. 'Aj kam tumorov,' rekla je i sočno se iskašljala. 'No voris.'

Ja se brzo pomolih Bogu Životnih Nedaća i zatražih oprost sto sam ga ponekad omalovažavala.

Sjutradan, u vrijeme isplanirano za 'shopping', na vrata malog žutog stana dođe mi žena u štofanoj crnini, širokih ramena i sijede kose oštro razdijeljene po sredini glave. Preko velikih grudi pokrivenih sivim džemperom na V izrez, visile su joj naočari za čitanje.

'Helo,' rekoh ja a ona mi uzvrati petominutnim iskašljavanjem.

'Sori, alergijska astma. Ja sam Nina,' predstavila se, stiskajući mi ruku.

Sjela je na fotelju; požalila se i na visoki pritisak.

'Moram prestati da pušim,' reče i uzdahnu duboko, pa još dublje, sa dlanovima položenim preko grudi i dubokog V izreza. Tu je negdje napipala svoje naočari, podigla ih i stavila na oči, zadigla dokoljenice od grube vune i nasmiješila se mojoj kćerki.

'Hoćete li čašu vode?' pitala sam je.

'Bolje čaj,' rekla je. 'Samo da nije voćni. I bez šećera, molim te, staviću ja svoj Natren. Može s malo mlijeka.'

Sat vremena kasnije, nakon što sam joj dala potrebna uputstva, skupila sam hrabrost da izađem iz stana. Prisluškivala sam iza vrata. Nina je gugutala na bugarskom a moja se kćerka smijala. Ja napokon krenuh negdje.

Nisam imala pojma gdje. Samo ne u 'shopping'. Šoping mene dodatno izluđuje. Svakih nekoliko koraka zastajkivala sam, čudeci se samoj sebi. Da bih neutralisala signale začuđenog mozga, stavih muziku u uši. Janis Joplin promuklom me iskrenošću svoga glasa podsjeti da je sloboda samo drugi naziv za stanje u kojem nemaš šta da izgubiš. Godine prolaze, ljudi nakupe sve više prtljaga koji se lako da izgubiti. Šta ako mi se sada nešto desi? Ostade mi kćerka s bugarskom astmatičarkom.

Ipak, koračala sam sve brže i brže, stigla do nekakve biblioteke i učlanila se u nju. Ulazila sam i u kozmetičke radnje, prskala se testerima novih parfema dok mi se nije smučilo. Sjela sam u autobus 19 i završila u nekoj galeriji gdje je bio izložen nepospremljeni krevet Trejsi Emin. Eh, blago tebi, Trejsi, nemaš djecu, praviš haos od kreveta i onda to ludilo jos i unovčiš. Onda, u vrijeme pauze za ručak za zaposlene, upadoh na neki besplatni music recital u Kovent Gardenu. Svi su slušali Baha i hvatali nudle štapicima po stiroporskim kutijama iz kojih se dimilo, samo ja ne. Stomak mi se od lutanja ispraznio, jedva sam čekala da pijanista ustane i pokloni se. Kupila sam sendvič sa tunjevinom i Black&Green crnu čokoladu, kartu za kino. Ručala sam u mračnoj kino-dvorani uz film Mišela Hanekea. 'Dobar je Haneke,' mislila sam i jela svoj sendvič i crnu čokoladu. Možeš odlutati u sopstvene misli dok teče njegov film; kada se iz svog svijeta vratiš u njegov, nisi ništa propustio. Uglavnom je još uvijek ista scena. Prijala mi je ta paralelna meditacija sa Hanekeom.

Napolju, vrijeme se promijenilo; ili možda i nije. Može li se promijeniti nešto što je stalno promjenjivo? Teška je kiša padala pod čudnim uglom, nošena jakim vjetrom. Spopade me pojačani nalet straha i osjećaj krivice. Sloboda se tek učila da pjeva. Zgrabih prvi slobodni taksi.

Prije nego što sam stavila ključ u bravu, opet sam malo prisluškivala iza vrata. I obrve sam zagladila, kao kada me otac čekao da se vratim 'iz grada', a ja sam 'u gradu' prije toga pila đusvotke i đuskala do iznemoglosti. Iz nekog sam razloga mislila da se to najviše pokazivalo na obrvama. I fino bih ih zagladila, a alkohol bi ispario. Kunem se. I tada bih prvo oslušnula iza vrata. Iz stana bi dopirali glasovi Delboja i Rodnija. Tata im se ne bi smijao. Uh.

Sada sam iza vrata od malog londonskog stana čula smijeh. Dobro je.

Sin i muž bili su pokisli, a kćerka i Nina vratile su se iz parka baš pred pljusak.

'Ja predosjetim kišu u kostima,' reče Nina i zakašlja se. 'Ova je slatkica fino jela. Ćufte i pire.'

'Stvarno? Pa to j fenomenalno! To meni nikada ne bi jela.'

'A gdje si ti bila?' pitao je muž. 'Mislim, zabrinuo sam se, zvao te ali bila si nedostupna. A vidim da nemaš kese iz šopinga...'

'Žena i treba da bude nedostupna,' odgovori mu Nina umjesto mene. 'Ja sam to kasno shvatila, gledaj me sad, s astmom i pritiskom . . . Niko me ne traži.'

'Ja te tražim,' htjela sam joj reći, ali nisam.

Nisam bila sigurna da je baš mene imala na umu kao poželjnog tragača.

EGZOTIČNE PRIJATELJICE

Preselili smo se iz malog žutog stana u veći, stakleni, pored rijeke. Sin je prešao u novu školu. Ostajemo 'barem još godinu'. Već je 2008. Naučila sam tako živjeti: ne vezivati se za stvari; u novim poznanstvima, fokusirati se samo na pozitivne karakteristike ljudi; nikada se do kraja ne raspakovati.

I kćerka je već krenula u školu. Ovdje kreću ranije, sa četiri godine.

U školi moje kćeri jedna od majki zove se Fragola. Da, baš tako- 'jagoda' na italijanskom.

Fragolin je otac Englez, njena je majka iz Hong-Konga.

Ona nije Italijanka.

Italijanski roditelji svojim su kćerima radije nadijevali pristojna, uzvišena imena poput Maria-Grazia ili Antonella; nikako Fragola.

Svejedno, ova me Fragola želi pripitomiti i napraviti svojom najboljom egzotičnom prijateljicom. Zašto baš mene? I čemu ta misija?

Mislim da je Fragolina ustrajnost u zbližavanju sa strankinjom rezultat Trostruke Svete Recesije – koja će, kažu, dovesti do Velikog zajedništva u engleskom društvu – a zbog koje određeni krugovi ovdašnjih žena svoj imidž barakude s poremećajima u prehrani i prioritetima zamjenjuju imidžom slobodnjakinja sa otkačenim hobijima i neobičnim prijateljicama. Sada je tako 'prošla dekada', tako *passe*, biti samodopadna tigrica sa WASP poznanstvima i sopstvenim uredom u londonskom City-ju ili na Mayfairu.

Došlo je vrijeme da punim sjajem zasjamo mi, egzotične majke, strankinje iz sjene.

Nije baš tako bilo kada sam tek došla u London.

Tada je izgledalo kao da su svi u ovome gradu bili ili već bogati, ili dobrano na putu bogaćenja. Školske su majke bile posebna vrsta: sve su furale status zaposlenih, ali samo određenim danima u tjednu - 'Radim full-time, utorkom i srijedom,' znale su reći. Gomilu posla oko strateškog investiranja obavljale su pred kapijom škole, kuckajući nevjerovatnom brzinom po svojim blekberijima, ili međusobno čavrljajući, skoro neprimjetno pomjerajući usne, te čvrste Anglosaksonke, dok sam ja urlala na svoju djecu da ne smiju trčati po rubu pločnika jer će ih pregaziti dvospratni autobus čiji bi vozač mogao nenadano, u vožnji, umrijeti od infarkta.

Očigledno sam još uvijek, u to vrijeme, na duši nosila pečat porijekla iz zemlje krajnosti: ili si živ i srećan, ili će te ubiti i najmanja komocija u atmosferi. Postojala je rutina, i postojala je promjena, koja je mogla nagovijestiti tragediju, ne-daj-Bože, kuc-kuc-kuc.

Zbog mojih neobično glasnih povika, ali i zbog imena moje djece, školske su majke zaključile da smo Italijani. Prilazile su mi elegantnim, nečujnim korakom.

'Jeste li vi Italijani?' pitale bi me.

'Ne, iz Montenegra smo,' rekla bih.

'Oh,' rekle bi one, prekrivajući usne brzim pokretom dlana. 'Oh, baš mi je žao.'

'Zašto vam je žao?' pitala sam.

'*Well,*' uzdahnule bi. 'To je bilo baš nespretno od mene. Ali, hvala vam, u svakom slučaju.'

'Zašto mi sada zahvaljujete?'

Na to pitanje nikada nisam dobila odgovor.

Ponekad, i neki dan nakon takvog malenog razgovora, majke bi me ispred škole dočekale sa slatkim pozdravom, i postavile bi nekoliko pitanja, prilično komplikovanih za 8:30 ujutru.

'Ta vaša zemlja veoma je lijepa, zar ne? I nije mnogo velika. Koji je tamo postotak doseljenika? Koja su vam najpoznatija lovišta? Endemske vrste životinja i bilja? Koju održivu vrstu morske ribe imate? Koliko terena za golf?'

Njihove su riječi zujale oko moje glave, hipnotisale me, uvjeravale me u novopronađenu ljubav, ili barem simpatiju, tih žena prema meni.

Poslijepodne, na kraju školskoga dana, po djecu bih došla naoružana osmijehom i odgovorima na jutarnja pitanja mojih novih prijateljica. Ali, tamo bi me, umjesto slatkog pozdrava, dočekao zid od celofana kroz koji sam mogla vidjeti anglosaksonske majke dok opet brzo kuckaju po svojim blekberijima, odsutno podignu pogled sa telefona, i pogledaju ravno kroz mene, preglasnu osobu neitalijanskog porijekla.

Nikada ne bi uzvratile pozdravom na moje nemušte osmijehe.

'Što je ovim Engleskinjama?' pitala sam Reginu, Estonku (*Old Estonian*, kako ona sebe opisuje, aludirajući na Old Etonians - englesko tepanje onima koji su završili elitni Eton), menadžericu za održavanje zgrade u kojoj živim. ('Menadžerica-bla-bla. Ja sam obični *klee-ner*,' tvrdi Regina).

Regina uzima pauze za pušenje ispred zgrade koju održava, i osoba je koja mi, stoga, najčešće naleti kada sa nekim poželim podijeliti komentar.

'Mislim, koji im je vrag, tim Engleskinjama?' nastavila sam. 'Izjutra me vole, guše me pitanjima, hoće na kafu, a poslijepodne me ni ne prepoznaju. U čemu je stvar?'

'*Dej drink,*' svojim mi je kamenim izgovorom objasnila Regina, uz trzaj glavom i usmjeravanje palca ruke s cigaretom prema ustima. 'Nemaš brige,' dodala je. 'Engleski su ljudi takođe lokalno ludi.'

Razumjela sam što je htjela reći tom tvrdnjom o lokalnom ludilu. Razumjela sam jer sam doseljenica, kao i ona, kao i, kažu, 43 % Londonaca. Za Reginu, to je opažanje vrsta utjehe, ta činjenica da nisu samo njeni Estonci ludi, nepouzdani, namćorasti, kada su lokalci, to jest domaći; naprotiv, svaki je rođeni stanovnik svoga grada - pa čak i tako znamenitog kao što je London – lokalno jednako nepouzdan, namćorast, bahat, jednom riječju – lud. Ili, kako bi to Regina izgovorila 'kreysee'. Jer mu se može. A samo smo mi, stranci i doseljenici, 'normalni', jer to moramo biti, jer sebe, svoje mentalno zdravlje i svoju pristojnost ('decency', po Orwellu najvrijednija engleska osobina) moramo sebi i domaćinima stalno dokazivati.

Ipak, ti tako 'ludi' rođeni Londonci ovih mi godina ne izgledaju više privilegovano. A mi, egzotične majke, još smo tu. Hm, hm. Neuništiv je taj materijal od kojega smo napravljene.

Anglosaksonke nam se sada u svako doba dana osmjehuju. Ponekad sam previše zauzeta da im osmijeh i uzvratim. Brzo to ispravim, čim se sjetim, opet intenzivno i preglasno. Koloritno. Nema veze Od mene se više ne očekuje italijansko porijeklo.

No, da se vratim Fragoli.

Fragola je popularna među školskim majkama. Nekada je pisala za Tatler. Sada reciklira sve čega se dohvati, pa od te reciklaže pravi kolaž-namještaj: stolove, police, stolice što imaju svoju priču -

bukvalno imaju priču, jer najčešće budu izlijepljene stranicama istrgnutim iz starih brojeva Tatlera.

Fragola je skromna. 'To je samo moj mali hobi,' kaže mi, i raširi svoja puna, nenašminkana usta u iskreni osmijeh prepun krupnih, bijelih zubi usađenih u malenu, šesnu glavu. Njeni su dječački bokovi najčešće labavo uvučeni u poderanu mini džins-suknju, a vretenaste nožice u malene kaubojske čizme. Između ostalog, ona je i Jogi. Ja pored nje izgledam poput bivše sovjetske košarkašice. Ali, velim, Fragola hoće da se družimo.

Poziva me da prisustvujem njenom času joge. To ona volonterski drži, jednom nedjeljno, ili mjesečno, kako joj se prohtije. Još jedan hobi, objašnjava mi. Ja pristajem. Pristajem! Zašto?

Samo jednom u životu prije toga probala sam jogu, u Zagrebu, kod bivšeg ratnika koji je kod mene (pogrešno) nanjušio borilački potencijal, tjerao me da radim sklekove i trbušnjake do iznemoglosti, a naplaćivao mi jogu.

Fragola me na čas joge vozi u svom malenom, električnom autu. Grijanje nije uključila da ne potroši bateriju koja pokreće vozilo, tako da ja pored nježne Fragolette sjedim u svojoj pernatoj jakni i zarobljeni sam mutant što bučno diše i pravi maglu. Neki nas pješaci prestižu.

'Znači, radila si jogu prije.'

'Samo jednom,' prećutkujem trbušnjake i učitelja-ratnika.

'Nema veze,' kaže Fragola, 'uhvati danas svoj ritam. Znaš, moja je grupa uznapredovani nivo.'

Ona tu svoju jogu drži u holu metodističke crkve.

Polaznici grupe sirotinja su iz kraja - tako mi izgledaju - što mi daje hrabrost i samopouzdanje; ako su ovo uznapredovani... Ja ću biti šampion! Mislim: dread-crnac koji me tužno promatra; suvonjava bakica u biciklističkim bermudama; žena-u-skladu-sa-prirodom koja baš-baš odavno nije skraćivala nokte na stopalima... Eh, da, svi su bosi, osim mene koja zadržavam i soknice i patike. Svi imaju svoje joga-stazice, prostiru ih i liježu na njih, zatvaraju oči i čini se da spavaju, čak. Hladno je, drhture mi unutrašnji organi, a bakici u biciklističkim i topiću do pupka – ništa, raširila je noge i udiše-izdiše pravilno. Ova joga je za budale, mislim se ja, kad Fragola poče instrukcije:

'Sklopite ruke u malu molitvu, stavite molitvu na srce, podignite je do trećeg oka, dajte treće oko suncu, poljubite ga, stavite ga na srce, spustite u zemlju, posadite dlanove u majku zemlju, posadite pete, istegnite *chi* i dajte ga nebu, udahnite auru, pozdravite nebo lijevim laktom dok lopaticama dodirujete treće oko, oni napredniji neka zavrte solarni pupak, manje fleksibilni zavrtite kobru sa pet izdisaja. Idemo, druga strana,' - pa sve isto, još brže, izgovoreno kao jedna riječ, bez pauze.

Bakica je zatvorenih očiju zavrtjela svoj solarni pupak, radila je sve što napredniji rade, mamicu joj biciklističku, dok sam se ja znojila kao balkanski konj. Ukočio mi se neki davno zaboravljeni mišić ispod rebra, i zatreperio neki probuđeni nerv iznad prepone.

Napolju plavim nebom londonskoga decembra putuju paperjasti oblaci – vidim kroz stakleni strop metodističke crkve. Napokon lijep dan, a ja se valjam po itisonu. Rebro mi se zabada ravno u srce.

'Fragola,', prošapćem. 'Ja moram hitno izaći odavde.'

'Čekaj', kaže Fragola. 'Moram te rastegnuti, ako naglo prekineš nije dobro.'

I razapne me tu, u crkvi.

'Dobra si ti žena', reče mi na kraju. 'Srce ti je na pravom mjestu. Popij čaj u kafeu crkve, brzo ću ja.'

Meni u kafeu crkve popusti grč ispod rebra i kao da mi se raširi srce. Moram se otvoriti prema novoj vrsti prijateljstava, vrsti egzotičnoj i za mene , i za 'lude' Engleskinje.

Vidim Fragolu kako mi veselo maše kroz staklo kafea. Smiješi se onim svojim mekanim osmijehom.

Definitivno je probudila moje zakržljalo treće oko.

Moram joj se nekako odužiti.

Postoji li šansa da joj se uradi počasni egzotični pasoš?

Čujem da su egzotična državljanstva i počasni pasoši, kao i egzotične prijateljice, sada totalno *trendy* među Anglosaksonkama.

KINESKA MAJKA

Prošao je januar, pa sad mogu da ga ogovaram. Taj mi mračni mjesec, koji kao da počinje star pa onda dugo umire, teško pada na organizam, svake godine sve teže. Najgori su mi januarski vikendi, kada, sa licem od inja i zubima od trnja, treba djecu odvesti napolje iz kuće, u neki vjetroviti park.

'Ubiše me *fucking* vikendi!' vrištim pred djecom po raznim gradskim prevoznim sredstvima.

'Ššš, mama, ne psuj pred maloljetnicima,' smiruje me sin. 'To ti se ovdje smatra zlostavljanjem, Uhapsiće te.'

Možda me laže, ali šta ako ne laže?

'O, koji teški *shit*,' tužno uzdahnem.

Ovaj mi je januar bio posebno nesimpatičan, jer mi je sin prolazio kroz seriju ispita za upis u dobru (privatnu) srednju školu. A tek mu je dvanaest godina. 'Vaš sin kao da nema izraženu ambiciju da nastavi školovanje u jakoj školi,' kaže meni direktor jednog jutra. 'Možda bi ga trebalo motivisati kod kuće.'

'Motivacija' je engleska šifra za: 'Unajmite privatnog profesora da vam sprema sina za ispite, ali nemojte to razglasiti na sva zvona.'

I ova je osnovna škola privatna. Kada pomislim koliko košta, dođe mi da život nastavim u manastiru. Državnim školama u centralnom Londonu upravljaju bijesni tinejdžeri sa nožem u čarapi. U privatnim školama razredi su mali, pa još podijeljeni u grupe, u svakoj grupi po sedam učenika. Sve su to dobro istrenirana djeca, pa kad se neko od njih nasmiješi u sred predavanja – e tu nastaje problem i pismo kući: 'Molimo motivišite dijete.'

Ja bih direktoru rado pričala o devedesetima, o odeljenjima od po četrdesetak učenika od kojih neki puše i tokom časa, dok se preslabo plaćena profesorica ipak trudi da ih motiviše. Ali direktor se laganim korakom udaljava od mene. Kakvu sad to 'izraženu ambiciju' za nastavljanjem školovanja može imati prosječni dvanaestogodišnjak? Kod nas je to išlo ovako: imaš dvanaest godina, završiš šesti razred i krajem avgusta malo si tužan jer uskoro krećeš u sedmi . . . Šta, u Londonu se kao može dogoditi da ti se djetetu s nepunih trinaest godina prekine školovanje zato što ga niste dovoljno motivisali u prostorijama posebno određenim za to? I onda – šta? Dati dijete u odžačare? Nisam znala da smo još uvijek u viktorijanskom dobu, poželjela sam viknuti za direktorom. Ali, ništa od ovoga nisam izgovorila. Demokratija svoju neprilagođenu posvojčad zna kazniti izolacijom.

    Moj sin definitivno odrasta potpuno drugačije od mene, a ja se, kao roditelj iz drugog sistema, moram dodatno boriti da se u ovom sistemu ne poljulja moj autoritet. Ali autoritet splašnjava kada si suočen sa zadatkom koji glasi: *Ako sedam žena ukrasi salu za dva sata, za koliko će vremena tri žene ukrasiti istu salu ako rade istim tempom*? Prvo mi je taj 'isti tempo' zamaglio razmišljanje. Koji je to tempo? Nisu dali tempo. Ovo je neka greška, sine. Postoji li neka vrijednost prosječnog tempa, sine, jeste li učili to, a? Sjeti se, sine. Sjeti se!

    Nekoliko sati, i par feminističkih ispada kasnije ('Naravno, žene su samo sposobne da ukrašavaju sale, zar ne?'), shvatila sam da je 'isti tempo' zamka, postavljena da zbuni mladog učenika (odnosno roditelja ili privatnog instruktora matematike koji uzima ogromne pare).

    Nakon večere, nastavismo rad. Nešto prije ponoći imali smo rješenje koje je glasilo: tri će žene ukrasiti datu salu za tri-do-pet-i-po-sati. Sin je sumnjičavo odmahivao glavom.

    "U objašnjenju možeš napomenuti da su žene imale pauze za kafu i da je jedna pala sa stolice dok je vješala ukrase," rekla sam mu. "Tako da se sa sigurnošću može utvrditi samo *interval* vremena. Interval je dobra riječ, matematička. Ajmo na spavanje."

    U Londonu, kao uostalom i svuda u svijetu gdje je ima, srednja je klasa najpodložnija praćenju mode. Doskora je srednja klasa roditelja iz škole pratila metodu 'gledanja djeteta u oči uz sipanje pohvala, zaokruženo čvrstim zagrljajem.' Gotovo je s tim. Meni je ta metoda bila laka, ali Englezima možda i nije. Premnogo direktnog kontakta. Jedva su dočekali promjenu mode koja je kulminirala knjigom američke Kineskinje Ejmi Čua, gdje ona opisuje zašto su kineske majke superiorne u odnosu na druge majke, te kako su im samim tim i djeca superiorna. Važno je napomenuti da pod pojmom 'kineska majka' autorica podrazumijeva sve roditelje koji se ponašaju poput tipične kineske majke, a ti su roditelji uglavnom – doseljenici. Metode su, ukratko, sljedeće: zaključavati, izgladnjivati, ne vjerovati nikada sopstvenom djetetu, samo njegovim profesorima, a onda ići na roditeljski ili na koncert i gristi nokte jer uvijek ima neko još malo bolji od tvog djeteta. Ako nema – biće; doseliće se već u zemlju.

Čitajući njenu knjigu pomislih kako su za kineske majke Margita Bratonožić (balet) i Mirjana Kotri (klavir) sa svojim: "Repeticija, repeticija repeticija," – riječi koje sam u toku nekoliko godina djetinjstva sanjala svake noći - bile čak previše popustljive. Uz sve te repeticije, ja ne napravih ni baletsku ni pijanističku karijeru. Jer ja nisam bila rođena za to. Ejmi Čua potpuno ignoriše talenat i njegovu važnost. I ne samo ona. Niko više u talenat vjere nema. Došlo je vrijeme kada svi misle da sve mogu postići samo uz beskrajne repeticije. Dok ne nastupi pucanje . . .

Uglavnom, predosjećam da će djeca masovno biti podvgnuta ambicijama majki koje su uzele neograničeni neplaćeni odmor kako bi beskrajnom repeticijom odgojile vunderkinde (da li taj sadizam, kao što je slučaj i u baletu, zapravo potiče iz potpune ljubavi?). Preumorni će očevi sve kasnije dolaziti kući s posla, jer moraće da rade još više da bi zarađivali za sve zahtjevnije i skuplje škole.

"Mora da se uči. Idemo, učenje, učenjc!" počeh i ja da vičem kroz kuću i gasim TV, prozor u svijet zapada, u kom su glavne face: Sir Alan Šugar, Sir Elton Džon, Sir Ričard Branson, Sir Mik Džeger. Ne baš stari Etonijanci, rekla bih. Jesu li oni uopšte završili srednju?

Što me podsjeti – častila sam sina odlaskom na koncert grupe *Green Day*. Prije odlaska, ispričala sam mu nekoliko anegdota sa koncerata moje mladosti.

Kako sam, *onomad*, posle Bijelog Dugmeta u Sportskom centru, gdje je moj ujak bio jedan od zaposlenih, ja iskoristila svoju rođačku vezu da bih Jelenicu i mene prošvercovala u svlačionicu, da se upoznamo sa članovima benda. Imale smo možda po trinaest, četrnaest godina, ajde – petnaest maksimum, ali to je kao današnjih trinaest. U svlačionici – Goran i Tifa suše kosu fenom. Pružaju nam slobodne ruke, razmjenjujemo imena. Tifa mrsi svoju grivu dok je suši, a Goran gleda u neku neobjašnjivu tačku malčice ispod mog osmijeha. Mislila sam: uf, mora da mi se tu smjestila neka mrvica od čipsa; ili kakva aknica. Fen bruji i neko iz benda pita gdje da odemo na piće. Na vratima svlačionice pojavljuje se moj ujak.

"Što radite vas dvije tu?" viče na mene i Jelenicu. Nas dvije sliježemo ramenima.

"Ajde, napolje brzo," ujak mlatara rukama i pokazuje nam da izađemo iz svlačionice. "Kući, brzo."

Kasnije, kući, u ogledalu vidim da je Goran buljio u gornji dio pidžame koji mi je virio ispod 'rokerske' košulje. Uvijek li sam bila zimomorna. Čak i na titogradskim rok-koncertima. Nigdje bez dva sloja robe.

Ili – priča broj dva, iz još davnijih dana, i Vlado Kalember, kojem se, prije koncerta Srebrnih krila, moja drugarica Jacika popela preko balkona u sobu hotela 'Podgorica'. Tamo ga je zatekla polugolog i sa zlatnim lančićem oko vrata.

"Isuse Bože," hrapavo je prošaputao Kalember.

Jacika se nije dala zbuniti.

"Ćao, Vlado, što radiš?" pitala je.

"Ja . . . pa niš' posebno -"

"Ol' mi dat taj lančić za uspomenu?" pitala ga je Jacika da skrati priču.

"Ali, to je meni uspomena," branio se pjevač. "To mi je od mame."

"Ao, škrtice," uzvratila je Jaca, "a ja kupila kartu za koncert od para za ispraćaj razredne."

Kalember se raznježio, ali nije dao lanac, već je zamolio Jacu da ga sačeka ispred hotela. Nešto kasnije, njih su se dvoje zajedno ušetali u Sportski prije početka koncerta, praćeni vrištanjem okupljenih obožavateljki.

Sin je impresioniran. I možda malo tužan. "Gdje su naša sjedišta?" pita me prije odlaska na koncert.

"Nisu predaleko," kažem. "Red sto-jedan, sjedišta D i E."

"Nemaš VIP propusnicu?" pita. "Upoznao bih se s bubnjarem. Zove se Trej Kul."

"Nemam VIP," kažem. "Ali imaću VIP kada ti jednom budeš slavan."

"Daj, mama . . ."

"Šta 'daj, mama'?" kažem ja. "Bićes sigurno jednog dana. A ja ću iz prvog reda kontrolisano aplaudirati, a vrištati u sebi."

I osjetih kako mi se iskosiše oči.

KREATIVNO DRUŽENJE
Februar, 2011
U smeđem stanu pored muljevite rijeke živimo već punih pet godina.
		Stalno se 'konačno rastajemo', taj smeđi stan i mi; svakoga mu jula kažemo još jedno odlučno: 'Zbogom!', a on se pravi da ne razumije, i ništa nam ne uzvrati. A zašto bi razumio, kad mu se svakoga septembra ponovo vratimo?
		Smeđi stan pravi je vampir s mjesečnicom. Svakoga mjeseca krv nam pije po nedjelju dana jer mu negdje nešto curi. Ovog puta izgleda da je voda procurila u srce sušača, umjesto da se sakuplja u plastičnoj posudi predviđenoj za to. Sušač robe nasušna je potreba u gradurini. Radijatori u stanu uski su i fragilni, i ne trpe mokre stvarčice na sebi. Čak i da je klima u Londonu pogodnija za sušenje veša napolju, makar u par mjeseci godišnje, ne bih to mogla, niti smjela, sprovoditi. Jer, u slučaju da na balkon iznesem samo jedan par čarapa, balkon-policija odmah bi poslala menadžerku zgrade koja bi mi pod nos stavila ugovor o održavanju estetike terasa. Imam iskustva sa tim, jer na našoj terasi već godinama od balkon-policije sakrivam (cvijećem kamufliram) sinov bicikl.
		U svakom slučaju, zbog sušača, i ovog mjeseca moram zvati servis, i to što prije. Poslaće mi, znam, istog onog filozofa-majstora, Kevina, što nam je popravljao mašinu za pranje veša, i asistirao pri eutanaziji pomahnitale mikrotalasne pećnice.
		Kevinova najbolja osobina je to što izuva cipele kad ulazi u stan. Inače, jedva da otvara usta dok priča, kao da je odrastao u Buckingham Palaceu. Glava me zaboli dok komuniciramo, a prva mu je posjeta uvijek posvećena isključivo dijagnosticiranju problema kod kućnih aparata, o čemu voli dugo da razglaba. Uh, baš mi se ne druži s njim. Kevin očekuje da ja bdijem iznad njega dok on pišti kroz dugačke zube: "Jeste li redovno čistili sve filtere?" Ili: "Da nije nešto ispalo iz nekog džepa, poremetilo dinamiku valjka, blokiralo odvod vode?" (Sve ovo zvuči kao da je problem u meni, a ne u mašini.)
		Usput, saznala sam i detalje iz njegovog života: živi u Sariju, prvi mu je komšija, i ujedno klijent, čuveni pronalazač Dajson. Kevin ima sedmoro djece. Se-dmo-ro. Sa istom ženom. Telefon mu stalno krekeće. Kevin ne igrnoriše zov mobilnog dok radi dijagnozu kućnih aparata, već stalno provjerava te pristižuće poruke.
		Nisam mogla odoljeti.

"Poruke od djece?" pitala sam. "Nešto hitno?"

"Ma, ne," rekao mi je. "Fejsbuk. Imam danas opasan status. Čak ga je jedan od mojih sinova šerovao. Izmiksovao sam Tačerkin govor s nekim reperom, tako da se kroz rep provlači baroničin glas koji ponavlja 'zla mašina'. Dobra fora. Imam oko osamsto prijatelja na fejsu, pa sad svi komentarišu."

Posle mi je naplatio dolazak i dijagnozu: 200 funti. Bez popusta, mada je moja 'zla mašina' bila glavni lik njegovog popularnog statusa. Došlo mi je da se učlanim na Fejsbuk, možda frendujem nekog majstora, doktora, taksistu, da uštedim koju funtu.

Nego, eto, ja furam kroz ovaj londonski život sa mojih jedanaest pisaca. To su mi ovdje prijatelji.

A koja korist od pisaca? Promjenljiva im raspoloženja, koja svejedno vole analizirati; nedostupni su usled stvaralačkog zanosa, ali moraš im dokazivati da si uvijek tu za njih; ritualno se kažnjavaju samokritikom, ali žele da ih uvjeravaš da su, u stvari, genijalni. Ovi moji čak nemaju ni djecu, pa im ne mogu ni savjete tražiti na tu temu. Medjutim, volim ih, šta ću?

Žao mi je što je riječ 'prijatelj', usled fejsbukovanja, dobila lepršavu konotaciju lišenu specifične težine. Kao da se od prijatelja očekuje da iz dana u dan bude uključen samo u tvoju samopromociju. 'Na Maldivima sam, raj na zemlji. Ostajem desetak dana. mada me stalno zovu s posla, ne snalaze se bez mene ☺! LOL. L@pics!'

Muka mi je od toga.

Ja bih gorčine, depresije, i ranojutarnje konfesije niotkuda; prijatelj *ante portas*, stoji tamo, sa ogromnim podočnjacima i otečenim kapcima. Aj lajk druženja u kojima su sva čula aktivirana.

Ali, da, moji londonski frendovi-pisci. Nismo ni mi baš stari prijatelji. Upoznali smo se u oktobru 2007. Tada smo nas dvanaest počeli Master studije iz kreativnog pisanja na londonskom univerzitetu. Dušu mi je nahranila, i spasila, ta godina. Ako bi me neko pitao šta bih mu u životu preporučila da uradi, prvi savjet koji bi mi pao na pamet bio bi - upisati londonske postdiplomske studije iz bilo čega.

Nss dvanaest kreativnih pisaca zajedno smo magistrirali još 2008., ali se i dalje sastajemo svakog petka, kod Rasel skvera na Blumsberiju, u jednoj od pomoćnih biblioteka londonskog univerziteta. Do ulaza u zgradu naše male biblioteke za okupljanje, živio je i pisao Čarls Dikens. Sa naših se prozora vidi par takozvanih trgova-bašti Blumsberija, po kojima su se, davno, šetkali, međusobno hrabrili i kritikovali pripadnici poznatog Blumsberi seta: Virdžinija Vulf, E.M. Foster, T.S. Eliot, V.B. Jejts. I Bob Marli ugrabio je nastaniti se tu tokom 1972. Jedan od nas, Metju, doktor je prava i predavač na Birkbek koledžu, tako da smo sobu za sastajanja dobili preko veze.

Svake nedjelje troje iz grupe šalju nešto svog materijala ostatku grupe, ostatak grupe to pročita, napravi komentare, pohvale, kritike, petkom se sastanemo u šest popodne i do osam ili devet uveče pokušavamo bar jednog od nas lansirati na A-listu imena svjetske literature. *Nismo još uspjeli u tome, ali koga je briga? Put je, kažu ljudi, ljepši od cilja. Englesko je izdavaštvo trenutno kao zainteresovano za romanopisce-debitante. Razlog ne leži u avanturističko-kockarskom duhu izdavača; baš obrnuto. Debitanti, naime, još uvijek nisu imali šansu doći na crnu listu autora koje, osim šire porodice i ucijenjenih komšija, niko drugi nije kupio. Debitanti, neopterećeni imidžom pisca koji je dobio izvrsne kritike ali mu se roman nije pomjerio sa polica u knjižarama (dok sam autor nije došao i kupio sve primjerke sopstvene knjige, kao što je to davno uradio Džejms Džojs sa svojim 'Dablincima'), debitanti, dakle, za razliku od toga, predstavljaju prekrasno prazno platno na kome se može našarati svakakva marketinški smišljena slika u još jednom pohodu da se napravi instant-zvijezda britanske literature koja će svima donijeti zaradu. Upravo zato, i dalje najbolje prolazi provjerena, mada izlizana, tematika: prokletstvo i mistika siromaštva u bivšim kolonijama Kraljevstva. Traži se nova Zejdi Smit, ili novi Rušdi. Još uvijek nisu nađeni, mada su mnogo puta najavljivani. Kao i svuda u svijetu, i ovdje svi pišu, sve više ih se baca na samo-izdavanje. Pišemo i mi iz male Tilotson biblioteke na Rasel skveru, ali nam seanse nisu strogo literarne; veliki je dio posvećen i psihoanalizi.

Posle dramatičnog, kamernog dijela sastajanja, idemo u obližnji Museum Tavern. Ja tu ustanovu uvijek prva napuštam, vadim se na bejbisiterku koja ima traume od londonskog noćnog prevoza. "Ali, djeca rastu," kažem im i šaljem im poljupce dok prelazim Gauer strit, i onda krišom hvatam prvi taksi prema jugu Londona, jer zapravo *ja* još uvijek ne trpim pripitu klijentelu po noćnim autobusima, ali ne bih tu slabost nikada priznala mojoj grupi.

To je nešto što moja skupina očvrsnulih Londonaca ne bi shvatila: žena daje 20 funti za taksi umjesto da ostane u pabu, i spiska ih sa nama? *What-the-hell?*

Prošlog smo petka imali i tihu posjetiteljku, toliko diskretnu da joj se ni imena ne sjećam. Ona sprema doktorat na temu 'Kursevi i grupe za kreativno pisanje: da ili ne?' i mi joj dođemo kao tuce zamorčadi. Nju je kod nas dovukao isti onaj akademac Metju što nam je obezbijedio biblioteku za sastajanje. Tiha se žena sklonila u ćošak iza velikog stola oko kojeg sjedimo mi, grupa budućih Kosta-Orandž-Buker-Nobelovaca, a koji smo, za sada, samo obični potencijalni dijabetičari, jer površina velikog stola prekrivena je šarenom gomilom džank-hrane. Preovladavaju kesice čipsa s dodatkom arome koktela od škampi; zatim gumeni bomboni i kaučuk-karamele u duginim bojama. Tu i tamo, na sto je bačena poneka mandarina ili banana; one budu pojedene tek iz očaja, na kraju seanse.

Dok čekamo Kej-Džeja koji uvijek kasni, otvaramo kesice grickalica i pričamo svi u isto vrijeme, svako o sebi, ipak uspijevajući da odreagujemo na priče ostalih. Kej-Džej, najmlađi u grupi, druga generacija doseljenika sa Jamajke (da li je on nova Zejdi Smit?), pojavljuje se sa dvije boce šampanjca u rukama. Naše mlado čedo, pobijedio je na londonskom Poetry Slam turniru. Šampanjac se bučno otvara i Kej-Džejevo pitanje jel' jedini on primjećuje osobu u ćošku sobe sa kasetofonom u krilu, ostaje bez odgovora.

Sindi, Amerikanka, bjelkinja (važno je napomenuti), ima problem s apsorbcijom alkohola jer joj organizam ne proizvodi enzime koji ga razlažu, i pijana je posle prvog gutljaja, a posle drugog, sa nozdrvama raširenim do sljepoočnica, uvjerava Kej-Džeja da je ona veća crnkinja od njega jer joj baba i deda žive na Sent Vinsentu, imaju preko devedeset godina, ponašaju se poput pubertetlija, urlaju jedno na drugo prilikom čak i najbezazlenijeg razgovora, a posle vitlaju mačetama oko kuće, kao tobož potkresujući prekonoć izdžikljalo rastinje.

Čekajte, htjedoh da povičem, pa ja sam tu onda izgleda najveća crnkinja, ali prekida me Pipa, brend-menadžer u stvarnom životu, a kod nas jednoglasno izabrani predsjedavajući član grupe.

"Honey," govori Pipa zelenookoj Sindi, "bijela si poput Andersenovih bajki, pomiri se sa tim. Vrijeme je da pređemo na posao."

Zakovitlava se 'konstruktivna kritika' materijala prethodno poslatih od Filipa, Džoša i Džinevre. Džinevra je polu-Italijanka koja na kritiku reaguje strastveno, uz duboko disanje i mnogo pitanja. "Zašto? Zašto za grudi ne mogu reći da su 'sarkastično šarmantne'?"

Naša obrazloženja ipak zapisuje u svoj notes dok srce njene jadne olovke pršti i slama se. Srećom, brzo se sabere i vrati svoj mega-osmijeh na lice.

Metju nam je dva dana kasnije poslao mejl kojim nas je obavijestio da se diskretna posjetiteljka sa kasetofonom i nadom u doktorat žalila kako ništa od naše seanse neće moći iskoristiti kao tezu jer su smijeh i zvukovi otvaranja i žvakanja grickalica nadjačali kompletnu raspravu.

A i kakva je to sad moderna dilema oko pojave škola i grupa za kreativno pisanje? Ljudi pišu, okupljaju se, traže savjet, 'drugi par očiju', kao da je to od juče. Zašto bi iko raspravljao o ovom divnom osjećaju: naći se okružen istomišljenicima u nekakvoj sjevernoj gradurini? Pa još besplatno.

Zar nije bolje biti pisac nego domaćica-kojoj-je-riknula-zla-mašina.

A sad moram opet zvati Kevina.

*Naknadni osvrt na tekst: Ipak smo uspjeli! Ili, kako mi to volimo posmatrati: počelo je, u velikom stilu. Anna Hope, jedna iz grupe, biće lansirana, uz našu pomoć, *of course*, na svjetsku A-listu pisaca, barem sudeći po ugovoru koji je potpisala za svoj prvijenac sa velikom izdavačkom kućom koja pokriva i SAD. Annin prvi roman prodat je za nevjerovatnih milion dolara, a izaći će u januaru 2014-te, na stogodišnjicu početka Prvog svjetskog rata, koji je i, sasvim slučajno, podloga za Annin roman. Uz talenat i mnogo rada, potrebno je i zrnce sreće.

DOBROTVORNE RADNE AKCIJE

Par mojih drugarica, jedna stara Fića i ja, pohodile smo Budvu već na samom početku Nove godine. Rani sati Drugog januara obično su značili 'poprečno spavanje' na pomoćnom krevetu u potkrovlju kod Sandre, čiji bi se roditelji u podne tog istog dana samo na trenutak iznenadili zbog prisustva osoba u šljokicama koje nasmiješeno traže jaja, sir, pečene paprike - i vode-vode-još-vode.

'Ko rakije večera, vode doručkuje,' mumlao je Sandrin otac.

Onda bi došao Praznik mimoze, manje stidljivo sunce i ponovno forsiranje Fiće preko brda, prema moru.

Pa Prvi maj: teksas suknje, glave na kožnim jaknama, sunčanje na blistavo čistom Mogrenu.

Već u junu imale smo preplanulost kasnog ljeta i krajeve kose iskrzane od soli.

Radenko iz Budve jednog me je junskog dana pitao: "E, nikako da provalim šta ti imaš u Budvi? Kuću ili stan?"

"Ja?" začudih se iznad čaše pića i slamčice. "Ja nemam ništa u Budvi."

"Ništa?" Radenko je izgledao iskreno šokiran mojim odgovorom. "Imaš držanje kao da imaš najmanje petsto kvadrata u Starom gradu."

Sjetih se toga kada su me u Londonu, u školi moje djece, izabrali da budem predstavnik roditelja u odboru za dobrotvorne akcije. Zašto baš mene, pitala sam se, očiglednu Istočnoevropljanku, mada prilično ljubaznu, u svakom slučaju ljubazniju od Francuskinja, i sa nešto laganijim akcentom, mada i nešto glasnijim smijehom? Valjda sam opet imala držanje kao da imam najmanje petsto kvadrata u londonskim Kensington Terraces ili negdje slično; kao da iza mene stoji čitava jedna legija istočnoevropskih žena koje ne znaju šta će s parama.

"Nemojte, molim vas," bila je moja prva reakcija. "Ja ne mogu prisustvovati sastancima, prezentovati incijative ovim mojim stranim naglaskom, a ponajmanje istim tim naglaskom tražiti ljudima pare. Uhapsiće me neko."

"Ne budi tako samokritična," nagovarale su me lukave Anglosaksonke. "Tvoj je engleski perfektan. Osim toga, ova će aktivnost biti dobra za tebe."

Za moje samopouzdanje, vjerovatno su mislile. Nije meni trebalo samopouzdanje; meni je trebalo slobodnih par sati svakog jutra da ih provedem u svom svijetu, za kompjuterom. Pa sam im to i rekla. "Ali, ja pišem," rekla sam im. "Završavam roman."

"*Ni* ja isto," reče jedna od dobrotvorki i počese sve da se smiju i klimaju glavama.

(Šala decenije: *'Šta radiš?' 'Evo, završavam roman.' 'Stvarno? Ni ja isto.'* Ha ha.)

"Ali onda treba često biti u školi," probala sam ponovo, "a ja živim malo dalje, i ne vozim."

"Opa, to je tako *posh*. Naravno da ne voziš," uzvrati hor Anglosaksonki. "Nisi ti ničiji šofer."

Kad ti jednom priđu, gotova si; nemoguće je u Londonu reći Ne dobročinstvu. Prihvatih.

Ovaj školski odbor prikuplja novac za besplatno školovanje izuzetno nadarene djece čiji roditelji ne mogu priuštiti privatne škole. Ne znam da li će, i kada, Englezi riješiti problem panike krda roditelja spremnih na sve samo da im dijete ne ide u lokalnu državnu školu. Niko o tome iskreno ne raspravlja, jer bi u protivnom odmah bio optužen za rasizam i mentalnu arhaičnost, što je mnogo gore od dvoličnosti. Nisam više sigurna ni da Englezi žele riješiti ovaj problem, niti da li ga uopšte, u mraku, sami sa sobom, smatraju problemom. Na ovaj se elegantno-lukavi način u stvari prećutno održava klasni sistem. A revolucionara je sve manje. Ali, kada se proleterijatu zalomi pametno dijete, valja ga pogurati. Međutim, i to treba neko da plati. E tu uskače odbor za dobrotvorne akcije, odnosno svojevoljno (ili bar djelimično-svojevoljno) nezaposlene majke koje se žele osjećati društveno korisnima.

Ipak, i humanitarne akcije imaju svoja pravila. Najveće nepisano pravilo: daj mi nešto u zamjenu za moje pare. Sastanak prvi, sastanak drugi, i opet smo na istom – nastavak vladavine Konzumerizma. Zakazuje se datum, izbacuju se štandovi, prodaje se staro i novo, organsko, domaće, plastično ili ušećereno. Svaka roba nađe kupca.

Nedjelju dana prije sajma za stipendijski fond, iz našeg je stana svakog jutra u velikim plastičnim kesama bivalo iznošeno sve što se po mišljenju majke-humanitarca nije intenzivno koristilo. Bilo je i suza u dječijim očima, ali majčine su ruke, i pored suza, u bezdan-kese nemilosrdno trpale sve nakratko zapostavljene stvari:

igrice za Nintendo DS, trotinet na tri točka, patike na dva točkića, nenačete boce pića, bočice kozmetike, parfeme, rukavice, kape, kravate. Ništa više nisam posmatrala na isti način - kao običan produkt koji u poretku stvari nevino zauzima neki svoj prostor; sve su stvari postale potencijalni doprinos dobrotvornom sajmu. Pretvorih se u vranu.

 Jednog sam jutra, u sada već polupraznom stanu, sa životinjskim sjajem u oku spazila neraspakovani DVD: film o psećoj ekipi na snijegu. Psi-heroji spašavaju planetu. Ma nemoj? Iznerviralo me to. Kakvi sad psi na sankama, koje zatupljivanje, o ljudi moji; ko će nas stvarno spasiti kad dođe stani-pani?

 "Ovo vi nikada nećete gledati, jel da?" pitam djecu. "prerasli ste vi ovu glupost. Kesu ovamo, donesite mi crnu kesu!"

 "Mama," kaže sin, "da sam na tvom mjestu, ja taj DVD ne bih nosio na školski sajam."

 "Ma nemoj. A zašto?"

 "Zato što je pirat. To smo kupili u Podgorici. Ovdje se zbog toga ide u zatvor."

 Izvadih film iz humanitarne kese i, s gađenjem, bacih ga u nereciklažu.

 "Eh, šta biste vi bez mene?" uzdahnu sin.

 U subotu, na sajmu, ubrzo shvatih da nisam ponijela dovoljno novca. Naime, mislila sam da je dovoljno to što sam ispraznila stan, napravila kolače (odnosno, kao i većina – kupila ih u poslastičari 'Love'), i poklonila svoje dragocjeno vrijeme organizaciji i sprovođenju dobrotvorne akcije. Ali, ne, trebalo je sopstvenim primjerom pogurati ostale da počnu trošiti. Tu se stručnijom od mene pokazala kćerka koja je oduševljeno sa svih štandova dovlačila najizmučenije primjerke starudije da joj ih kupim. Krišom sam odmahivala glavom i mahala kažiprstom pokazujući joj da to ne dolazi u obzir. Pa upravo smo se otarasili starudije iz stana, zar sada, o kćeri moja, da kuću punimo tuđim odbačevinama?

 Kćerka je postajala sve glasnija. "Ali ja hoću ovog dinosaurusa," vikala je s drugog štanda. "I ovaj pijesak u bojama. Daj mi još para za tombolu!" na kojoj nije osvojila ništa, zbog ččga je bivala sve zahtijevnija. "Još, još, svi drugi su nešto dobili. Mama!"

 "Dosta!" razderah se. "Nemam više para!"

Nastade tajac. "Primamo i kartice," neko reče. 'I čekove.'
"Okej, znam, ali počela je previše da troši."
"Ššš, nemoj tako, to sve ide u dobrotvorne svrhe."
Iza čvrsto stisnutih usana škripnuše mi zubi.
"Mama!"
"Okej, *honey*."

Smrznuta, umorna i gladna, te večeri kući dovukoh desetak plastičnih kesa punih čudovišnih igračaka na baterije, ali bez baterija, afro-indijskih mušema, boca piva, vina i šampona dobijenih na tomboli, polurastopljenih krem-kolača. . . Mnogo više, činilo mi se, nego što ih prethodne nedjelje otpremih na sajam. Triput sam išla na bankomat da izvlačim pare. Napisala sam i nekoliko čekova ko zna kome i na koje iznose. Sajam je prikupio preko sedam hiljada funti za stipendijski fond.

Poslije su mi čestitali u školi. I ja njima. Sledeća je dobrotvorna akcija školski kviz krajem marta. Treba da sastavim pitanja vezana za Drugi svjetski rat. Stižu mi mejlovi podrške, uz par savjeta kome da se obratim ako mi treba pomoć. Ne znaju da sam odrasla uz Laza Golužu. Ih, kad im ga zabiberim.

Htjela sam nešto reći o tom međusobnom pomaganju ovdje. Naizgled, hladni su, znamo odavno; ali sada vjerujem da u gradurini zapravo niko nema vremena za razbacivanje toplote, već se u hodu moraju brzo određivati prioriteti. Hladnoća je samo dobro održavana fasada iza koje stanuje duga tradicija učenja da se ljudima koji trebaju pomoć mora izaći u susret. Tada se i lukave Anglosaksonke pretvaraju u posvećene Samarićanke. Od pružanja vrlo konkretne pomoći (veze-i-poznanstva, novac, smještaj, pravna pomoć) naprave sebi misiju, koju će po svaku cijenu izvršiti. Naučene su da svaku akciju isprate do kraja. Postoji i prećutno, prilično surovo pravilo, da ako primatelj pomoći u toku akcije odustane, sljedećeg puta neće dobiti ni približno istu količinu pažnje. Ali, ako se akcija privede kraju i nešto se riješi, anglosaksonske Samarićanke ne treba dugo grliti i ljubiti. Treba ih samo pustiti da se vrate svom gorkom humoru. A pomognuta će osoba valjda sa zadovoljstvom, i bez pompe, pomoći sljedećeg u nizu.

Ili tako, ili: nabaciti držanje zvano 'najmanje petsto kvadrata u centru grada', pa onda namreškanog lica tvrditi da ti se mora dati sve što zahtijevaš i to odmah, jer na to imaš pravo. Ali u tom slučaju moraš dobro poznavati zakon. Ta je linija tanka; i nije za svakoga.

Balansiranje na tankoj liniji engleski je nacionalni sport. Još od Magna Carte, iz 1215-te, prve zvanične povelje – potpisane od strane Kralja Johna u Runnymedeu – koja je garantovala osnovne, političke i građanske slobode 'običnim' ljudima, a ne samo plemićima.

Magna Cartu i garantovanje osnovnih sloboda građanstvu Kralj John potpisao je pod pritiskom svojih pobunjenih barona. Taj se pritisak još uvijek spominje; nije izbrisan, niti izblijeđen, prolaskom mnogih vjekova i tumačenja. On je kao neki balans. Ili balast. Tanka linija. 'Garantovali smo slobodu, pokaži poštovanje.'

Meni ne smeta.

HEPENING U PABU, PRED KRAJ ZIME

Opet sam na cesti. Nigdje taksija, naravno. Šest je sati popodne i pada kiša, vrijeme kada su taksiji najtraženiji, ali njihovi vlasnici, sadistički uživajući u inaćenju sa zakonima tržišta, ostaju kući i srču čaj, dok sa ženom ili nekim starim kolegom ogovaraju strance koji im plaćaju sa stražnjeg sjedišta, umjesto kroz suvozačev prozor; kroz prozor, pobogu, fino, fer-plej, gledate se u oči, ali prokleti stranci to ne znaju i nikada to neće ukapirati. Eto tako razmišljaju cabbies.

Visoki autobusi tužno stoje, zaglavljeni na mostu.

Moram pješke u pab, a puca mi slijepo crijevo. Ovog puta ozbiljno, ne kao onda kada sam imala sedamnaest i vraćala se presamićena iz grada sa Mirom koja me je držala ispod ruke da ne bih plazila po asfaltu, što bi rek'o… niko više, čak ni u Beogradu. Pred ulazom u zgradu Mira i ja sretosmo moje roditelje. Bili su u dobroj fazi, šetali oko kvarta držeći se za ruke.

"Oki, šta ti je?" pitali su me.

"Puca mi slijepo crijevo. Boli me oko pupka."

"Ma ne boli to oko pupka," uzdahnu majka.

"Boli. Milenu Stojović boljelo je oko pupka."

"Koju je Milevu boljelo oko šupka?" pita otac, kao zabrinuto.

"Tata, ne zasmijavaj me. Boli."

"Ajd' prođi s druge strane zgrade," reče spartanska majka, "da ti bacim knjižicu s južnog balkona pa idi s Mirom na hitnu."

I zamahnu rukom, majka, i baci moju zelenu knjižicu s drugog sprata, pa Mira i ja krenusmo klackati do ambulante. Stigosmo do Simpo zgrade, sretosmo Itanu. "Slijepo crijevo," objasni joj Mira. "Boli je oko pupka."

"Ne boli to oko pupka," brzo nas razuvjeri Itana. "Ja sam moje operisala. To boli nisko, s desne strane."

"A jel?" ja se ispravih, i odosmo sve tri na jedno piće u Kalipso.

Sad stvarno puca dok šepčim (šepčati: trčati šepajući) kroz Batersi park. Neki je hepening u pabu *Zidareve ruke*. Svirka sa pričom; gig, kažu. Šta će meni to? Muž na putu, djeca sa Reginom, Litvankom, čistačicom iz zgrade, koju sam zamolila da pliz-pliz ne puši u stanu. Sad boga molim da se bijes obespravljenog pušača ne iskali na djeci.

Regina barem ne krade jer bi joj na duže staze bilo neisplativo: ima stalan posao, podređene, status. A i biće dobra prema djeci, pa dobila je unuče prije par nedjelja, srećno je vikala za mnom dok su se vrata lifta zatvarala: "Hej, maj san leid a boj!" Sin mi je izlegao dječaka. "Bravo!" viknula sam iz lifta.

Šepčim, šepčim, boli, puca, a nisam ni htjela ići na gig, nego taj odbor roditelja organizovao lud provod u pabu, da se proslavi fina suma sakupljena na dobrotvornom sajmu.

"Šta ima danas za ručak?" pitao je sin kada smo stigli kući iz škole.

"Supa i biftek."

"Šta još?"

Zna sinko da obično ima još, jer i muž voli kući da ruča, on ne vjeruje stranim rukama, pa onda poslovne sastanke zakazuje za popodnevne sate. A muž inače zahtijeva posebnu vrstu hrane: nemasne proteine, one od kojih se živi duže od engleskih kraljica. Sin jede drugu vrstu hrane, nazovimo je pubertetskom vrstom, a kćerka treću vrstu, bolonjeze sos u kojem povrće nosi maskirnu uniformu. Ja sam svejed, ali i svekuv. Moje mladalačke ambicije kulminirale su u sposobnosti brzog planiranja raznovrsnog menija za ručak. Ima li od toga penzije?

"Napravila sam i lazanju, bolonjeze."

"Šta još?"

"Ništa, tata nije tu, ali mogu ispeći kokošku."

"A možemo li naručiti picu?"

"Ne."

"Zašto ne?"

Zašto ne? Ima otprilike sedamnaest razloga zašto ne, ali nemam snage izgovoriti ni onaj najjači koji glasi: "Zato što ja tako kažem."

Umjesto toga izgovaram. "Kako god hoćete", jer sam umorna, jer je kraj zime kojoj se kraj ne nazire, i jer je Regina na vratima.

"Opet ova što svaki čas izlazi na balkon da puši. Gdje je Duška?"

"Vratila se u Beograd. Ćuti, Regi će barem pojest supu i lazanju, da se ne bace."

Kratko smo vrijeme imali neku Portugalku koja nas je sistematski potkradala. Osjetismo to tek kada se toliko okuražila da je iz stana iznijela aparat za kafu. E pa ne'š ti mene bez kafe ostavljat. Policija nije našla njene otiske, nego nam za utjehu dadoše flomastere sa kao nevidljivom materijom, da njima označimo sve preostale vrednije stvari u stanu. Oznaka 'specijal' flomasterom golom će oku biti nevidljiva, ali pod policijskim ultravioletnim svijetlom jasno će se prikazati, i znaće se da su ukradene pa zaplijenjene stvari naše vlasništvo. Dugo sam im zahvaljivala na tome, a čim odoše, bacih se na označavanje. Da li je potrebno naglasiti da sam označila čitav stan, svaku sitnicu, sve lampe, lopte, cipele, kišobrane? Kratkotrajni, ali jak post-traumatski napad. Prestala sam tek kada su me zaboljela leđa jer sam se bila uvukla u kredenac sa šerpama iz kojeg sam jedva izašla. Onda sam vidjela da flomaster ne ostavlja potpuno nevidljiv trag. Stan nam je bio preplavljen neonsko-žutim natpisima KNEZEVIC. Bilo je to kao u nekoj psiho-drami. Kao u filmu: Biti Džon Malkovič, samo prerađenom i nazvanom Biti vlasništvo KNEZEVIC. Odmah da kažem, nikako se ne skida, ni magičnom krpom, ali izblijedi kada se osuši. Ili su se meni oči navikle na to.

 Nego, već sam došepčala do tropske bašte Batersi parka, gdje ću, kao i uvijek, nesvjesno podići pogled prema nebu, uočiti da se iznad londonskih tropa pojavila makar jedna zvijezda. Uspjeli su Anglosasi, snagom volje i stisnute gornje usne; imaju tropsku baštu u sred sjeverne gradurine: palme, ušuškane u plastičnu ćebad; grane ginko bilobe kao da grle svoje stablo u hibernaciji i emigraciji; kišne se kapi zabavljaju, veselo klizeći sa glatkih listova drveta banane. Bože pomozi kako smo krhki, neočekivano pomislih, usled boli, vjerovatno. Ili blizine smrti.

 Crevce se ne da, ali izignorisaću ga dok se muž ne vrati s puta. Onda mogu mirnije duše pod nož. Ulazim u *Zidareve ruke*.

 Tamo je pozornicom gospodario neki tip sa bradicom, i u džinsu, skroz u džinsu, ne volim to. Kako na našem jeziku nazvati stand-up comediana? Samo-stojeći komedijant? Uz tuš sa bubnja, samo-stojeći je pokušavao bacati otrovne komentare na temu Kameruna, njegovog Big Society projekta, odakle je PM uskočio pravo u prijetnje Gadafiju. "Dan početi nježno-nježno," govorio je samo-stojeći, "a završiti grubo-grubo. Baš kao na Itonu." Tuš sa malo smijeha.

 Teško se šaliti na račun Kameruna: taj čovjek ni kod građanstva, a ni kod plemstva, jednostavno ne proizvodi jake emocije. Samo-stojećem nije išlo. A i bolje je tako jer se nisam smjela nasmijati.

 Sjedjela sam nekako *nahereno,* svi su primijetili da mi nije dobro. Treba se napiti, zaključih, i zaputih se prema baru. Ljudi su se razmicali dok sam se približavala. Ko zna, možda sam ispuštala pjenu i čudne zvukove. Oko bara – gužva, povici, glasovi; iza mene samo-stojeći i dalje sipa šale uz bubanj i bas u pozadini; previše buke, premalo smijeha; stisnu me u grudima i oko pupka i eto, stropoštah se na pod. Ljudi se navališe da me dižu, nekako beskonačno, kao Gulivera u Liliputu. Samo-stojeći poče da objavljuje preko mikrofona: "Ima li doktora u pabu? Molim vas, ako ste doktor dođite do bara, Oldža treba pomoć," čitao je sa nekog papirića. Pored mog lica stvori se drugi čovjek sa bradicom i u djelimičnom džinsu, to je prihvatljivo. "Oldža?" Klimnuh. *Da, to sam ja…Da, malo sam se promeenila…*

 Čim se doktor pojavio, ostali su se, srećom, pravili da se baš ništa nije dogodilo. Doktor i ja odosmo na sprat, u praznu halu za vjenčanja. On mi izmjeri puls, virnu u oči, reče mi da legnem na leđa, ispritiska me po stomaku, naredi da kašljem, duboko dišem, plitko dišem.

 "Gas," reče on. "Guši vas klobuk gasa, putuje vam po tijelu. Nemojte večeras jesti povrće. Najbolje ništa, samo popijte jedan dižestiv. Zapravo, pogledaću da li u džepu od jakne imam jednu tableticu uglja."

 Ugalj? Da li je to šifra za leksilijum?

 "Da, da, dobri stari ugalj, čuda radi kada nas spopadne nešto ovako. Ali sve je to jurnjava, opustite se."

 Kako da se opustim sa klobukom gasa u tijelu?

 "Ma, znate šta," rekoh, "samo da ja malo ovdje odležim, pa ću biti kao nova. Nemojte ići po ugalj."

 Onda me on, baš po engleski, još pedeset puta pitao jesam li sigurna, jesam li sto-posto-sigurna, jesam li uvjerena da je to najbolja odluka. Da, ponavljala sam. Ostavi me sada samu s mojim klobukom, mislila sam.

 I tako, ode čika Doca, a ja odmorih na stolu za svadbene ručkove i večere. Laku noć svima. Laku noć i otrovnim klobucima, gdje god da ih ima.

 Poslije sam čak bez problema našla taksi da me vozi kući.

TOTALNA BALKANIZACIJA

"Zašto ovdje žive samo bijelci?" pitala je moja šestogodišnja kćerka kada smo nedavno bile u Zagrebu, gradu njenog rođenja.

Prije toga, pitala je i zašto nemamo vrt gdje bi ona zasadila omiljeno joj cvijeće, *peonies* (nemam pojma šta su, kasnije ću provjeriti u rječniku), i gdje bi mogla 'čekati magični trenutak kada se njihovi zeleni pupoljci otvaraju a iz njih izviru guste latice jakih boja i prelijepog mirisa.' Ne bih da se hvalim, ali njene riječi, sto posto.

Kćerka uvijek s prezrenjem odvrati pogled od mojih dlakavih čizama koje me zimi spašavaju. Plakala je kada ih je prvi put vidjela. "To je dlaka od ponija", jecala je. Jeste, potvrdila sam, ali je tog ponija pregazio traktor (traktor?!), ma ne misli valjda ona da bih ja inače pristala da ih nosim. Nije mi baš povjerovala. Zapravo su od teleće dlake, te kontroverzne čizme. Jedva čekam proljeće, da se ratosiljam krzna i prezrivih pogleda moje male ekološkinje. Nepotrebno je naglašavati da se od četiri člana naše porodice, jedino ona – rođena u Zagrebu - osjeća doma kada smo u Londonu.

Mene, recimo, Englezi i dalje do te mjere znaju iscrpiti svojim kidanjem riječi dok govore, da mi se uši prosto istope od zadovoljstva kada upoznam nekog - Amerikanca.

Engleze, dok pričaju, često moram gledati u usta.

Kada sam bila na predavanju jednog od njihovih 'jačih' literarnih agenata, sjela sam u drugi red – ne baš prvi da ne ispadnem književna uhoda, kakvih je sve više – da bih ga mogla razumjeti, odnosno gledati u usta dok priča. Odjednom je ispred mene, potpuno mi blokirajući panel, sjela neka mlađa žena veoma dugačkog trupa i visoke grive. Potapšala sam je po ramenu. Okrenula se ka meni.

"Oprostite," rekla sam joj, "možete li se samo malo pomjeriti udesno? Ja *moram* gledati u usta ovog čovjeka."

"Ohh -kej," reče djevojka polako i pomjeri se udesno, oslobađajući mi pogled na predavača i njegove usne - nelijepe, izvitoperene i asimetrične.

Ispadoh tamo neki frik koji ima fetiš horor usana.

S Amerikancima mi je lakše. Oni slogove i riječi grupišu jasno i glasno. A osim toga, uvijek su spremni na otvoreni razgovor sa nepoznatima, kao da je svijet tako malo misto da mora da smo se svi već nekada negdje sreli.

Sindi, Amerikanka iz moje spisateljske grupe petkom, već mi je u oktobru 2007., prilikom upoznavanja, rekla da će u novembru iste godine *napokon* povećati sis-…pardon . . grudi. Kako da je čovjek-žena sa naših prostora odmah ne zavoli? Mora da je i ona mene namirisala kao dobrog primaoca ponuđene informacije. U tom se smislu mi Balkanci kužimo sa Amerima. Možda zato što su balkanske istorije, naše zemlje i granice, uvijek mlađe čak i od američkih. Narodi u konstantnoj reinvenciji. Međutim, nikada ne znaš gdje ćemo i sa njima nabasati na neku kulturološku razliku.

Prije par noći bili smo, muž i ja, na večeri sa američkim prijateljima koji su, opet, doveli još jedan američki par. Taj drugi par večeru je započeo otvaranjem zvanim 'mračne strane porodičnog života'. Detaljno su nam ispričali propadanje njihovog najstarijeg sina u pakao droge, alkohola i čudnih religioznih sekti, a sve začiniše informacijom da je on sada već osamnaest dana čist. Zamoliše nas da se zajedno pomolimo za njega nekom našem privatnom 'bogu'. Obavismo to, svako na svoj način: moj muž proučavajući vinsku kartu, ja škiljeći u sve prisutne i sastavljajući ovaj tekst u glavi; ostali zatvorenih očiju, duboko dišući.

"Onda, hoćemo li crno vino večeras?" upita moj muž dok su Ameri još molili.

"A-men," pristojno ga prekori Lea, žena koja je pozvala na molitvu.

Dok se naručivalo vino, ja ponosno saopštih Dajani i Brusu, koje poznajem odavno, da sam, od našeg prethodnog susreta, prestala pušiti. Nastade muk. Dajana mi na brzinu, okrznuvši usta kažiprstom, dade znak da ćutim na tu temu. Prekasno.

Lea, majka problematičnog najstarijeg sina o čijim smo narko-kult-stradanjima upravo čuli sve detalje, razrogači oči i povika: "Ti si nekada pušila?! Užas! Kako si mogla? Pa to je nedopustivo!"

Njen muž, koji je za večerom sjedio pored mene, snažno me zagrli, tapšući me po leđima – znak da je zagrljaj prijateljski, ili očinski.

"Lea," obratio se svojoj supruzi, "*Olga* je spremna za promjenu. U toj fazi kritika ne pomaže. Samo pohvala."

E, tu mi je već falio neki Englez za stolom, neko ko neće misliti da su bezbožnici i pušači najveći neprijatelji progresa. Za Engleze su časni porazi, malo samotrovanja i ateizam i dalje odlike

intelektualaca. Ipak su oni iznjedrili Darvina. I Čerčila, *bloody hell*.
*

U londonskom muzeju nauke, stojim ispred reljefa naše planete na kojemu su žutim i crvenim svijetlima označena trusna i vulkanska područja. Svuda po reljefu svjetlucaju lampice, crvene se ili se žute, ponegdje i jedno i drugo, ali oko ovog čudnog ostrva – ništa, samo zeleno i plavo - Irska i more.

    Iza mene stoje dva mlada engleska 'Rodnija' i komentarišu.

    "Gledaj," kaže jedan. "Svuda ima zemljotresa ili vulkana, osim kod nas."

    "Da," kaže drugi, "zato su svi navalili ovamo."

*

Koliko god da istreniramo sebe za nježnu interakciju sa ljudima, teško nam se opraštaju balkanski korijeni. Ponekad imam osjećaj da su Londonci u sebi uspjeli sagoreti predrasude prema crncima, Arapima, Jevrejima, pa čak i prema Njemcima, Francuzima ili Amerikancima, ali Balkan im je ostao mutan. Balkan i Rusi, s tim što su Rusi mnogoljudni narod sa mnogo metala, nafte i para. To Rusima čuva leđa kao i Anglosaksoncima njihov engleski jezik. A mi smo mali, i u svakom novom milenijumu još se više rasparčamo, genetska smo čorba kojoj se ne znaju pravi sastojci, bez strukture smo, bez resursa, bez prave elite: dobro situirane, obrazovane i nenasilne. Još u vrijeme prvih balkanskih ratova, Englezi su odlučili prema nama sprovoditi politiku namjerne ignoracije, nezainteresovanosti za naše poluostrvo, što je postepeno formiralo njihov savremeni prećutni stav da nemamo relevantnih karakteristika za doprinos globalizaciji. Ukratko, ne razumiju nas, štaviše, misle da se tu nema šta ni razumjeti. Čak u svom jeziku imaju i riječ 'Balkanisation'.

    Naišla sam na tu riječ prvi put u životu tek nedavno, čitajući eseje o Americi Martina Ejmisa, prikupljene u zbirci pod nazivom 'The Moronic Inferno'.

    Moronic Inferno kovanica je za Ameriku, ali ju je Ejmis pozajmio od Sol Beloua, američkog Nobelovca. To je onda u redu, jedan domaći Nobelovac svoju je zemlju tako okarakterisao. Ejmis je samo išao tim tragom – zašto *Moronic* i zašto *Inferno* - secirajući Ameriku osamdesetih godina prošlog vijeka svojom pronicljivošću.

Stigoh do eseja o lansiranju magazina *Vanity Fair* u Njujorku.

Martin Ejmis ovaj esej počinje rečenicom: "U današnje doba, koje karakteriše posvemašnja Balkanizacija štampe..."

Molim? Šta je osamdesetih, dakle prije naših krvavih devedesetih, mogla značiti ta riječ – Balkanizacija? S velikim 'B', kako je Ejmis piše.

Ejmis je poznat po svom stilu koji se samozadovoljno kupa u zlatnoj fontani engleskog jezika. Stoga zaključih da je baš on i izmislio tu riječ. Ipak, potražih je u rječniku, i, eto, nađoh je tamo, i u Oksfordu i u Penguinu, svuda napisana velikim slovom: '*Balkanisation* – glagol *to Balkanise* – podijeliti regiju ili organizaciju na manje države ili grupe koje se suprotstavljaju jedna drugoj.'

Izgleda da je rat na našim prostorima iznenadio mnogo manji broj ljudi nego što sam mislila.

Znam ja da u narodu postoji pojam 'Americanisation', ali njega recimo nema u rječnicima engleskog jezika. Nema ni Afrikanizacije, Afganizacije, Libijizacije, Germanizacije. Ima samo Balkanizacije.

Svedoše nas na to. Izgleda da je talas političke korektnosti zaobišao samo nas, nepoštedive.

Neću sada luzerski cmizdriti nad tom činjenicom. Znam da se u Britaniji, kada se ode malo dalje od Londona, nije u glavama ljudi mnogo toga promijenilo; stranci su stranci, crnci su crnci, Indijci su Indijci, stisni zube i ne plači, tu su, svuda oko nas. Jedno neveliko ostrvo ipak se usudilo upiti u sebe tolike različitosti i garantovati da će svakom stanovniku biti ispoštovana ljudska prava. Neka ih, onda, neka uz popodnevni čaj misle šta god hoće. Pravo na to ne može se nikome oduzeti.

Ali, onda Ejmis opet, samo dva eseja kasnije, upotrijebi Balkanizaciju. Ovog puta sama Amerika bijaše *humanly balkanised*. Malo 'b'. Što god to značilo, zvuči mi kanibalistički. Lijepo bi bilo da je Ejmis, kao u slučaju Moronic Infernoizacije, dopustio nekom 'domaćem' da se prvi posluži pojmom Balkanizacije.

Mada, to mi sada daje slobodu da upotrijebim *Londonizaciju* za recimo: bezobrazno visoke troškove života, osrednjeg kvaliteta; haotični, nehumani sistem školovanja; preveliku spremnost da se od diktatora uzme keš u zamjenu za doktorat za njegovog sina. I tako dalje, ali neću, jer ne uživam u tome. Nama, Balkancima, uvijek je bilo slađe šaliti se na svoj račun. Svakog smo stranca posmatrali kao da se slučajno s Olimpa skotrljao među nas. Poput Amerikanaca, otvoreno smo pričali o svojim problemima; i to bez straha od tjelesnog kontakta. To su neke balkanizacije koje nikada nismo uspjeli izreklamirati.

Šteta, jer - dok se London uporno trudi sebe u tom smislu 'balkanizovati' – pronaći u sebi toplo srce zajednice - mi i dalje ignorišemo prave vrijednosti našega podneblja. Ignorišemo ih dok ih ne zaboravimo.

I, da, *peonies* su, sudeći po rječniku, božuri. *Božuri* su omiljeno cvijeće moje kćerke? Usavršavam engleski jezik prateći tu gracioznu Londonku, balkanskih korijena. Pa, imam li pravo čuditi se božurima?

ŠARM I DRAMA

Ovih dana otkrivam svijet *monovision*a: u isto vrijeme, jedno oko trenira kratkovidost, drugo dalekovidost. Zapamtiću da je april 2011-te u Londonu bio sunčan. To je onaj april kada su se vjenčali Wills i Kate. Negdje po rubu mozga kljuca me teorijica da su zbog njihovog vjenčanja specijalni agenti napravili april tako divnim. Raketama su ubijali oblake. To je kljucanje ostatak iz prethodnog života, proživljenog u poznatom nam okruženju, gdje najbolje uspijevaju teorije zavjere.

Na ulicama gradurine odjednom primjećujem mnogo lijepih, zategnutih, preplanulih ljudskih bića - optička terapija po mojoj mjeri, učinkovitija od buljenja u statično zelenilo (bo-ho-horing).

U vidokrug mi, međutim, sve češće upadaju i pripadnici jedne posebne međunarodne skupine, takođe, valjda, ljudskih bića: to su diktatorčići i njihovi poslušni tajkunčići, freško pristigli sa Bliskog istoka, iz sjeverne Afrike, sa Balkana i sl. U njihovim je majkama-zemljama sada neprijatno vruće, kako god da se uzme. Stoga će se svi oni, kad tad, obresti u metropoli kojoj je lako iz daleka pronalaziti mane (klima, buka, gužve, cijene, a o hladnoći ljudi da i ne govorimo) dok ne dođe stani-pani. Onda je svi vole.

U Londonu se ta posebna skupina diktatorčića-tajkunčića, okićena svojim paruljinama, može bez stega kočoperiti. Ako se pridržavaju lako prihvatljivih propisa, niko ih neće hapsiti. Ako imaju neugodni hendikep u izgledu ili govoru, niko ih neće ismijavati. Ukratko, oni se u ovom gradu mogu opustiti i biti ono što jesu, ili su već dugo željeli postati: pomalo ludi i slobodni.

Pripadnici tog internacionalnog bratstva ovdje djeluju bezazleno, čak zaigrano. Lica im krasi djetinjasti kez zahvalnosti demokratskom sistemu koji ih je prigrlio. Lako ih prepoznajem. Zadovoljno se prepuštaju novim navikama, dopuštajući svojim ženama i djeci da ih vuku po buticima, mjuziklima, po agencijama za nekretnine u kojima zaposleni nanovo trljaju ruke, tvrdeći da cijene stanova iz nekog razloga i ovog proljeća rastu. Srijećem ih u Hamlisu, robnoj kući igračaka, dok isprobavaju nove modele helikoptera i terenaca-kaskadera na baterije; ili se sa djecom dobacuju NLO letilicama napunjenim helijumom; ili pucaju iz pištolja koji izbacuju balone od sapunice u duginim bojama. Njihove žene za to vrijeme nervozno cupkaju Loubutinkama, prevrću velikim tamnim očima, i nanose još jedan sloj karmina na visoko izvijene usne. Onda žustro zabace svoje nepokrivene sjajne vlasi, pogledaju na zlatni Dejtona sat koji im, pomodno, malo visi sa zgloba, odluče da je dosta bilo glupiranja, pa svog diktatorčića-tajkunčića povuku za rukav i odvuku na kasu, da plati ovu turu, pa da se ide u obližnji Selfridžis, takođe pun čudesa. Ostajem impresionirana tom slikom matrijarhata u najrazvijenijem stadijumu. Dojučerašnje autokrate, strah i trepet šire porodice, komšiluka i neke udaljene Stare varoši, dovedeni su iz jedne neprijatne, po život opasne situacije, u blistavi centar konzumerizma, gdje su se potpuno predali dječačkim nagonima i ženi-poglavarki koja sada otvoreno udara po njihovom računu, donoseći pritom nepobitne odluke. Prosto mi, dok ih posmatram, bude toplo i pomalo tužno oko srca. Sada shvatam političare i pregovarače sa zapada, i zašto oni zapravo nikada ne mogu ozbiljno proniknuti u lične mrakove diktatora-tajkuna. Zapadnjaci njih ni ne doživljavaju kao moćnike već više kao prekonoć izdžikljale dječarce, kojima uvijek samo treba tutnuti novu igračku u ruke; a zatim ih, u neku uru, kada se pokaže da izrastaju u prehisterične tinejdžere, treba šutnuti iz kuće, poslati u internat, vojnu školu, da očvrsnu…

No, lijepo vrijeme ne izvodi na ulice Londona samo bogate i srećne.

I 'neprilagođeni' izgleda još uvijek više vole dobru šetnju od Fejsbuka i ostalih društvenih mreža.

Ja inače izbjegavam izlaske noću, a ako već moram izaći, onda izbjegavam takozvane 'džepove' – mračne, prazne uličice i prolaze sa pločnicima masnim od tragova povraćanja, neprohodnim od ispražnjenih boca alkohola što čekaju sledeću turu bijesnih noćobdija da ih slomi u paramparčad. Ko bi ga znao na šta se sve može naići kada se iza zalaska sunca naivno sa Fulam rouda, Blumsberija ili Holand park avenije skrene u sporednu uličicu koja smrdi na mokraću ali može poslužiti kao prečica. Prečica ka čemu? Ovdje to zovu 'londonski *underbelly*'. Neki misle da u *underbelly*-ju ima šarma, drame, stvarnog života.

No more drama, please; a dosta mi je i 'stvarnog života'. Ja baš volim razvijene zemlje, i uživam kada im se vidi da su razvijene, šta ću? To mi dođe kao neka utjeha, dokaz da nisam pogriješila što sam, nakon naših mračnih devedesetih, odlučila na svijet donijeti dvoje djece.

Ali hoću da kažem da su i meni, neprijateljici noći, usled ovog neočekivano lijepog aprila, u sred bijelih dana, u sred gužvi na glavnim cestama, prilazili bijesni, neprilagođeni frikovi željni druženja. Jedan od njih imao je narandžaste zube i beonjače; ili je bio podignut na šargarepi, pipunima i mandarinama, ili je pomni sljedbenik Karlosa Kastanede, po čitave dane navučen na neku mutiranu vrstu Latino korijenja. Htio je da me ljubi u lakat dok sam čekala autobus za South Bank. Drugi je zapišavao ugao Rojal Art Collegea, onda trčao za mnom, psovao me i proklinjao jer sam s gađenjem prešla na suprotnu stranu ulice. Treći je krvavih usta uletio u autobus 44 - autbus koji ja inače zovem 'Srce tame' - naredio vozaču da ne staje na sledećoj stanici jer ga je neko jurio da ga dokrajči. Vozač je ipak stao na sledećoj stanici, gdje je u autobus uletio i razjareni potencijalni ubica, na šta se nesrećni tinejdžer krvavih usta sakrio iza - mene.

'Zašto?' pitala sam se očiju podignutih u nebo. 'Zašto baš iza mene?' Vjerovatno zato jer sam imala najdeblju jaknu u autobusu, za koju se progonjeni možda ponadao da je pancirka.

Potpuno neočekivano i za sebe samu, u djeliću sekunde prije zatvaranja vrata, i u jednom skoku, nađoh se izvan autobusa i brzim hodom nastavih svojim putem, ne okrećući se.

Pomislih da devedesete i nisu bile tako mračne u Podgorici. Sjećam se jedne kasne, kisjelkaste noći, u sred rata, u sred razularene inflacije, opšte besparice, nestašice toalet papira, brašna i goriva; i ja, ophrvana ničim gore navedenim, već samo nekim romantičnim ljubavnim jadom, bijah došetala do zamandaljene benzinske pumpe u centru Podgorice, a onda kod kapije jedne od kućica kod pumpe (koje možda više ne postoje) zapalih cigaretu. Kao privučeno žarom cigarete, pored mene se stvori neko usamljeno vozilo, čiji se prozori bešumno spustiše. Ma, ništa ja, u potpunom odsustvu straha, srce mi nije ni poskočilo.

"Ljudi," oglasi se jedan od momaka iz vozila, "jel' ovo Olja Raičević (moje djevojačko prezime) prodaje benzin?"

Nakon tog pitanja prođoše me čak i ljubavni jadi.

Sada samo zamišljam nekog od ovih diktatorčića-tajkunčića kako se, izašavši iz taksija, slučajno obreo u jednoj od sporednih ulica Londona, pa mu je tamo, odmah iza ugla, neko stavio nož pod grlo, zdipio novčanik i skinuo sat sa ruke. U svojoj majci-zemlji diktator-tajkun takvo što ne bi nikada mogao doživjeti. U zemljamamajkama ulice su bezbjedne, ukoliko si na vlasti, ili si obični prolaznik, šetač; ukoliko nisi do skora bio dio moćnog i bogatog klana, a onda ti se, odjednom i bez nekog opipljivog razloga, status promijenio u – državnog neprijatelja; tada ćeš, naravno još prije svitanja na ulici sresti svoju smrt. Ali evo tu, u sred magičnog, slobodarskog Londona (brižno prekrivenog kamerama), bivšem diktatoru staviše nož pod grlo i oteše mu novčanik i sat. Bolje da je poveo ženu sa sobom.

Ona bi lopovčinu makar ranila sandalom sa nitnama.

KAFA I FILM

Osam i po ujutru, i još prerano za braću cvjećare da na uglu Kolslou ulice posklože glavne aktere sezone: visibabe, jorgovane, ljubičice i ostalo cvijeće za čija bih imena sada morala konsultovati kćerku, pa prevoditi.

U Tesko supermarketu na Batersi park roudu kupila sam, za pet funti, buket jorgovana. Mirisali su kao nekada, iako su bili iz Teska, i, mada je kiša sipila po buketu, njihova se modro-ljubičasta boja nije ispirala. Zaista će Tesco, Asda i Sainsbury's pojesti sve nezavisne ulične trgovce, i svi ćemo postati Tesco-Asda-etc-ljudi sa zelenkasto-žutim licima, robotizovanim kretnjama i nemuštim plaćanjem računa na kasama bez radnika. Što manje opasnog ljudskog kontakta, molim.

U blizini Batersi parka, na kafi me je čekala majka od londonske prijateljice, koja je slučajno saznala da je moja baba Draginja bila od Dragovića iz Ćurioca kod Danilovgrada, odakle su i njeni Dragovići, od kojih je rodom.

Ćurilac-via Tesco-do ljudskog kontakta iz dobrih, starih vremena.

Svidjeli su joj se jorgovani. Skuvala mi je tursku kafu bez šećera. Ne znam zašto, ali zbližavanje smo počele pričom o beogradskim glumcima. Možda zbog Voje Brajovića – takođe iz Bjelopavlića.

Mada sam vjerovala da nikada ne mogu *ja* - uvijek nasmiješena posjetiteljka pozorišnih premijera, Stupice i Manježa - izgubiti korak sa Bg-scenom, ipak mi je trebalo vremena da se prisjetim pojedinih prezimena: Brstine, Ježine, Cvijanovića. Uglavnom, razgovor o glumcima poslužio nam je kao zagrijavanje mozgova pred razgovor o zajedničkim precima.

"Pa je li Duknin muž bio strijeljan na Lazinama?"

"Mislim da nije. Ne znam ja mnogo o Dukninima. Moja je baba bila Draginja, Duknina sestra."

Novootkrivena rođaka i ja lovimo bljeskove sjećanja, kao djeca kovanice po dnu zapuštene fontane.

"Ma, ja mislim da su to Dragovićke čiju su braću pobili Italijani, i to znaš li gdje? Ispred kuće moga oca, u polju pšenice."

Šaljem sms poruku majci i pitam je kako su se zvali Draginjini roditelji i jesu li joj braća bila pobijena u pšenici.

*

"Nisu, to su drugi Dragovići," odgovara mi majka, ali kasno da bih to mogla podijeliti sa novo-otkrivenom rođakom; već grabim preko mosta, prema Čelziju. "Draginjin i Duknin brat," nastavlja majka dopisivanje, "umro je mlad, u 17-oj godini, od španjolke."

Crnogorski su životi puni preranih smrti. U kratkom razdoblju prošlog vijeka imali smo toliko ratova, da su neka godišta, ako i prežive jedan rat, u toku sljedećeg uspjevala još uvijek biti mlada, čak umrijeti mlada. A kod nas je do ove najmlađe generacije, djed ratovao, otac rastao u logoru, sin opet ratovao. Valjda se trouglom zatvorio krug opake geometrije.

Moja je baka Draginja nakon okupacije bila odvedena u italijanski logor u Podgorici gdje se podizao moj otac, rodjen u aprilu '41. U djetinje, plave loknice moga oca stavljane su poruke, kada bi on, kao tek prohodala beba, odšetao do ograde logora, ili iz ženskog u muški dio. Tako je, od Loknice, i dobio nadimak koji mu je ostao do kraja života - Loco.

Baka Draginja mi je, kada sam bila dijete, pričala da je svakog jutra, u svitanje, gledala kroz rešetke zatvorskog prozora da bi poslala tajni znak deda-Vladu (nikada nije rekla kakav je to znak bio, a mene je bilo sram da pitam, da ne bih otkrila da je slala poljupce, moja baka). Zatim ga je zamišljala kako brzo projaše horizontom, na prelijepom bijelom konju, uzvraćajući joj tajnim znakom da je živ. I dok god ga je tako mogla zamisliti u svitanje, znala je da jeste živ, da će porodica ponovo jednom biti na okupu.

Moja kćerka možda nikada neće čuti priču iz zatvora, a ako je i čuje, možda neće osjetiti baš ništa prema svim tim mučnim životima svojih predaka. Ali sam, koračajući prema Čelziju, oko sebe osjetila miris Pavlovićeve kreme i sutlijaša posutog cimetom, sjetila se kako je odmah nakon dedine smrti i baka spremila svoje kofere i jedva čekala da otputuje za njim, i znala sam da je napokon zadovoljna, i da često svrati i do ove gradurine, da vidi kako sam.

*

Nađoh se na Kings roudu. Kiša stala, izvirilo sunce, nema tada ljepšeg i ugodnijeg grada od *slobodarskog* Londona.

'Wim Wenders u 3-D', podsjeća me reklama u izlogu Chelsea Curzon bioskopa. Još samo danas u jedan popodne. Sjutradan, već novi film, *13 Assasins*: Japanci, namrgođeni, u crnim kimonima, vitlaju mačetama iznad glava.

Wendersova *Pina* više je po mom ukusu: plesna kompanija, znoj, strast i suze, međuljudski odnosi tokom stvaranja umjetničkog djela.

S puno sam nade prošle godine odgledala 'Crnog labuda', vjerujući da ću se dobrovoljno utopiti u uzburkanoj duši baleta, ali me je razočarao. Taj je film bio samo ekranizovani 'vlažni san' Aronofskog: ponizne, lijepe i vitke balerinice, seksom nabijeni koreograf koji ih kinji i svađa, bezrazlozna lezbejska scena, samoranjavanje, smrt nakon kratkotrajnog bljeska – kako mali Đokica zamišlja sudbinu žene plaćene da pleše. Pomiješani žanrovi. Ništa. Mislila sam, više nikog ne interesuje sami čin stvaranja u plesu. Svi bi da dodaju seks, zavist, noževe u leđa.

Ipak: izračunavam da mogu skoknuti do Waitrosea – još jednog supermarketa, ali kojemu ne zamijeram ni osvjetljenje, ni sadržaj, ni atmosferu - kupiti sebi humus i krekere, ručati u kinu uz Pinu, pa onda opet preko mosta i kroz park za djecu.

Pina Bauch, njemačka koreografkinja, umrla je na početku snimanja ovog dokumentarca o njoj. Njen prepoznatljivi koreografski opus (sociološki komentari i kritike) koji je često stvarala i igrala ga, zavorenih očiju, uz Wendersov stil, idealan su brak u ovom filmu, koji publici daje priliku da prodre najdublje što se to može u njemačku kulturnu scenu, a da se u Njemačkoj, kao u mom slučaju, nikada nije boravilo.

Pina je svojim plesačima, od kojih su neki plesali i u šestoj deceniji, davala savjete uobročene u po jednu rečenicu.

"Budi što luđa."

Ili: "Večeras, na sceni, moram te se plašiti."

"Tvoja krhkost je tvoja najveća snaga."
I: "Od danas se daj u potragu za nečim, ali ne smiješ znati za čime."
Uglavnom: "Be more crazy. Be more crazy."
I ona i Wenders uspjeli su ostati 'more crazy' sa svakim novim projektom, istovremeno brušeći zanat i uspjeh. Kako im je uspijevalo uvijek iskamčiti pare za ostvarivanje svojih 'be-more-crazy' ideja? Daje li država Njemačka ključna sredstva svojim ludim umjetnicima, ili je ipak najbolja formula za uspjeh – ostati vjeran sebi?

Bilo mi je hladno u kinu. Čim sam sjela osjetila sam da su uključili klimu, jer je napolju temperatura prebacila 20 stepeni; možda je dosegla cijelih 20,5 Celzijusa. Sebi sam obećala da ću napustiti film pri prvom nagovještaju foliranja ili dosade. Ali me je Pina držala začaranu svojim pričama bez riječi. Da, zaista postoje neke emocije koje samo ples može izraziti.

Be more crazy luksuzan je savjet, koji se talentovanim osobama može dati samo u razvijenim zemljama. I zbog toga znam da duh baka Draginje, i bake Ljubov, Bjeloruskinje, dolepršaju do Londona, i zadovoljno uz mene prošetaju ovim gradom.

Zadovoljna je baka Draginja, jer barem jedan krak, odvojak, njenog nesrećnog brata, što umrije mlad od španjolke, njenog muža koji je pet zima spavao po pećinama, i sina joj koji je rastao u logoru – barem jedan krak, koji nisam čak ni ja, već moja djeca - odrasta i živi u zemlji gdje se bez straha od vladavine nasilja, ili rata, nekome može savjetovati da bude što luđi.

Eh, što bi dale obje moje bake – pa, da budem iskrena, i ja sa njima - da su ikada mogle dobiti takav savjet, da budu što luđe, i još platu zarađivati ako ga se pridržavaju!

Baka Draginja ipak je bila pronašla svoj prozor u svijet umjetnosti i mašte: makar kroz rešetke, dok je zamišljala i čekala da moj deda, a njen princ, projezdi na konju, u svitanje.

To je slika koja ostaje.

KROMPIR SA KAUČA

'Dođi,' prošaputao je ekran. 'Sjedni tu, preko puta mene. Odmori kosti. Umrtvi mozak. Slatka je to smrt.'

Sjela sam. I nisam ustala dok svi ukućani nisu digli ruke od mene i otišli na spavanje.

Do tog trena, godinama nisam gledala, stvarno gledala, TV, mada je on, jadničak, neumorno preo kroz dnevnu sobu, po čitav dan tražeći pažnju, poput izgustiranog kućnog ljubimca.

U mom djetinjstvu, okupljali smo se ispred televizora. Nikada nije uzalud 'gorio'. Uključivali smo ga uz pompu: odabrani član porodice prišao bi kutiji, pritisnuo dugme, a ostali učesnici scene taj bi čin propratili naglo prekinutim dahom. Kasnije, ispred nešto savremenije kutije, moj je otac – poput Admirala Nelsona koji svoj pogled zauvijek upire u Temzu i more – u televizor marke Grundig osvajački upirao 'komandu', kako je on zvao daljinski upravljač. Mi, ukućani, ali i uvijek prisutni rođaci i komšije, opet bi nakratko prekidali disanje, dok se iz Grundiga ne bi zakotrljala neka dramatična špica. Dnevnik, Evrovizija, Otpisani, Pozorište u kući, Sandokan; ili, Muzički tobogan, nedjeljom, sa Minjom Subotom (kompletan vikend stade u ovu kombinaciju), samo za nas, klince, dok su se odrasli spremali za izlazak na ćevape.

Kao prvo, TV više nije kutija. Sada podsjeća na stručno presovanu crnu panteru. Kao drugo, u današnje vrijeme djeca, a ne roditelji, upravljaju 'komandama'. Ja daljinski uzimam u ruke samo kada, na ivici sveobuhvatnog nervnog sloma, pritiskam sve dugmiće nasumice, pokušavajući da usmrtim sliku i zvuk sa ekrana, jer već je skoro devet sati, počinju emisije sa golotinjom i psovkama, a djeca nisu još u krevetu. Ako ga nasilno ne ugasim, TV će im spržiti mozak, uvjerena sam, a da oni to neće ni osjetiti.

Evo, recimo, ja sam toga dana, kada sam 'čula šapat ekrana' sjela pred taj ekran i nisam ustala dok mi nisu zvali Hitnu. Dobro, pretjerujem. Ne treba meni Hitna dok je mojih ukućana. U konstantno sam vrhunskoj formi, posebno istrenirana za nagli skok sa kauča.

Inače, izbjegavam dangubljenje po internetu i društvenim mrežama, sve tapšući sebe po ramenu, jer kao svaka mi čast što još ne potpadoh pod vladavinu tehnološke diktature lažnog proleterijata i još lažnije buržoazije. I nekako sam vjerovala da je internet od TV programa preuzeo ako ne čitav kič-kolač, ono bar njegovu glazuru, odnosno emisije o životima i smrtima bogatih i slavnih. Zbog interneta i društvenih mreža nijedan iole poznatiji lik ne može više ni umrijeti s mirom, a da to, već za vrijeme ispuštanja poslednjeg daha, ne sazna plejada njegovih sljedbenika na mreži. Sljedbenici: kako to depresivno zvuči; i pomalo stravično.

    Dok sam se udobnije namještala na kauču, zaključih da zaista ne želim nikada biti nečiji sljedbenik. TV, s druge strane, to ni ne traži od mene. On je kao stariji, staromodniji brat, na nešto višem nivou od net-a; sačuvao je dozu dostojanstva.

    Čvrsto sam vjerovala u to.

    Odmah sam 'komandom' vješto ispreskakala svaki prenos sa terena SW19, kako retro-pomodno tepaju Vimbldonu, jer su glavni kanali fokusirani na dramu Endija Mareja, vječite ostrvske teniske nade. Dosta mi je što krajem juna, svake godine, svaka škola kroz koju su mi prošla djeca, nađe načina da otme dodatnu lovu od roditelja, tako što im potomke zarazi tenisom. Kupuju se reketi, oprema, prijavi se dijete, koje je 'izuzetan talenat, samo da zadrži tu iskru u oku' – a nikada je ne zadrži. Da ne dužim: bačene pare. E, pa zato, ove godine, Vimbldon potpuno ignorišem, barem do finala.

    Kao i svaki freški, ranjivi povratnik TV-u, odmah zaglavih na reality emisijama.

    'Sve emisije danas su 'reality' emisije', tješila sam sebe.

    Pa i 'Muzički tobogan' bio je, u stvari, reality show. Tražio se talenat, tražio se pobjednik. Dobro, nismo prisustvovali suzama, psovkama, povraćanjima od treme iza kulisa, ali dala se naslutiti ljudska drama, mora da je bilo svega.

    Toga dana provedenog uz ekran shvatila sam da uspješni TV voditelji moraju razviti jednu posebnu vrstu inteligencije. Brza je to inteligencija, kao kod trgovca, ili, još više, tenisera; inteligencija usmjerena da ispaljuje snagu samo na nedaleke i jasno postavljene ciljeve. Aha, tu si, moj si, bum, gotov si. Next!

    Osim ako te BBC nije platio da napraviš neku ozbiljnu dokumentarnu emisiju.

    Naime, najviše su me za ekran lijepili članovi žirija za odabire raznoraznih reality pobjednika: pjevača, biznismena, modela.

    Što opasnije i ljuće sudije – to interesantniji šou.

Srce mi je treperilo od radosti kada je Tajra Benks poživčanila i pet se punih minuta izdirala na Monik, za koju je, do te eliminacije, navijala cijela Amerika, ali Monik je izgubila 'iskru u oku', tj želju za pobjedom. Inače me je Tajra potpuno očarala svojim TV talentom.

Što se tiče mene, novopridruženog člana bratstva 'krompira sa kauča', Tajru, Sajmona, i sve ostale reality suce, nadmašila je Sutkinja Džudi. Iz njene se sudnice prenose pravi građanski procesi, oni sitniji, bez porote, koji se brzo rješavaju, još dodatno sjeckani, krojeni za televizijske skečeve. Kod Sutkinje Džudi u sudnicu dolazi prosječna Amerika. Problematični okrivljenici, mozgova uspavanih raznoraznim drogama i batinama, naglo se u Džudinoj sudnici bude iz letargije, i – zaljubljuju u ovu postariju ženu koja im kroz stisnute tanke usne viče, vrijeđa ih, na glas nabrajajući njihove odvratne osobine, na kraju ih osudi, a za svakodnevno pojavljivanje na TV-u pred milionskom publikom, sve što uloži u sebe je – feniranje. Ni botoks, ni plastika, samo crna halja sutkinje sa bijelom heklanom kragnicom. Dvadesetogodišnji joj optuženici izjavljuju ljubav, a ona im uzraća: 'Nisi ti jedini. Stani u red.'

Tu su negdje ukućani pokušali i mene da dovedu u red. 'A da odeš malo u shopping?' pitao me je muž. 'Mislim, gledao bih tenis…'

Nisam reagovala. Povukao se.

Onda je došao sin. 'Mama, hoću da gledam nove epizode Top Gear-a.'

'Čekaj,' rekla sam mu. 'Sada će ona emisija gdje Lord Šugar govori kandidatima 'Otpušten si'. Bila je reklama da će uvesti to i za tinejdžere, moći ćeš da se prijaviš već sa petnaest godina. A, šta kažeš?'

'Sine,' ubaci se muž ponovo. 'pusti majku danas, vidiš da kroz ekran uranja u srž britanskog društva.'

Kada je Lord Šugar došao na red, malo sam se grizla, te iz par puta pokušala da se prebacim na London News ili BBC-jev dokumentarac o Staljinu.

Na vijestima iz Londona : zatvaranje biblioteka, porast nepismenosti, Kamerun u pohodu na penzije, prognoza vremena – pogoršanje. A o Staljinu već sve znam, i previše, tješila sam sebe. A čeka me i dobrotvorni ljetnji sajam, tuce knjiga – ozbiljna literatura - na natkasni; u fioci – dvije ulaznice za neglamuroznu predstavu

'Djeca pokraj pruge'. Iskupiću se. Samo još Lord Šugar, pa pravim večeru, kunem se.

Iz ekrana je izronio londonski City. Špica je zvučala dramatično. Kandidati su išli u Pariz na najnoviji zadatak. Zamuckivali su francuski. Možda da ipak mojima serviram samo čips i kokice za večeru? Jer poslije glavne emisije, išao je dodatak pod nazivom 'Otpušten si', gdje su gosti bili poznati britanski komičari.

To je bilo u srijedu. Četvrtak i petak provela sam u parku, sa očima prikovanim za zelenilo, sa kojeg se cijedila kiša. Terapija.

TV screen, you are fired!

TO JE NAMA NAŠA KRIZA DALA

Kriza (a.k.a. recesija) na Ostrvu nije još sasvim ubila glamur, a možda nikada i neće. Barem ne u Londonu. Ipak je to etablirana jezičko-turistička meka. Međutim, za poštovaoce balansa, rutine ili karme, ova kriza dođe kao osvježenje, Okruženje je, naime, postalo manje plastično; manje vještačko.

Kao da kraj bezumnog ekonomskog blagostanja označava reaktivaciju onih, skoro zamrlih, komora mozga u kojima počiva saosjećanje.

Nisam socio-inadžija, uvijek raspoložena da idealizujem kraj slobodnog tržišta i početak velike krize, ali, prije šest godina, zatekla sam se u samo(za)dovoljnom Londonu, zaljubljenom u svoju cash-power filozofiju, svoju izvrnuto postavljenu meritokraciju: 'Ako dolaziš sa parama' – prećutno se poručivalo – 'sa željom da trošiš i polažeš neopravdano velike depozite za budalaštine, ako želiš da kupuješ naše izlizane stanove uskog stepeništa koje škripi pod stoljetnim itisonom – dobrodošla si, o, ti lako uklopljiva osobo!'

U takvom sam se Londonu osjećala poput preparirane zvijeri koja svojim ukočenim stavom, bez režanja, savršeno upotpunjuje prostor, ne kompromitujući ga.

Onda je balon pukao.

Ljudi se istovremeno nađoše pod dvije različite vrste stresa: stres gubitka države-dadilje, plus stres udaljavajućeg sna o brzom bogaćenju. Nekima je to bilo nepodnošljivo; drugima se vratilo režanje – njihova prava priroda. A svaki je povratak pravoj prirodi oslobađajući.

'Keep calm and carry on', britanski je moto iz 1939., kada je vlada tom rečenicom bodrila građane, dok je Hitlerovo ludilo kretalo u Blitz.

Samo mirno i kao da se ništa ne događa. Britanci vole to. Tako mogu svima pokazati kako se treba ponašati u teškim vremenima. Ali vremena moraju biti teška da bi se oni pravili kao da se ništa ne događa.

U vrijeme ekonomskog blagostanja, naročito prije terorističkog napada iz 2005., nije bilo potrebe praviti se da je sve u redu. Svaka je opasnost zaista bila kao pod narkoticima, kontrolisana, svedena na minimum. Dvadeset-prvo stoljeće dobro je počelo za Britance. I ti silni stranci, koji su hrlili u sve većim grupama, iz sve čudnijih zemalja koje nisu nikada ni bile engleske kolonije, i naseljavali Ostrvo, pa čak su i oni bili podnošljivi: neki su donosili pare, a neki samo svoj san da se obogate.

Međutim, svako čudo tri dana. Sve brzo dosadi; i uruši se, naravno; pokaže se ružno naličje. Najgora je neizvjesnost, kada se tek naslućuje urušavanje. Hvala bogu za konkretnu krizu.

Kriza - kako to 'challenging' zvuči.

Nije više popularno ići u 'fenomenalne' restorane gdje se sva skupa jela pretvaraju u pjenicu koja se pojede iz dva normalna ljudska zalogaja kašikom. Napokon se gladni Englez može sa ponosom vratiti u pristojne pabove na fish and čips, i točeno pivo.

U krizama, izgleda, svašta mutira, pa i bakterije. Prethodno oprano povrće za salatu (oprano čime?) može biti smrtonosni izvor E Coli bakterije. Super, opet ćemo jesti dobri, stari specijalitet – kobasice sa krompir-pireom.

Njemci su za Engleze u nekoj anketi rekli da su nacija alkoholičara sa lošim zubima. Englezi nisu uzvratili. Zapravo, odmahnuli su rukom – 'Tako je, takvi smo, i ostavite nas sada na miru. Preziremo skupe zubare-perfekcioniste. Holivudski nam osmijesi djeluju zastrašujuće, Godinama ste nas tjerali da glumimo sebične samo-promotere, ali to je tako ne-engleski, mi se volimo šaliti na svoj račun i biti ekscentrični. Volimo mračne zime i čaj u pet kao poslednji obrok dana, kada smo već u pidžamama i starim, frotirskim kućnim mantilima jer je grijanje stavljeno na minimum. Šta na minimum? Na off sa njim, gasi to! I daj nešto jače od čaja.'

Štrajkovi posvuda; nagovještaji ljeta i jeseni nacionalnog nezadovoljstva. Ah, miline, ima se o čemu diskutovati uz bocu nepretencioznog vina, možda čak engleskog? Uostalom, neka se stvori malo gužve na aerodromima i van sniježne sezone. Sada će se pokazati ko je pravi patriota.

Pravi će patriota ljeto provesti na ovom Ostrvu (a ne nekom mediteranskom) roštiljajući u gumenim čizmama, penjući se po škotskim brdima, hvatajući losose i rakove iz sjevernog dijela Atlanskog okeana.

I neka se nakupi svo to neraščišćeno smeće po ulicama. To će nas podsjetiti da postoje nevidljivi poslovi koje obavljaju manje privilegovani slojevi o kojima se moramo brinuti kao društvo, inače svi odoše u biznismene i zabavljače, pa gdje će nam onda duša?

Nema više ni bojazni da ćeš se slučajno ušetati u neku galeriju, možda samo u potrazi za finim toaletom, gdje će ti se Kerber sa ulaza brecnuti: 'Imate li doživotnu članarinu? Jeste li naš patron?'

Sada se svuda može ući bez snebivanja, čak i škljocnuti foto-aparatom par puta prije nego li ti se neki student bojažljivo obrati da ipak ne bi trebalo fotografisati eksponate, a zatim te lično sprovede do toaleta u nadi da ćeš barem uz put u frižider sa pićem uvaliti koju funtu, ili bar peni, ako već nećeš trošiti na umjetnost, koja je također u krizi, ali neka je, hvala bogu, svačega se bilo nakotilo, sada će valjda isplivati samo ono što valja.

*

Juče se jedna od majki u školi, Engleskinja je, pojavila duboko i ravnomjerno preplanula.

'Gdje si dobila tako divnu boju?' pitala sam je.

'U mojoj bašti', rekla je.

'O, znači palo je sunčanje za vikend.'

'A ne. Okopavala sam povrće, potkresivala sadnice, zasađivala nove, zalivala
cvijeće. Ma kakvo sunčanje?!'

Ako se od okopavanja tako ravnomjerno pocrni . . . pomislila sam. Baciću se i
ja na baštovanstvo. Neće da prizna da je uživala u suncu. Uživa, kao, isključivo u domaćoj radinosti, 'nametnutoj' joj krizom.

Naime, da, dva dana sijalo je to nemilosrdno sunce.

'Ne brinite', tješili su nas meteorolozi sa svih TV kanala, 'večeras će biti pogoršanje. Približava nam se oluja koja će rashladiti vazduh i spustiti temperaturu.'

Voditelji u studijima širom Engleske radovali su se. 'Divna vijest, stiže kiša! Šta je Vimbldon bez kiše?'

Međutim, oluja je sinoć preskočila London.

'Obećali ste nam oluju!' bune se voditelji BBC Breakfasta-a zorom jutros dok se ja mrštim na sivo nebo. 'Zašto nije bilo prave oluje?'

'Pa ako budemo imali sreće,' brani se prognozerka, 'zakačiće nas danas.'

I evo je oluja, smračilo se dok kucam.

Evo im kiše, nestabilnog ljeta sa nagovještajem jeseni nezadovoljstva. Ali, nikada mene neće sustići. Još sam u prednosti.
Prošla sam put od pionirske uniformisanosti do par-nepar restrikcija u saobraćaju. Zatim, gubitak domovine i sramni rat u njoj. Političko psihičko zlostavljanje, zabranu emitovanja hrvatskih pjesama. Pa život i druženje pod nametnutim sankcijama od strane UN-a; škrinje natrpane uljem, brašnom, toalet papirom; restrikcije struje, koje su se prekraćivale odlascima na kafu, pješke, naravno, u dio grada preko Morače, sa strujom. I, kao dezert – dugački tunel tranzicije. Ima li mu kraja?

'Transition', pitaju me, 'šta vam to tačno znači?'

'Ćuti,' kažem im, 'ne izgovaraj glasno da ne prizoveš zlo.'

Pazim ja na svoje domaćine. Nisu još dovoljno spremni da 'Keep calm and

carry on' za vrijeme tranzicije.

KRV (NI)JE VODA

Planeta se smanjuje, globalizacija caruje, sve je manje 'tuđine', ali 'otuđenost' raste. Tako je kako je, na takav smo svijet donijeli djecu. Još ako smo se odlučili da ih podižemo daleko od stare nam majke-zemlje, onda bolje da se fokusiramo na savremeni fenomen da 'sve je manje tuđine', a ne na njegovo naličje, odnosno 'porast otuđenja'.
Ili, kako bih to najrađe često samoj sebi rekla: "Odrasti već jednom, stara."
Preseljenjem u stranu zemlju čovjek u isto vrijeme i podjetinji i ostari. Ova kontradiktorna metamorfoza prve generacije doseljenika nije, na žalost, moj originalni sociološki zaključak; pisali su o tome i Dubravka Ugrešic i Milan Kundera. Ali, molim da mi se prizna da je čak i njima bilo lakše nego meni: oni su u novu zemlju stigli sa manje prtljaga, bez djece. Mogli su sebi dozvoliti da, izdignuti iznad sopstvenih tijela, gledaju na sebe s visine i distance, kao na djecu koja iznova izučavaju prostor u kojem su se zatekli

(podjetinjavanje); dok im je, u isto vrijeme, taj novi početak, odnosno doseljeničko poništavanje prethodne, zrele ličnosti, brazdalo lice, činilo tijelo umornim, a dušu starom (ubrzano starenje).

  Ništa od luksuza izvantjelesne ekspozicije za mene; ništa od podjetinjavanja. Nemam ja vremena za to, vječito u društvu dva mala bića kojima treba uzor, model ponašanja u novom okruženju. Nakon par kikseva u početku (loše tempirana otvaranja prema nastavnicima; nerazumijevanje da 'Thank you' znači 'Goodbye'; preglasan smijeh sa ostalim majkama, prodavačicama, svima), na sebe navukoh oklop, pod njega spremih djecu, i tako smo, pod tim oklopom satkanim od panike i paranoje, godinu-dvije furali dalje.

  Najupečatljiviji osjećaj koji sam dobila preseljenjem u stranu zemlju za mene je, dakle, prvo bio – umor tijela. Pa onda – starost duše. Tek se nedavno malo opustih - tu sam već šest godina, dobro sam upoznala otuđenost i tuđinu, pustila ih da mi pokažu šta mogu; i prezrela sam ih na kraju, te iskompleksirane folirante. Napokon sam bila spremna i za ponovno posmatranje svijeta očima djeteta.

Oštrih obrisa, okupan tišinom čistog oktobarskog jutra
  Leži veliki Grad;
I ja na prozoru, bacam preko vode na svijet Biznisa
  Oči pune ljubavi. (V.H.Odn)

Nego, nakon kratkotrajne idile sa očima punim ljubavi, dođe i taj dan kada sam i ovdje, u velikom Gradu, morala izvaditi krv. Svako ima svoj test zrelosti, a vađenje krvi je moj. Ne podnosim igle. Zapravo, ne podnosim sliku igle i šprica kako vrše invaziju na moje vene ili salo. Evo sada kucam ovaj tekst utrnutim prstom jer mi je zbog pominjanja igle i šprica ostalih devet potpuno odumrlo. Toliko je jaka ta nerazumna fobija. Kada sam, iz ne znam kog razloga (vjerovatno ORA 'Sava' '85) primala vakcinu protiv tetanusa u Higijenskom zavodu gdje mi je radila majka, nekoliko je medicinskih sestara trčalo za mnom oko Zavoda, a majka je vikala sa prozora kancelarije: 'Ne dam ti pare za minival ako ne pustiš Vesnu da te vakciniše!'

  Onda, osam godina kasnije, primanje inekcija isključivo kod izvjesnog medicinskog brata Adžića, koji je imao najlakšu ruku, a tih dana dežurao u Hitnoj pomoći. Oko devet-i- po-deset uveče, prije odlaska na Cetinje, u Zodijak, na žurku, ušetale bismo se ja i drugarice - na štiklama, kompletno našminkane, - u Hitnu, među slomljene, iskrvavljene, izranjavane. I dok sam ja nervozno stiskala i grebla ruke i šake mojih drugarica, one su me uvodile kod Adžića u ambulantu.

Jednog sam podgoričkog taksistu prije desetak godina izmolila da uđe sa mnom u Merkur-Neru i drži me za ruku. Malo se išćuđavao, ali – pristao je. Unutra sam, nakon što su me ulovili, posjeli na stolicu, i zaboli iglu u venu (opet kucam samo jednim prstom), zarila svom naivnom pratiocu nokte u podlakticu i počela da brazdam.

"Aaaaaajjjjj," povikao je taksista. "Što je ovo ljudi, kako ću ove ogrebotine objasnit kući?"

*

Između Podgorice i Londona, četiri smo godine živjeli u Zagrebu. Još uvijek, kad god se neko od nas razboli, patimo za Zagrebom. Tamo su nam dolazili kući da nam vade krv. Muž je morao da se budi rano i prinosi mi svoje ruke na žrtvu. Nije mu ništa padalo teško u Zagrebu; on i taj grad vole se tajno. Moram priznati da u Zagrebu imaju najbolje doktore na svijetu. Imaju mentalitet za najbolje doktore: temeljnost i ziher Austrije, Njemačke, uz balkansku srdačnost, razgovorljivost.

*

A sada, veliki Grad London, i vađenje krvi u lokalnom Domu zdravlja; ni Adžića, ni taksiste, ni muža ni majke, samo ja i gomila stranaca u čekaonici. Fobičarka, naime, isto voli redovno da se čekira. "Vrijeme je da napokon odrasteš, stara," ponavljam sebi dok se na plastičnoj stolici u čekaonici previjam, duboko dišem i znojim se. Ozbiljno bolesni ljudi, koji nisu, kao ja, imali tog jutra snage da se lijepo obuku i našminkaju, ne skidaju pogled s mene. Malo i čupam svoje šiške. Znam, sve znam, i probam to da pobijedim. Povremeno ustajem, bezumno šetam po hodniku, glasno dišem, nešto mumlam; ogromna sam, najviša sam osoba u čekaonici.

Prozivaju nas po troje, kao po logorima. "Oldža Knešvik, Nasim Namaeči, Emanuel Gutenberg." Kojem će od ove dvojice iz moje skupine nastradati ruke?

Nikome, pustila sam ih da završe prije mene i odu kući bezbjedno. Nešto sam brbljala kad je došao red na mene, sestra Kristina imala je još lakšu ruku od Adžića, izgrebla sam sebe po čelu, ništa strašno, posle sam krenula da poljubim sestru Kristinu ali mislim da nisam uspjela, ne sjećam se tačno.

Svi su me mali testovi vodili k tome: prošla sam i veliki test zrelosti u gradurini!

U petak popodne otišla sam po rezultate.

"Trebalo je samo da zovete telefonom," rekla mi je recepcionerka u Domu zdravlja, kada sam napokon došla na red.

"Ali ja bih da imam nalaze kod sebe," nasmiješila sam joj se. "Za dokumentaciju."

"Ne može to. Evo, našla sam vas. Nalazi gotovi. Nerekcija. Doviđenja."

"Kakva nerekcija?! Šta mi je?" Nerekcija? Pomiješali su mi nalaze sa nalazima nekog starijeg čovjeka, pomislih. Mislili su na 'ne-erekciju', vjerovatno.

"*No re-act-ion!*" povika recepcionerka. A to je mislila. Nema reakcije.

"Pa šta to znači?" pitala sam.

"Znači da ste dobro!" vikala mi je.

"Ali, mogu li da dobijem svoje nalaze?"

"No reaction!" ponavljala je glasno da svi u čekaonici čuju. "No reaction! Thank you. Goodbye."

Znači, položila sam svoj ispit zrelosti da bih na kraju, umjesto diplome, umjesto bilo kakvog parčeta papira sa pešatom i potpisom, dobila samo 'no reaction'?

Hladni Zapad. Kod nas te puste da dovedeš svoju žrtvu za grebanje, pa ti uruče detaljan nalaz, pa ili ti oni objasne šta ti je, ili ideš kod prijateljice koja nije doktor ali sve o tome zna. Saznaš da je povišeni CRP bolji pokazatelj upale od sedimentacije; da su trigliceridi opasnije masnoće od holesterola; da trebaš više fizičke aktivnosti jer ti je HDL, dobri holesterol, nizak; i da nije strašno ako ti je hemoglobin nizak, ukoliko je feritin, odnosno zalihe gvožđa, na pristojnom nivou. A o tumor-markerima da ne govorim. Kod nas, sam biraš svoje markere, kao voće i povrće na pijaci. "Hoćete li i marker za rak želuca? Taj vam je dobar, pouzdan. Marker za pluća malo je skuplji jer ga šaljemo u Njemačku. Ovaj za rak dojke nije sto posto pouzdan, osim ako nije metastaza na dojci, ali evo, probajte i njega…"

Sada znam zašto su Englezi tako izdržljivi. Morali su biti. Nema detaljnih pretraga krvi dok te ne smjeste u bolnicu, nema briseva, nema ultrazvuka kad god ti se prohtije da vidiš svoje organe ili svog nasljednika, a i dalje se koristi samo šest osnovnih vrsta antibiotika – što se, uzged rečeno, pokazalo dobrim, jer se na Ostrvu mnoge bakterije, uključujući streptokoku, još uvijek drže pod kontrolom.

Ali testovima zrelosti nikad kraja. U velikom Gradu.

SREĆA I SLOBODA

Džonatan Franzen, američki romansijer, živi je dokaz da pisanje o 'ženskim' temama može biti veoma cijenjeno, ukoliko ih obrađuje muškarac-pisac. U tom slučaju, 'ženske' teme mogu čak ući i u takmičenje za Veliki američki roman, koji se tamo i dalje iščekuje, kao da im nije dovoljan 'Veliki Getsbi'. No, 'Getsbi' im je, možda, sa svojih nepunih dvjesta stranica, premali. Još ih svrbi 'Rat i mir'.

I mada Franzena rado čitam, najviše zbog sposobnosti da dijaloge, koji se često protežu na preko deset, dvadeset stranica, ne uvali u zamku samodovoljnosti, već ih koristi da bi priču gurao naprijed, providno mi je što on, nakon što završi još jedan roman na temu mračnih tajni naizgled normalne porodice i veličanstvenog ludila američke domaćice, neće da prizna da ga baš to najviše inspiriše, već za naslov forsira pojam koji će sadržaj popeti na neki, kao, viši nivo.

'*Freedom*', kaže on. 'Naslovio sam novi roman 'Sloboda' jer sam se htio pozabaviti konceptom viška slobode. Ne vodi li previše slobode nesreći? Naročito danas, kada na Zapadu imamo slobodne, ali ne i sretne ljude.'

To on misli na zreli, a ne djetinji, lični osjećaj slobode, koji mu je, kao Amerikancu, dostupan, pa ga preispituje. A ja, pripadnica istočnoevropske sfere, ne razumijem preispitivanje slobode; ja volim kada Franzen piše o svojim 'kućnim ženama' koje u odsutnom trenu raspuste kose, dobiju krila, pa se, naizgled ničim izazvane, zaljube u opakog, bivšeg rokera. I još autoru niko ne zamjera da je time ugazio u područje chick-lit shita, jer je muškarac. O kakvom sad on to meni višku slobode priča? Misli li da bi bilo bolje da i Ameri nađu svoga Putina? Možda bi tada nastao Najveći američki roman svih vremena? Pisan u neslobodi.

Previše slobode ne postoji. To znamo mi koji smo, u bilo kom smislu, živjeli sa obje strane zavjese. Postoje samo zemlje u kojima se donekle možeš osjećati kao ljudsko biće sa svojim pravima: sa, recimo, pravom da smijeniš vladu koja te ponižava, pravi te budalom. I one druge zemlje.

*

Obične se porodične žene u devedeset posto slučajeva, u rijetkim trenucima kada im se učini da su potpuno slobodne, najčešće zaključaju u kuću, bace na kauč, sa poslužavnika jedu 'comfort food' (topli sendvič), dok na miru gledaju dugo priželjkivani film. One nisu interesantan materijal za književnost, i svjesne su toga. Zato vole Telmu i Luiz, ili Anu Karenjinu, svoje neobične 'koleginice' koje 'raspustiše kosu'. I završiše u Grand Kanjonu; ili pod vozom. Tada obične žene malo zaplaču, obrišu suze, njihova se totalna sloboda (kauč, sendvič, film ili knjiga) privodi kraju, obaveze zovu. One su ipak čudno sretne, jer se život nastavlja, a one imaju o kome brinuti.

 Sudeći po tvrdnjama dva engleska profesora, Ričarda Lejerda i Antoni Seldona, upravo u brizi za druge leži tajna sreće; ne u potkresivanju viška slobode, Na Zapadu, kapitalističke gradurine u koje se ljudi slivaju, prevelike su, ne stigneš upoznati lica iz kraja. A ako ih ne poznaješ, zašto bi im pomagao, bio ljubazan prema njima? Nema se vremena, vrijeme je novac, nema se novca, ajkule vrebaju sa svake strane.

 Kada iz gradurina ti isti ljudi pobjegnu na selo, previše se izoluju viškom prirode. Nikad srećni, nikad zadovoljni.

 Zato se sreća uči, trenira. Svakoga dana, po jedno dobro djelo. Budi dobar i učinjen. Nije nimalo naivna Anđelina Džoli. Razne je hemijske tripove zamijenila tripovima u zemlje trećeg svijeta, među sirotinju. Najsrećnija je kad im pomaže. Potpuno se slažem sa londonskim profesorima da se treba učiti osjećaju sreće. I volim London zbog toga što se tu može ići na svakakva dodatna učenja. Evo, recimo, samo jedna tjub linija od moje zgradurine, na Totenhem Kourtu, za devedeset minuta i 20 funti, mogu naučiti Bijonsine pokrete iz spota Crazy in Love. Za sve uzraste i nivoe kondicije. Prijavljujem se i odlazim.

 Činjenica da sam najmlađa polaznica, kao i prisustvo muškarca sa sijedom bradom, koji nije pogriješio čas, već zaista želi da nauči koreografiju iz Crazy in Love, doprinose uvećanju ambicije i radosti. Ima poslije i Rijana, ali već osjećam bol u mišićima. Međutim, izostao je osjećaj sreće, jer polaznike ovog čudnog tečaja neću više nikada vidjeti, niti sam time išta pridonijela zajednici.

 Zato sljedećeg dana stavljam sebe na raspolaganje učiteljicama drugog razreda kćerkine škole. Ide se na cjelodnevnu posjetu Bakingemskoj palati. Molim vas, uvjeravam ih, pa to je meni piece of cake; neko vam mora pomoći sa svom tom djecom. Od četrdesetoro djece ja se brinem o njih šestoro, među kojima su tri nepodnošljiva dječaka, ali ljubazna sam i volim ih.

Jedan sod tih dječaka zove se Hanter. Hanter je najgori; odnosno, ne kaže se tako: Hanter je challenging. U palati ima million posjetilaca, a Hanter voli da se izgubi u gomili. Vrištim njegovo ime, skubeći ostalih petoro za mnom. Da me sada neko pita šta sam u palati vidjela, samo bih znala reći da ima zaista mnogo tajnih vrata sakrivenih iza ogledala, iza kojih su djeca nestajala, želeći da vide Kraljicu, za koju su bili sigurni da se tamo sakrila da posmatra posjetioce. Nema veze, bila sam dobra, svakoga sam voljela. Samo su mi mišići bolno podrhtavali zbog Bijonsine koreografije od prethodnog dana. Ručala sam čips sa ukusom bijelog luka i pavlake. Razdirala me je gorušica. U autobusu, na povratku u školu, zamalo nisam povratila jer sam sjedjela u smjeru suprotnom od kretanja vozila, da bih mogla strogim pogledom fiksirati Hantera i ostale dječake.

Sreća, sreća!

Ne, to nije kiša, to sreća kuca po prozorima autobusa.

U džepu od farmerica vibrira mi telefon: sin mi naređuje, pardon, moli me da dođem za njega u Barns gdje do pet popodne ima utakmicu. 'Nećeš me valjda pustiti da idem vozom po ovom pljusku?' pita.

Muž je na putu. On je srećković među nama. Sin mora vozom. Dočekujem ga na stanici, lice mu smrknuto. Ali kupila sam mu njegovu omiljenu užinu. Moram ga naučiti da bude srećan. Zaustavljam taksi, sa lica ne skidam osmijeh korisne žene. Nakon što su se djeca smjestila i vezala, u taksi uliječem i ja, silinom odlučnosti da zadržim pozitivan stav prema životu. I tako, tom silinom, opaljujem glavom po prokletom, ukletom, smrdljivom, nekakvom seljačkom, fucking dodatku za prozor na taksiju, maaaajku mu, aaajj, maaajko, mrak mi pred očima, pa onda kratka slika rasprnutog šipka iz Lješkopolja, sigurno je to slika unutrašnjeg krvarenja, cvilim i držim se za vrata taksija da se ne onesvijestim na ulici.

'Šta ti bi, ljubavi?' pita taksista.

'Vozi,' kažem mu.

Djeca preblijedila od šoka.

'Umorna sam, tako sam umorna,' mumlam. 'Možda ću od ovoga umrijeti. Ona engleska glumica je na skijanju povrijedila glavu, bila je dva dana vesela, a posle je umrla od hematoma.'

'Ali ti nisi vesela,' tješi me sin.

'Ćut' tu, aajj, kuku,' držim se za glavu.

Kasnije, iz kuće, za svaki slučaj, zovem Franđeliku (da, to joj je ime), jednu od majki iz škole, koja živi nedaleko od nas. Muža ne zovem, daleko je, na poslovnim je sastancima. Franđeliki kažem da sam povrijedila glavu, i da, ako ujutru ne vidi moju kćerku u školi, dođe u zgradurinu i zamoli momke sa recepcije da provale u stan.

Umjesto toga, Franđelika ubrzo stiže na naša vrata, sa bocom vina.

Ah, napokon sreća, pomišljam. I sloboda, u isto vrijeme.

MIT O REKREACIJI

Svuda po Londonu ljudi trče. Džogiraju, a niko ih za to ne plaća. Divim im se.

Koristi li se više riječ 'džoging'? Zazvuča mi kao riječ-vampir, upokojena krajem osamdesetih godina prošlog vijeka. Pred oči mi odnekud dotrča Olivija Njutn Džon u drečavoj sintetici; i Mark Nofler za njom, sa znojnikom oko glave.

Ovdje džogiraju uglavnom mršavi. Možda su nekada bili pretili (sviđa mi se 'pretili'), pa su smršali od trčanja. Divim se, rekoh, ali ne razumijem. Trče po svakakvom vremenu: kiša im lupa po goloj glavi, vjetar im ore po sinusima, boli ih, znam, jer na licima im je zaleđen grč muke, a nisu ga ni svjesni. Ipak, oni svakodnevno trče u trik-majicama. Trče li da bi poslije jeli i pili bez grižnje savjesti? Sigurno ne, jer ovi što trče ne jedu, ne piju, a o pušenju da i ne govorim. Na doživotnom su sistemu zdravog bivstvovanja.

I zašto onda? Mislim, istrče se, i šta onda? Dođu kući i raduju se odrazu u ogledalu, raduju se tuširanju? Ili odu na posao pa ih tamo opet nešto muči. Opet im onaj grč na licu. Dan za danom, ne zastanu da osmotre svijet oko sebe, samo: džog, sprint, džog, grč.

Jedna od majki iz škole, ova se zove Harumi (kad malo bolje razmislim, ja nemam prijateljicu-majku-iz-škole sa normalnim Anglo imenom; Anglo imena ovdje sebi nadjenjuju freško pristigle Filipinke i Kineskinje), Harumi, dakle, dođe ujutru u školu, minimalistički opremljena za džoging – crna sintetika, bez telefona, muzike, vode, peškira ili presvlake – i nakon što poljubi dijete jednostavno otkaska kroz park, preko Albert bridža, u Kensington, pa na Trafalgar skver, tamo pregleda neke stanove što ih iznajmljuje turistima, onda dotrči nazad u školu. Ali Harumi je polu-Japanka, njeno ime znači 'ocean', za nju svaki dan mora sadržavati dozu samo-torture, da se život ne bi sveo na grijeh, užitak (*indulgence*, kaže ona).

Ja sam jednom dugo trčala za autobusom C2 koji rijetko ide. Nisam htjela dopustiti da mi pobjegne sa Barkli skvera. Dok sam tako trčala, uhvatih sopstveni mozak kako mi se odvaja od ostatka tijela i misli za to tijelo da baš lijepo trči. I, stvarno, ne znam šta mi bi, ali noge su mi se u savršenom ritmu i visini odvajale od ceste, ruke sam pravilno pomjerala, nisam mlatila njima, sitnim, odsječnim pokretima parala sam smog; dobijala sam na ubrzanju dok mi je kosa vijorila na vjetru (koji sam možda baš ja pravila trčeći tako profesionalno). Stigla sam autobus, ušla, stropoštala se na sjedište, pored neke bakice. Tu poče agonija. Nisam mogla do daha da dođem. Previjala sam, spuštajući glavu do koljena, probala duboko da dišem, da izvadim bocu vode iz torbe, da malo ustanem, ali bezuspješno. I tako desetak minuta. Bakica me je prvo samo gledala, a onda mi je trljala ruku i vrat. 'Džabe me masiraš,' mislila sam, 'ubi me trčanje.' Već sam vidjela sliku iz bliske budućnosti u kojoj bakica okupljenima iz hitne pomoći svjedoči: 'Jednostavno je sjela tu, pored mene i izdahnula. A prije toga sam je baš posmatrala kroz prozor autobusa. Tako je lijepo trčala.' Labuđi trk.

Hodanje je zakon za mene. Nije mi jasno zašto svi fino ne šetaju, pristojno obučeni, kao ovo ja? Muzika u ušima, recimo Adađo, g-dur, pa kako trčati uz to? Ili Purple Rain: prljava gradska kiša golica mi lice, zastajem u hodu, posmatram tu kišu, vidim njenu ljepotu iza prljavštine, i gotivim je, dok mi Princ u ušima plače da me samo želi vidjeti kako se smijem kroz ljubičastu kišu. Zabijam ruke u džepove farmerica; u šta značajno strpati ruke ako trčiš u u trik-majici i helankama?

Imam utabane staze za svaku vrstu šetnje: za inspirativnu šetnju (Belgravia), bijesnu šetnju (South Bank), slavljeničku (Bloomsbury ili Mayfair), obilato-kišnu (do besplatnih galerija i muzeja: najčešća destinacija – Saatchi, toplo i blizu); za šetnju-metamorfozu (koja me iz kukca vrati nazad u Olju) idem u Shoreditch.

Imam rutu i za nostalgičnu šetnju, kada moj londonski život postane suviše hladan.

Ima elegancije u toj hladnoći, ne žalim se, ima filozofske distance, ali zafali mi Mediteran. Tada se zaputim prema jednom dvorištu koje izlazi na jug, i preko čije se ograde prema ružnoj ulici moćno prelivaju guste grane mimoze koja, začudo, cvjeta i miriše i u najhladnijim mjesecima, po nekom sopstvenom zakonu, kao da se inati, mora da je divljakuša. Otkinem granu i strpam je u torbu, da mi miriše dok hodam prema tropskoj bašti Batersi parka, zaklonjenoj od vjetra, gdje je uvijek mirno i barem par stepeni toplije nego 'vani'. Tamo napunim oči zakržljalim plodovima smokve i odlazim prema mutnoj rijeci, da uhvatim trenutak kada se u nju pusti malo mora, pa se sa mulja širi miris soli. Imam mimozu, more i smokvu, a ako odem preko mosta, do Karlajl skvera, zbirku ću upotpuniti šipkom i mirisom pečenja rakije, mada još nisam otkrila iz koje tačno kuće dolazi taj miris. Jednom sam probala da otkrijem, hodala sam Karlajl skverom polako, gledala u velike prozore, i iza jednog od njih vidjela mladu djevojku koja je uz ponosni pogled majke i pratnju sa klavira jedne starije gospođe vježbala pjevanje neke arije. Eto, muzički intermeco, kao u doba Rajka Cerovića na RTCG. Još samo iglice nisam nigdje pronašla. A ni razlog zašto u Podgorici ljudi svuda ne hodaju.

Jutros sam počela bijesnom šetnjom, a završila onom preobražajnom. Ne u destinaciji, već u emocijama. Namjerno hodajući uz ružnu ulicu, Queenstown Road, puštala sam bijeloj buci saobraćaja da me obuzme, da se moj stres stopi sa stresom gradurine.

Ponedjeljkom ujutru svi su ludi na cesti, kidišu jedni na druge. Jedan se nesrećnik klatio na rubu trotoara, kao da se spremao baciti se pod autobus, a onda je spazio mene i napravio par koraka unazad da bi me gurnuo, tek onako, da me povrijedi. Nije znao da i ja nosim oklop od bijesa, da sam otvrdnula, nije me lako pomjeriti. Razočaran mojom nepomjerljivošću ka rubu predaje, opsovao je škotskim naglaskom.

'Yer ferking betch,' rekao je.

Zastala sam, makla sa očiju naočare za oblak koji zasljepljuje više od sunca, i pogledala ga. Došlo mi je da ga nokautiram, nije da nije. Ili da, usukanih ramena, nastavim dalje, noseći psovku kao trn u srcu. Onda sam pomislila koliko je težak život u gradurini, kada je tu čovjeku teško, težina je neprobojna, usamljena, hladna. Nasmiješila sam mu se.

'Šta ti se desilo?' pitala sam raseljenog Škota.

'Samo sam stajao ovdje a ti si me gurnula,' rekao je, ali nije više bio ljut. 'Nisam,' rekla sam, 'ne bih te ja nikada gurnula.'

'Oprosti,' rekao je. Ljubazno.

Osmijeh ipak pomaže, pomislih. Ili je u pitanju bio moj akcenat? Možda je samo mislio da sam luda Ruskinja, pa se povukao. U svakom slučaju, da sam džogirala, isto bi me opsovao, ali ja bih otrčala dalje, što dalje od riječi, što dalje od pogleda.

A sada, mala tajna velikih majstora šetnje: skoro uvijek hodam pod teretom. Kese iz supermarketa, dječije torbe, ostala oprema. Ruke tada skoro neprimijetno povijem u laktovima, pa mišići - bicepsi, tricepsi, triceratopsi? - peku kao ludi.

Beat that, Madonna!

DISKRETNI ŠARM SIROMAŠTVA

Da bi se uspješno pisalo o jednom narodu, treba mu poznavati kolektivnu svijest, fantazije i strahove, a ne samo istoriju, geografiju i biologiju.

    Mitove, maštanja i strahove britanskog društva, čije je bogatstvo varljivo - prašnjavo, vlažno, zna prevariti izgledom jer više podsjeća na siromaštvo – najbolje je unovčila JK Rauling u Hari Poteru. Njen urednik, kada ga je napokon pronašla, u autorkinom je materijalu namirisao veliku zaradu i planetarnu opčinjenost jezivo privlačnom mitologijom o bogatim nasljednicima ostavljenim od roditelja, da čame i domunđavaju se po internatskim hodnicima i sobičcima pod vlašću paučine i promaje.

    Pravo je siromaštvo na Ostrvu zapravo veoma koloritno, kao i ostrvski način nošenja sa njim: brutalan, ponekad komičan, ponekad naivan, pa opet brutalan, i sve u krug. Dikensa smo barem svi čitali, zar ne?

    Danas se traži pravi put nove politički korektne definicije siromaštva, u skladu sa recesijom koja je jako pogodila Ostrvo, nema sumnje. Tako je rezanje nekada izdašnih beneficija, te radnih mjesta, ignorisanja obrazovanja i kulture, valjda panični početak, ili dno koje treba doseći da bi se napredovalo; da bi se taj 'bauk' recesije zaustavio, opet na štetu siromašnih.

    Britansko se društvo naizgled bori da svoje, i danas aktuelne, klasne podjele neutrališe u glavama ljudi, ali da opet ostanu prisutna ta, nečijem srcu draga, strancima često neuhvatljiva, davno utemeljena načela i kodovi ponašanja.

    Jednom mi je prijateljica, Irkinja, u razgovoru o engleskom sistemu školstva predočila ovaj detalj (neprimijetan, na granici mitova i legendi):

    'Englezi,' rekla mi je, 'u svojim privatnim školama, na jedan način, neuhvatljiv barem nama, Ircima, znaju istrenirati djecu kako da verbalno ponize sagovornike za koje im se učini da stiču određenu prednost nad njima, a da sve to urade naizgled pristojno i fer-plej. Zato sva ova trabunjanja po novinama da bi trebalo zatvoriti jaz između privatnih i državnih škola ostaju samo pusta glumatanja.

Nikada to Englezi neće dozvoliti. Privatne su škole njihovi rasadnici.'

Trenutno u svijetu nema modela društva koje bi bilo uzor. Ljutnja na Zapad je opipljiva, a Istok djeluje nepouzdano, haotično, nema strukturu, nema kakvo-takvo iskustvo u demokratiji. Mjesto je upražnjeno,

Na Ostrvu, barem u glavnom gradu Ostrva, još uvijek izgleda kao da oni što imaju treniraju sebe da ne bježe od onih koji nemaju (ili su možda i to naučili u tim 'rasadnicima'?). Uzvišen cilj, kada se zna da je najveći uspjeh sirotinje pobjeći od sebe same.

Nekada jako siromašan (kakvi smo, po današnjim uzansima, skoro svi bili u socijalizmu) a sada neukusno bogat Rus, koga upoznah u Londonu, na jednom je dobrotvornom okupljanju - dok se, kako i priliči dobrotvornim okupljanjima, pripito blebeće o tobožnjim čarima siromaštva ('Znate li koji je najljepši pogled na London? Vožnja autobusom 11! Probajte!' 'Ne, ja sam jednom probala autobus 19. Taj ima ljepšu rutu.' Ili: 'Da, neimaština ti daje 'drajv', oštricu, hrabrost, ludost, neku čarobnu slobodu da budeš ono što jesi.') – Rus je, dakle, na sve to odjednom zagrmio svojim snažnim akcentom kako 'U siromaštvu nema baš ničega dobrog! Baš ničega dobrog, a kamo li romantičnog!' ponavljao je. 'Siromaštvo je grozno! Grrrrozno!'

Preplašili su se prisutni te izjave i, naprasno, saglasili sa njim. Na toj dobrotvornoj večeri on je velikodušno ispisivao čekove njemu nepoznatoj, tuđinskoj sirotinji, i dalje prezirući onu svoju, kao da će ga samo sjećanje na nju svojom imaginarnom, produženom rukom povući natrag.

Pomislila sam: svaka čast Englezima što se uopšte trude, jer su se u njihovoj zemlji izmiješale svakave vrste sirotinje, od domaće radničke klase do beskućnika sa drugih kontinenata. Izgradili su im stanove, takozvane 'council estates', blok-naselja, koje su smjestili ne samo po nenaseljenim periferijama, već i u srcu njihovih najelitnijih kvartova. Ili je to, ipak, bila osveta engleskih 'siromašnih' engleskim 'bogatima', pokvariti party, zabavu, nadmeni osjećaj imetka, time što će u nizu bijelo ozidanih kuća visokog staleža, narušiti taj krajolik, ružnim, industrijskim blokovima zgrada, s kojih baš kao i negdje u zabitima tadasnjeg socijalističkog Istoka kao da 'riče' siromaštvo.

Muž mi evo već sedmu godinu ponavlja da 'London nije Engleska'. I zaista: više od 40% stanovnika današnjeg Londona nisu rođeni u Engleskoj. Čega se sve u gradurini nakotilo! Koliki je samo potencijal za strah od različitosti i nebrigu svake vrste. Zamislite da u naše krajeve – nezamislivo je, ali ipak zamislite – zbog ekonomskog prosperiteta i zaštite ljudskih prava počnu u ogromnom broju dolaziti ljudi sa svih kontinenata. Kakvim bi se mi domaćinima pokazali? A još kao važimo za gostoljubive.

Dugo sam tako mislila, u mojim mlađim danima, da živim ne samo među najgostoljubivijim ljudima na planeti, Crnogorcima, već i u najljepšem kvartu na svijetu, i to u zgradi koju su zvali Lordovka.

U londonske council estates ne pada mi na pamet da uđem, a devedest posto njih ljepše je, uređenije i čistije od kvartova koje u Crnoj Gori smatramo 'elitnim'. To znači da čovjeku njegovo 'poznato' siromaštvo ne uliva strah; strah je uvijek od nepoznatog.

'Ima kod nas siromaštva,' govorila sam davno. 'Ali kod nas niko nikada neće umrijeti od gladi, ili spavati na ulici. Kakve su to gluposti da smo mi zemlja trećeg svijeta? Treći svijet ne znači da smo siromašni, već da smo nesvrstani.'

Tako su nas učili, zar ne? Kao i to da je imperijalizam praskozorje komunizma, a ne najrazvijenija faza kapitalizma.

Kako sam, od ovakvog patriote, počela sumnjati u bogatsvo porodice, kvarta, zemlje? Tako što je u tu idilu ušetao jedan, do tada različitošću još nenačeti, pripadnik Zapada.

Dejvidu je tadašnji Titograd bio prvo inostranstvo, ako ne brojimo Beograd, u koji je sletio iz Nju Jorka, a onda sa Surčina otišao pravo na željezničku stanicu i sjeo u 'poslovni' voz za Titograd. Dejvid je mislio da sam ja istočnoevropska bogata nasljednica jer me je upoznao dok sam u njegovoj školi u Orandž kauntiju, bogatom dijelu Kalifornije, završavala četvrti srednje. U Kaliforniji sam vidno bila neimpresionirana kapitalizom, bogatstvom zapada, jer Kalifornija su široke ceste kojima vječno nekuda idu ljudi kojima tu nije dom. Pa zar da me to impresionira?

Kasnije je Dejvid iz mojih pisama zaključio da studiram u glavnom gradu Jugoslavije gdje imam svoj stan (zapravo sam iznajmljivala krevet u jednoj od soba stana u kojem je, stalno ili privremeno, živjelo desetak osoba), da putujem na 'shopping ture' (prećutala sam Ponte Rosso i spavanje u drugoj klasi noćnog voza za Trst), da čitavo ljeto provodim u predivnom gradu Budvi na obali mora (prećutala spavanje kod drugarica). Nekako je zamislio da imam porodičnu palatu u kojoj česti gosti imaju svoje apartmane.

Kad sam ga onako očigledno 'stranog', sa gitarom i ruksakom na leđima i velikim crnim šeširom na glavi, dovukla u moj obožavani kvart, kada smo ušli u ulaz moje obožavane Lordovke, pa u lift sa škripavim vratima i dodatnim sumnjivim zvukovima, vidjela sam u njegovim očima misao da sam ja u stvari siromašna. I baš me je razočarao. Zato mi i nije bilo žao kada je moj šokirani otac izjavio, čim uđosmo u stan, a ne u palatu, da 'nema govora o tome da šeširdžija spava kod nas, kako si ti to zamislila, da me ne pitaš, nego samo dovučeš nekog 'prijatelja' iz Amerike? U hotel s njim!'

U pomoć pozvah drugarice da Dejvida negdje smjestimo, kako sada u hotel, ko će to da plati, imala sam osjećaj da Dejvid nije baš napunio novčanik pred put.

Jednoj od drugarica roditelji su te nedjelje boravili na selu, pa odlučismo da Dejvida švercujemo kod nje u stanu. U pojačanom sastavu – tri drugarice plus Gringo, ruksak, šešir i gitara, ušli smo u zgradu još stariju i zapušteniju od Lordovke ispred koje su pušili polugoli dječaci, ošišani do glave. Do tada ih nismo ni primjećivale. To su bili obični dječaci iz kvarta na titogradskoj vrelini.

Lift u ovoj zgradi uopšte nije imao svijetla.

'Ja ću pješke,' izjavi Dejvid.

'Ma nećeš pješke do petog sprata,' navalile smo. 'Ajde, upadaj u lift.'

'Dejvid, no afrejd,' reče mu u liftu jedna od drugarica. 'Nau aj mejk litl lajt.' I tako, u svom pokušaju da Dejvidu 'napravi malo svijetla' u liftu, ona izvadi upaljač iz džepa i baci plamen Amerikancu ispred očiju.

'Nooo, nooo,' vikao je ustravljeni Dejvid, mislili smo zbog plamena, dok nismo vidjeli, da su mu se, kada je upaljač rastjerao mrak, pred očima ukazali pornografski crteži velikog formata koje je neko, takođe plamenom upaljača ili šibice, izlio po zidovima lifta.

Dejvid se ipak brzo prilagodio i prestao plašiti. Naša je vrsta siromaštva u stvari jako podsjećala na bogatstvo. Izgledalo je da imamo mnogo slobodnog vremena i ne brinemo o budućnosti. Nakon nekoliko dana švercovanja na petom spratu zgrade ružnije od svakog 'council estate-a', kada su se roditelji od drugarice planirali vratiti sa sela, Dejvida smo morali izgurati iz stana u hotel

'Podgorica' odakle smo ga, opet, jedva natjerali da ode. Stavili smo ga na poslovni voz za Beograd.

Mjesec dana kasnije, njegova je sestra zvala moj kućni broj: 'Gdje je Dejvid?!' vikala je u slušalicu.

Nekako ga već locirasmo u Beogradu i strpasmo u avion za Nju Jork.

Ne znam gdje je trenutno.

Možda živi negdje gdje još ni fejsbuka nema, ali ima kasetofona. Samo mu kasetofon treba. Trajno zatrovan diskretnim šarmom 'trećeg svijeta', on svakodnevno sluša davno snimljene kasete titogradskog 'Hita nedjelje'.

NOVEMBARSKI BLUZ

U svađi sam sa Londonom ovih dana. Pokazuje mi zube. Sasvim bespotrebno to radi; kao da ja ne znam kakav sve život sa njim može biti. Svašta mi nudi, a kad sve prihvatim, lupi mi vratima u lice, gad jedan dvolični. Trpim ga jer nemam gdje, mada bih sada najrađe raskinula s njm. Nije on za mene. Ja sam ozbiljna porodična žena. On voli mlađe; ma, voli on i starije, ako imaju gomilu prokletih paruljina.

Vratila sam mu se se iz Zagreba, mada me je Zagreb ovoga puta volio i mazio. Vratila sam se mojoj gradurini da sa njom (njim) podijelim osjećaj koji me je uhvatio dok sam u udobnosti zagrebačke dnevne sobe - koja nije smeđa, kao ova ovdje, i u kojoj ne mora stalno biti upaljeno svijetlo, kao ovdje - gledala na TV-u neki film (jer tamo to uspijem uraditi; ne padam, premorena, u komatozni san u osam i po uveče, kao ovdje) i u tom je filmu, kada se radnja preselila u londonski Soho, kamera prešla preko ulaza u klub gdje je jednom nastupao moj prijatelj-petkom, mladi pjesnik Keith Jay, a mene uhvati neki osjećaj olova u srcu, mješavina tuge i straha, jer shvatih da neću zauvijek živjeti u Londonu; a kada jednom ne budem živjela u gradurini, neću više nikada ući u taj smrdljivi klub i slušati mlade pjesnike dok izvikuju svoje još uvijek originalne stihove u koje toliko vjeruju da je to zarazno. A poslije Ketiha, nastupali su neki hrabri, mladi komičari…

Sjetih se, gledajući taj film u Zagrebu, gledajući Soho na TV-u (sa srcem od olova, ponavljam, jer jednog ću se dana odseliti iz Londona - ne može se to dugo izdržati, ta varljiva veza sa starom barabom), sjetih se da uvijek četvrtkom, kada kupim londonski Time Out, zaokružim nekoliko stand-up comedija na koje ću sigurno otići, a nikada ne odem, mada znam tačno gdje se održavaju, u koje vrijeme, i kakvo će se društvance okupiti. Pa, eto tako, skoro kao da sam bila. Jer barem sam tu; dijelim gradurinu sa svim tim interesantnim likovima – sa kojima Londongrad ima afere meni iza leđa.

Zatim, u Londonu, imam generaciju djece koju gledam kako rastu. Nisu to više strana djeca. Njihove majke sada tako dobro znam da im pratim razvojni put već ko zna koje po redu životne situacije: početak problema, komplikaciju, rješenje, slavlje, novi problem. Ponekad nas, majki zainteresovanih za veselu jutarnju psihoanalizu, bude i po desetak, odemo na kafu kod Ambroza, u Metrogusto, nakon što djecu ostavimo u školi.

'Nedostajala si nam, Olly,' kažu mi poslije svakog raspusta.

Već odavno prošla je faza 'Olge' i 'Oldže', pa čak i 'Olije', sada sam Olly; a imam i svoju pravu Olgu, Ruskinju džingiskanskih očiju, koja se u London doselila tek ovog septembra, držala se po strani - znam dobro taj stav - mislila je da će majke iz naše škole biti hladne kučke, ali tjerala sam je da se otvori, da joj period zablude, ona 'londonske-žene-nemaju-dušu' faza, što kraće traje. Zapravo sam mislila da ima neku dobro začinjenu, ex-KGB priču, ali nema, samo je u Moskvi srela finog Njemca za kog se udala. Sada se ne odvaja od mene. Imam i ja sada svoju Olgu, ovdje, svoju pridošlicu pod krilom starosjedilice.

A Ana Houp, moja lična glumica (da, i to sam stekla, baš kako treba, svog ličnog, cool umjetnika, to jest, još bolje – umjetnicu, sa izvjesnim renomeom, a Ana je baš to: nije zvijezda, ali je cool, znaju je u tim boemskim krugovima East Enda, i zapravo odlično piše; ja kad nađem - nađem) napravila mi je plan za kulturno-uzdižući novembar. Bio je to izbor od tri predstave da ih odgledam sa njom ('Jerusalem', 'Jumpy' i 'Constellations'). Plan je dalje predviđao da nakon gledanja odemo u Criterion teatar na okupljanje pozorišnih kritičara.

Baš mi se išlo sa Anom. Biće to kao da sam pohađala super-intenzivni studij teatrologije, mislila sam. Čak sam napravila i brzu soluciju za djecu, ukoliko bi se ispostavilo da muž ima neodložnih obaveza: Regina, Litvanka, glavna higijeničarka iz zgradurine mogla je skoknuti poslije radnog vremena i ostati sa djecom. Ne naplaćuje mnogo, a i prešla je na pušenje električne cigarete, pa ne mora svaki čas izlaziti na terasu.

Onda mi je London zalupio vrata pred nosom. Skratio se dan. Promijenio se miris u vazduhu: od ranojesenjeg, udaljenog mirisa soli pomiješane sa benzinom, do gotovo opipljivog smrada smeća, otpadaka međunarodne kuhinje i dizela. Predala se čak i tropska bašta Batersi parka.

Novembar je roletna, naglo spuštena na rumeni zalazak sunca i bordo lišće oktobra. Od kada živim u Londonu, strah od tog mjeseca hvata me već u avgustu. Istina, volim ja unaprijed sebe da isprepadam, da preteknem zlo, ali: novembarske kiše, skraćeni dani, rani mrak i rani mraz; hoću li se izvući ove jeseni, hrabro ući u zimu, bez velikih oscilacija u duši?

Zima je barem zvanično okrutna, uvijek bila. Ljudi su joj od davnina naučili doskočiti slavljima. Od Isusovog rođenja do godina koje počinju januarom.

Nego, lukavi Anglosasi doskočiše i novembru. Sada ga zovu Movember. (Sviđa mi se što se u engleskom jeziku imena mjeseci pišu velikim slovima.) U movembru, znači, u gradurini, muškarci puštaju brkove. Obriju se 31. okrobra uveče, i onda ne briju brkove do decembra. Movembar je mjesec kada London okupiraju klonovi Fredi Merkjurija, Zorana Radmilovića i moga oca sa fotografije iz solitera u ulici Pariske Komune 7, trik-majica i brkovi, cca 1977.

Samo se brkovi broje. Jareća brada ili spajanje brkova sa zulufima znače diskvalifikaciju iz jednomjesečnog pohoda na donacije. Ovdašnji mužjaci, naime, svojim obrčivanjem prikupljaju pare za 'muško zdravlje'; sva zarada od nebrijanja ide u fond za osviješćenost i borbu protiv raka prostate i testisa. Sredstva prikupljena od 2003. do ove godine: 106 miliona funti. Svaka im čast.

Ja ću im dati pare kada oni nama, ženama, budu plaćali puštanje dlaka gdje god odaberemo, pa čak i po, tako je, licu! Ovako, odmah dođemo na zao glas čim malo zapustimo jednu obrvu. Vidljive ženske dlake pokazatelji su neposlušnih hormona. Neposlušni su hormoni menopauza. Menopauza je starost. Starost nije seksi.

U Podgorici sam, sredinom devedesetih, radila u Danskom savjetu za izbjeglice. Ređale su se tu svakave šefice Dankinje. Nijedna se ni približila nije našem idealu skandinavske ljepote, dok nije stigla slatka Šona. Je li Šona zaista bila tako lijepa? Vjerovatno je samo, napokon, bila 'prava' Skandi žena: bejbi plave kose, teget-plavih očiju, velikuh, bijelih zuba, zvonkog Skandi glasa, poput kockica autentičnog leda što sudaraju se u kristalnim čašama. Takva žena, mislili smo, morala je izbjeći najgoru estetsku grešku - dlake. Ali slatka je Šona na jednom od prvih sastanaka podigla ruke u vis javljajući se za riječ, a ispod njenog pazuha sijevnuli su žbunovi razdraganih, slobodarskih dlaka. Riđe-smeđih! Na udaljenom kraju tišine koja je naglo zavladala, gotovo da se mogla čuti 'Oda radosti' umjesto zrikavaca.

Lokalni momci zaposleni u Danskom Savjetu zagrcnuše se u jutarnjoj kafi. Kod pravih Podgoričanki, oni to nikada nisu vidjeli! Pobjegoh u kuhinjicu da se smijem, kao, kuvajući još kafe. Kad evo za mnom jednog od lokalnih momaka.

'Au, viđe li ovo, brate mili, što iskoči ovoj Šoni ispod pazuha,' pitao me je kolega, ali nije se smijao; lice mu bješe zabrinuto: kud' ide ovaj svijet kad su i Skandi dlake potamnile? 'Porazgovaraj s njom, pliz, da obrije to, što će joj to?'

Engleskinje su u tom pogledu bliže Mediterankama nego ostatku Kontinenta. One uredno eliminišu sve svoje neposlušne dlačice, a svoje movembarske brkajlije ponosno pokazuju po gradu, uz naplaćivanje pogleda na eksponat.

Gadni je novembar, umjesto brkova, donio viruse u naš dom. A zatim je na velika vrata u gradurinu ušetalo njegovo veličanstvo – londonski kašalj. On počinje neprekidnim, kratkim kašljucanjem, koje sam pokušala neutralisati homeopatijom. Onda su me zvali iz škole da kćerku boli uho. Kašalj je prešao na sina, a kćerku je poslije uha zaboljela glava. Kada su počele temperature, posegnula sam za zalihama antibiotika donijetim iz Zagreba. Nisam posegnula za odlaskom kod doktora, jer ja ovdje nemam svoga doktora, od kada je stari Dr Grinberg sa Iton skvera, koji je pušio cigarete dok je pregledao djecu, i koristio mali prst umjesto špatule da im pritisne jezik i virne u grlo – znači, obožavala sam ga i vjerovala mu – u osamdeset-osmoj godini života otišao u zasluženu penziju. Jednostavno, nemam dobro iskustvo sa NHS-om, besplatnim domovima zdravlja. Prvo, tamo ne mogu odvesti dijete ako je u tom trenutku bolesno; mogu samo tamo otići sa bolesnim djetetom, i zakazati pregled za nekih 48 sati, u najboljem slučaju. Ako je nešto hitno – ide se u Čelzi-Vestminster bolnicu, gdje na pregled čekaš nekih pet-šest sati, i zakačiš još pet-šest virusa. Drugo, svi doktori u mom lokalnom NHS-u, osim jedne Francuskinje, koja je ginekolog, nestrpljivo pogledavaju na sat, misle da si paničarka-majka ako dijete samo kašlje i ima temperaturu. Nikada ne predlažu uzimanje briseva, vađenje krvi, na šta smo mi navikli. Zato se u Londonu kašlje od novembra do juna, i to kako!

I kašalj je, kao i sve ostalo u gradurini, veoma raznovrstan, internacionalan. Najraznovrsniji je po autobusima: kao da si ušao u centar za ispitivanje egzotičnih plućnih bolesti. Kašlje se ne samo iz grla ili pluća; neki ovdje kao da kašlju iz jetre i bubrega. Ali ne bi se toplije obukli, nema šanse. Ne znaju se ni obući u skladu sa godišnjim dobom, a ne znaju ni da su bolesni. Ili, ne može im biti da budu bolesni, pa guraju dalje. Najčešće autobusima.

Kako ostaviti bolesnu djecu sa Litvankom koja takođe ima svoju specifičnu vrstu kašlja: prehlada pomiješana sa kašljem osobe navučene na električnu cigaretu? Nigdje nisam išla. Kući sam, stalno, sa djecom. London mi ništa ne pomaže, kao ni sve te moje londonske prijateljice čiju djecu pratim kako rastu. Sve guram sama, i sada znam zašto veza između mene i gradurine ne može nikada biti ozbiljna. Za gradurinu ja sam vječita strankinja kojoj se korijeni ne znaju. Drugačije je to za drugu generaciju, kada dođe njihovo vrijeme.

Ipak, mora se priznati, neko se može ozbiljno naljutiti samo na grad u kome živi, koji mu postane dom. Tako sam se ljutila i na Titograd. I na Podgoricu. Dosadio bi mi moj rodni grad, optužila bih ga u sebi za nešto, ali lakše je bilo oprostiti mu, i brže. Samo je trebalo odvesti se do nekog drugog crnogorskog grada – Kotora, Budve, čak Herceg-Novog, najbolje u februaru – i, ako se živo i zdravo stigne na odredište, bilo je magično, zaista, u isto vrijeme nešto tvoje, a novo, skroz novo, kao da si u inostranstvu, na Azurnoj obali iz vremena punog sjaja Brižit Bardo, ulice pune radoznalih ljudi koji te znaju kao svoju, a opet novu, i sve tako, u krug. I nikada neću zaboraviti jedan maj, mislim da je bila 1992.godina, kada sam, prvi put nakon posjeta iz djetinjstva, otišla na Cetinje, na miting Liberalnog saveza, i ostala šokirana ogromnim brojem mladih muškaraca neobično lijepog izgleda i stila, preplanulog tena, ležernog humora, još ležernijeg odnosa prema opasnosti, novcu, životu. Atmosfera je bila nestvarna. Kao da sam Podgoricu ostavila hiljadama nautičkih milja iza sebe. Bilo mi je žao svog rodnog grada, pa mu se uz oprost vratih, tada. Sada mi je žao Cetinja. Većina momaka iz te magične slike tog dalekog maja, odavno nisu među živima.

Eto kakve tužne misli donosi produženi boravak u kući. Bolje da isti recept primijenim i na London, izađem malo u susjedno 'selo', Čelzi, koje me uvijek oraspoloži. Čelzi ima dobru priču. Mnogo priča. Recimo onu za King's Road, privatni put veselog kralja Čarlsa II, kojim je stizao do svoje najinteligentije ljubavnice, Nel Gvin, smještene u tadašnjem, močvarama okruženom, selu 'na kraju svijeta', Fulamu.

Love, actually. Let love be in the air.

NEKA CVJETA HILJADU CRKAVA

Meri, jedna od majki iz škole, poziva me da u nedjelju dođem u njenu crkvu, na jutarnji servis.

Šta sam sada zgriješila?

Samo sam na njeno 'Kako si?' odgovorila da se u poslednje vrijeme budim u 4 ujutru i uz kafu pratim emisije poput 'Mijenjam ženu', ili 'Supernanny' koje u gluvo doba, primijetila sam, imaju drugačiji, mračniji, ton, nego kada se gledaju predveče. I to mi baš paše.

Ona me na to pozva u crkvu.

Umjesto direktnog odbijanja, počinjem da zamuckujem.

Kako ljubazno reći 'ne', i pritom izbjeći navođenje razloga?

Pravi je razlog strah od bespotrebnog, dugotrajnog, dosađivanja - za razliku od praćenja haosa u životima nepoznatih američkih porodica, u 4 ujutru.

Majka-Meri počinje da me mami. (Ili: When I find myself in times of trouble, Mother Mary comes to me...)

'Govoriće Čarli Mekesi,' kaže.

Klimam glavom, ubrzano trepćem, ali, svejedno, ne uspijevam je isfolirati da znam ko je taj Čarli.

'Škotski umjetnik,' nastavlja majka-Meri. 'Izlagao je svuda po svijetu. Prijatelj Bono Voksa i Nelsona Mandele.'

Ah, jedan iz Bonove grupe modernih svetaca. O Bonu i prijateljima nemam formiran konačni sud, mada već dugo putuju sa mnom u istom metaforičkom vozu. U istom su vozu, recimo, i Madona i Mira Furlan i Željko Bebek; Arsen & Gabi; Miško i Mira Dmitrović... i još mnogi sa kojima svašta prođoh: moga, njihovoga, zajedničkoga. Od svih političara, samo se jedan već duže vrijeme mota po vozu, mada se najčešće krije u WC-u. Karta mu je davno istekla.

'Čarli Mekesi,' nastavlja majka-Meri, 'uvijek ima interesantna, duhovita predavanja. Priča anegdote o tome kako je, kao nekadašnji cinik i ateista, osjetio prisustvo Svetog duha.'

Kao mala, i ja sam vjerovala. Ne znam odakle je poticala ta vjera. Od mojih, u porodici, niko nije otvoreno vjerovao, niti se bog pominjao u kući, osim u kontekstu 'nek' ide sve u božju mater', i slično. Ja sam zbog takvih riječi molila boga da oprosti mojim ukućanima. Molila sam sama u mraku svoje sobe, ispod reprodukcije de la Turovog portreta neke blijede mlade žene u modroj haljini, koja je za mene predstavljala trag božanstva na zemlji, najviše zbog toga što je bijelo lice djevojke sijalo kroz mrak sobe, i bilo, kao, vlažno od suza, mučeničkih. Moja je vjera od početka podrazumijevala patnju, osjećaj krivice i traženje oprosta. U jednom sam trenutku čak i krstila samu sebe, uz šerpu vode, krojačke makaze, grčke mitove umjesto Biblije, i roditelje koji su virili kroz staklo vrata od balkona da provjere 'zašto se ova mala zaključava i ne pali svijetlo'. Prije nego se odlučih za život u manastiru ('U ovoj kući stvarno nema privatnosti!'), tešku vjeru, srećom, zamijeniše poezija i sebičnost tinejdžerskih godina; a umjesto portreta blijedolike djevojke, na zidu osvanu Džim Morison, doduše djelimično razapet.

    Poslije sam se - uvijek cinično, uvijek cinično - vraćala hrišćanstvu, uglavnom pravoslavlju, i to kroz Ostrog, kao i većina Crnogoraca, sve dok se jednom prilikom ne strpoštah niz strme stepenice manastira – Eto ti tvoja sumnja u sveca, slava mu i milost! - od čega još uvijek imam ožiljak na gležnju. Tako shvatih da je kod nas vjera zapravo sujevjerje, da je 'Novi zavjet' tek druga ruka romana kome je trebalo još poraditi na arhitektonici, i da, ako su već sujevjerje i fikcija u pitanju, na svijetu postoje njihove mnogo zabavnije varijante. Religija za mene nije bila izjednačena sa ljubavlju; samo sa osjećanjem postojanja vrhunskog, prestrogog sudije. Pa onda još i sa ratovima, gdje je vrhunski, prestrogi sudija pokazivao narcisoidnu naivnost, stavljajući se na stranu zločinaca koji mu se lažno klanjahu.

    Ali, ok. U stvari, što ne bih, nakon mnogo godina pauze u vjeri, obišla i jednu anglikansku crkvu? Što ne bih ja, koja sam progutala tolike govorancije na razne teme, odslušala jednog duhovitog umjetnika dok priča o svojoj avanturi sa Svetim duhom?

    U nedjelju ujutru, decentno skockana, stigoh sa kćerkom na svoj prvi jutarnji...servis? Crkva se zove 'Crkva Svetog trojstva', nalazi se na Brompton roudu, u srcu Londona; velika crkva, dobro ugrijana, sa prekrasnim vitražom na ovalnim prozorima; ima posebnu zgradu za obuku djece i jedno deset hiljada kvadrata parka.

Uh, koliko li ovdje traže za članarinu? Nema veze, danas sam dobronamjerni gost, neće me odmah oporezovati.

Nasmijani mladi ljudi zalijepiše mojoj kćerki ime na džemper, i ona veselo ode sa njima u dječiju zgradu. Ja ugledah majku-Meri kako mi maše. Sačuvala je jedno od neizlizanih, plišanih sjedišta pored nje, za mene. Meri je, kao i svi drugi, osim mene, bila u farmericama. Ja sam, naravno, gledala previše filmova sa scenama nedjeljnih misa; i vjerovala sam filmovima, pa sam obukla pristojnu dnevnu haljinu. Dobro je da sam šeširić izbjegla.

'Hajde da ugrabimo doručak dok ne počne bend,' kaže Meri.

Za doručak, švedski sto: kroasani, voće, sutlijaš!, šunke, sirevi, paradajz. Kafa, čaj, mlijeko, topla čokolada.

Na binu se penju lijepi mladi ljudi. Svirka počinje. Električne gitare, klavijature, bubnjevi. Yes! Pjevaju uglavnom Isusu i Svetom duhu; moderne, gotovo ljubavne riječi pjesama lako je pratiti sa velikog ekrana iza njihovih leđa. Zvuče kao najbolje od Nirvane. Nirvana-in-love. Pokrećem se u ritmu hrišćanskog roka. (Je li svake nedjelje ovako? Jeste, i to pet puta dnevno.)

Dok sa bine bend svira rok-verziju 'Amazing grace', kroz vitraž sa prozora granu sunce, a meni na oči nagrnuše suze duboke radosti. Ljudi oko mene plešu, jedu, pjevaju.

Povremeno me napadne ono uporno zrnce sumnje. 'Ko sve ovo plaća?'

Čarli Mekesi pokazao se kao duhovit govornik. (Ko hoće, može ga odslušati na internetu; unesite 'Charlie Macesy, not jumping through hoops.')

Hoću da kažem: sve to idealan je način da se započne nedjelja u gradurini gdje vam ne živi rodbina. Dijete zbrinuto, doručak uz rok-balade, kafa i čaj sa duhovitim govornicima i gomilom radosnih ljudi koji se međusobno pomažu: 'stado' ove crkve sastoji se i od beskućnika i od veoma bogatih vjernika, koji, naravno, svojim donacijama održavaju crkvu. A glavna mudrost koju treba savladati je da nas Isus beskrajno voli, baš takve kavi smo.

Nedjeljom, ova crkva ima i popodnevni termin za tinejdžere (takođe druženje uz svirku i gostujuće predavače). U kući već imam prvu osobu na koju ću probati da 'utičem': moj trinaestogodišnjak, na koga je vrlo teško 'uticati', i koji misli da ga niko ne razumije i bespogovorno ne voli.

U gradurini, crkva je zajednica. Ono moje 'selo' za kojim čeznem, gdje te ljudi dočekuju s osmijehom, pa makar se nakon osmijeha i posvađali; džabe svađa, kad ste opet u istom vozu. Znam da je to nostalgični pogled 'sa otoka' na moje 'selo', moja Utopija, ali ne vidim ništa loše u pokušaju to da reprodukujem, barem ponekad, nedjeljom. Neka mi traže donaciju. Svaka se Utopija mora platiti. Vidi: Tomas Mor.

Nakon ovog romantičnog uranjanja u religiju i posjete jednom njihovom 'Alfa' času, shvatila sam da je ljudima zaista potrebno učenje koje ih uvjerava da će sa Isusovom ljubavlju u srcu ('prepoznavanje Svetog duha') lakše proći kroz sve životne teškoće, jer nikada, zapravo, nisu sami. Uz njih je uvijek taj zgodni božji sin koji ih beskrajno voli baš takve kavi su.

Ono što mi nedostaje u tom učenju je genetski cinizam.

Svi u 'Alfa' grupi, dok su u grupi, srećni su i spokojni; ispunjeni ljubavlju. S tim su spokojnim smiješkom tolerisali i moje insistiranje na pitanju 'Ali zašto onda toliko patnje u svijetu?'

'Isus je ljudima uvijek davao da biraju,' rekli su mi. 'Možemo slijediti dobre i loše primjere. Na nama je da odlučimo.'

Pretpostavljam da je ono što sam htjela priupitati bilo: 'Zašto onda sljedbenici loših primjera tako dugo i srećno žive?', ali nisam mogla svoje mračnije tonove prosipati po skupini osoba ispunjenih tolikom ljubavlju, blaženstvom . . . koji i meni prijaju ove zime.

Uostalom, genetski cinizam uvijek mogu dobiti u mojoj grupi petkom, sa mojim piscima.

Iako su ateisti, oni me zaista vole, baš onakvu kakva sam.

JAVLJANJE IZ GRČKOG RESTORANA

Bježim iz kuće i tražim najbolji pab za pisanje.

Pab 'cool' reputacije, smješten odmah do škole, zaista je *cool* nakon što ode i poslednja grupa ispijača prve ili druge jutarnje kafe. Ma, nije ni cool, nego je otvoreno cold. Freezing! Vlasnik štedi na struji, pa poslije devet ujutru gasi radijatore, i onda se mi - pisci, biznismeni i računovođe bez kancelarija - smrzavamo i kuckamo po tastaturi u rukavicama bez prstiju, kao što to onomad praktikovaše Miodrag-Bule Bulatović koji je volio da piše u nezagrijanim prostorijama (pričali su mi o tome).

Vlasnik cool paba italijanskog predznaka, štedeći na struji štedi na osnovnom pravu gosta: uvjerenju da se tu možeš osjećati kao kod kuće. Još bolje nego kod kuće.

Ubrzo, iskopam jedan dobro locirani, topli pab, čiji se vlasnici prave da su Grci i da je to grčki restoran. Stalna postavka za ručak: musaka i salata sa crnim maslinama i feta sirom. Ipak, Albanci su, čujem ih dok međusobno razgovaraju ispod glasa. I oni njuše moje kučko-kastriotske čestice, pa me vole i ugađaju mi. Prave mi dobar soja latte, zgusnut i suv. Dvije funte, a uz topli napitak dobiješ koliko ti duša ište kolačića s bademom – što je, opet, ugodni, mediteranski detalj.

Bježim iz kuće jer ako ostajem kući da pišem, i riječi na papiru kao da navuku papuče i bade-mantil. Ostajući kući, u stvari, potpisujem ugovor sa stvarnim životom da ću se saplesti o svaku kučicu koju mi postavi. A u tom će mi saplitanju mozak prvi nastradati.

Ako ostajem kući, izazivam i bračnu raspravu. Bračna rasprava doseljenika ista je kao i bračna rasprava u majci-zemlji, samo, možda češća, zbog veće upućenosti bračnih partnera jedno na drugo. Kao i sve rasprave, i ova se može sumirati rečenicom (koja bi bila odličan naslov eseja na tu temu):

Od mace do krokodila za 60 sekundi.

'Maco,' kaže muž, 'mislim, u poslednja dva teksta čitaocima priznaješ da sjediš u dnevnoj sobi, gledaš kroz prozore i smišljaš kako da im preneseš svoj doživljaj gledanja kroz prozore. Ne znam, to mi malo mračno zvuči, ako te interesuje moje mišljenje.'

'Maco,' odgovaram, 'Prust je dvadeset godina pisao jedan isti roman iz kreveta, čak ga nazvao 'U potrazi za izgubljenim vremenom', pa je sad genije.'

'Mislim, ipak, maco, pominjanje Prusta kao odgovor na moje zapažanje – '

'On mi je prvi pao na pamet...'

'O, pa ti si ambiciozna! Onda nemoj u tekstovima sebe nazivati doseljenicom. Imaš ju-kej državljanstvo, živiš na lijepom mjestu, djeca ti idu u privatne engleske škole, nemaš ti doseljenički život.'

'Imam doseljenički život dok god sam Oldža Nezvik. Zvučim poput nekog kirgistanskog čudovišta.'

'Možeš se zvati i Krokodil Oldža, to uopšte nije bitno, bitno je stalno raditi na sebi.'

Tako se, već u šezdeset sekundi razgovora maca pretvara u krokodila. Veličanstvena alhemija braka.

Zato sada hitam kroz park, vukući kompjuter u torbi drečavih boja, koju, u okviru dobrotvorne akcije finansiranja škola u Africi, ispletoše žene iz Kenije, pa smo sve mi londonske majke bile 'oduševljene' da je kupimo. Odlazim u pab, da pišem.

I ta kenijska torba, recimo. Nisam doseljenica kada treba rasprodati te torbe iz Kenije. Treba im što više majki iz škole da pomognu oko finansiranja projekata u Africi. Onda sam i ja Ol-ja, fino-Kne-že-vić. Mnoge majke obećaju da će učestvovati u projektima, pa šmugnu negdje 'da rade', a ja 'samo pišem', čemu se podsmijehuje i ona majka koja 'redekoriše stare stolice', s prolaznim vremenom: jedna stolica godišnje.

A pisati se, kao što već rekoh, može i iz kreveta, odakle se i remek-djelo može skovati! ('Eh, kakvo tek ja remek-djelo imam u glavi,' čuh od mnogih, 'ali nikako da odvojim vremena da ga izbacim na papir.')

Samo me moji kvazi-Grci razumiju. Ništa ne pitaju, prinose kolačiće.

ZA ŠAKU PROLJEĆA

Jedne sam martovske nedjelje, dok sam studirala u Beogradu, otišla u posjetu Zorki Cerović, slikarki. Zorka i moja majka zajedno su odrasle, pa bi me Zorka ponekad nedjeljom pozvala na ručak. Tada je živjela i slikala u jednoj od ulica između Beograđanke i Slavije, u stanu koji je djelovao mnogo prostranije od svojih par soba. U mom sjećanju, taj stan ima kupolaste plafone i svodove umjesto pravougaonih vrata. Možda je to bio sasvim običan stan, ali...

Čim mi je Zorka – onako mediteranske kose i tena, razoružavajućeg osmijeha i šik-boemskog stila – prvi put otvorila vrata, čitavim se Beogradom razlilo proljeće. Odmah sam se zaljubila u nju, u njene slike zidina i prozora, iza kojih kao da se sakrivala moja studentska 'sveta šalica': baš ono nešto što mi je u tom trenutku nedostajalo za potpunu sreću. Zaljubih se i u njeno nedjeljno pečenje: lignje sa krompirom. Poželjeh što prije da diplomiram, pa da postanem Zorka; da iskopiram njen život, negdje na – tada drugačijoj, spokojnijoj – planeti; a najvjerovatnije u Beogradu.

'Gdje misliš da ćeš živjeti kada završiš fakultet?' pitala me je.

'Još uvijek nisam sigurna,' glumila sam pred njom svjetsku mladu ženu sa neograničenom mogućnošću izbora, dok sam u sebi planirala samo Beograd, i to Ulicu Proleterskih brigada.

'Štogod da odlučiš,' rekla mi je, 'nemoj se vraćati u Crnu Goru, ako baš ne moraš. Posle Beograda, možeš samo dalje, u Rim, pa iz Rima - London ili Njujork.'

Odlučih da će biti k'o što Zorka s'jetovaše.

Onda se Beograd prekonoć smračio. Kao da ga je sam poglavar podzemlja prokleo da se izvrne poput mrtve ribetine i pokaže svoj bolesni trbuh.

'Nemoj ići na Ušće, na miting,' rekao mi je otac dok su svi još mislili da je Slobo naš Gorbačov. 'Taj će nas Milošević sve upropastiti. I diplomiraj što prije, vrijeme je da svako ide svojoj kući.'

A kući, u Crnoj Gori, tada je izgledalo najzdravije. Događale su se reformske snage, marka-dinar 1:7, taj odnos nikada neću zaboraviti. Budile su se zdrave ambicije, da se otvore bolnice, pozorišta, fabrike. Privatne škole.

Prije nego što sam diplomirala, pitala sam svoje kolege, studente u Beogradu, od kojih su mnogi bili Beograđani, zar ne misle da je 'ovaj Ante Marković fenomenalan?'

Rekli su mi da ništa ne kapiram, da je on još jedan ustaša. Studenti su mi to rekli; isti oni koji su mi preporučili Fukoovu 'Istoriju seksualnosti', Kortazarovu 'Školice', Borhesa, Kanetija, Darela; mnogo prije najnovijeg talasa 'kultnosti' ovih filozofa-pisaca.

Zaista je bilo vrijeme za povratak kući.

Kući, nastupile su godine cvjetanja LSCG-a, Prevalisa, godine mitinga užarenih od mladosti i ljubavi; vjerovala sam da je Podgorica bolji izbor od Rima, Londona ili Njujorka; vjerovala sam da ćemo se izvući; ma, naravno da ćemo se izvući. Bili smo srcem u svemu. Izvući ćemo se i najbolje ćemo proći; bićemo obećana, mala zemlja u EU. off-shore zona, ka' Monako...

Nismo se izvukli, a ko zna i kad ćemo; štaviše, gledamo ostalima u leđa.

Ipak, kadgod pomislim na tih par godina nade, u mojoj je glavi proljeće. I u nozdrvama mi je proljeće. I, eto, to me je držalo za Podgoricu. Trenutak kada se po gradu prosipa proljeće.

Život me izvlačio iz Podgorice, vukao na sve druge strane, samo ne tamo, a ja sam se vraćala zbog mirisa trenutka kada proljeće - uvijek na velika vrata, pa neće valjda krišom, na mala vrata - ulazi u naše živote u tom, inače, nemojmo se lagati, ne mnogo značajnom gradu.

Ipak završih u Londonu, gradu bez pravog proljeća, kako sam vjerovala – do ovog februara.

Ovdje gdje sunce nikada ne dostiže zenit (taman mu bude nadohvat ruke, ali ups, gotovo, mora se već krenuti na zalazak), ljudi, ipak, u martu, aprilu, počnu sebi i djeci izložene djelove tijela mazati kremama sa visokim zaštitnim faktorima. Glumataju da im je prevruće, da vole vjetar i kišu, da ih zapadno 'sunce' zaslepljuje dok voze kući s posla, da ne podnose to, oni su potomci vikinga, vole težaštvo. Tješe se jer žive u zoni sivog neba. Ja sam počela da im se izdirem da će postati bolesni, ružni i rahitični ako se nastave plašiti sunca. Ne dam im da se mažu zaštitnim faktorima; uzimam im djecu kao da sam socijalna služba, i držim ih na suncu, bez kreme i šešira.

Odjednom, krajem februara, dok je na čitavoj sjevernoj hemisferi još uvijek zvanično sred-zima, po Londonu se prosulo sunce, tri dana zaredom! Prognoza: 16 stepeni; *feels like* 20!

Znamo da neće potrajati. Znamo da ćemo iskijati ovo 'proljeće, čak i u februaru; 29-tog, ili bilo kog drugog.' A još nije ni mart, niti april, pa da se panično moramo sklanjati sa 'prejakog' sunca. Znači, divljajmo! Kratki rukavi, bose noge, gornji dio kupaćeg, lasersko prženje dlaka, sunčanje u parkovima, čuđenje u pogledima upućenim čudovištu.

To čudovište sam ja.

Jer ja i dalje ne skidam svoju parku koju nose Eskimi na -40, da im se krv ne zaledi. Ja ne vjerujem ni kožnoj jakni u londonskom februaru, a kamoli kratkom rukavu.

Ipak, pobijeđena, u neko doba dana skidam parku sa ramena. Pobijedio me je miris, ne temperatura; mogu ja otrpjeti u jaknama sve do 35 stepeni.

Ali miris pravog proljeća uvjerio me da ovim iznenadnim sunčanim danima moram dati šansu. Doduše je proljeću u Londonu dodat sveprisutni začin gradurine, a to je curry. Osjećam ga čak i kroz preuranjeni cvat trešnje. Ne smeta mi. Skitam bez cilja; odnosno, sa ciljem da nigdje ne ulazim gdje ni sunce ne može ući.

Ponovo imam onaj osjećaj koji me podsjeća na sadržaj priča iz Nju Jorkera: sve je moguće, sve je moguće, a na kraju 'balade', zapravo se ništa nije desilo.

London je grad u kome sam, nakon Podgorice, provela najviše godina; više nego i u Beogradu i u Zagrebu. Stoga mu, kao i onomad Podgorici, poželjeh da uspije, da preživi, da se izvuče, da bude off-shore zona, ka' Monako...,

Po mekanom se vremenu roje mekane misli. Simpatična pojava, jer neće potrajati. Kad bi potrajala, ljudi bi počeli željeti ili više od toga; ili nešto potpuno suprotno, mračno. Hedonizam je lijep samo ako mu je rok ograničen, inače rađa nezadovoljstvo, apatiju. Nikada nisam srela osobu koja neprekidno živi procvat ideologije hedonizma a srećna je pritom, i ispunjena.

Ja priželjkujem vladavinu 'ideologije balansa'.

Na krilima varljivog proljeća dočekah i četrnaestu godišnjicu braka. E, tome se nisam nadala, baš kao ni ovom blagom februaru. Kada sam, već u prvoj nedjelji braka, imala i prvu bračnu krizu, majka mi reče: 'Prvih 20 godina braka su najteže.'

Pomislih da je to samo 'za-ne-daj-bože' crnogorska mudrost; jedna od onih izreka koje rade protiv uroka, da bi se dobio sasvim suprotni krajnji rezultat.

Međutim, istina je!

Jedan naš splitski prijatelj, koji je sticajem okolnosti sa nama proslavljao godišnjicu, reče da bi se u našem slučaju godine 'tribale duplo računat, ka' staž mornarima u ruskim podmornicama.' .

Kad smo već kod brakova i ranog proljeća (koje će proći, evo već prolazi, dok kuckam; vratiće se na ramena njeno veličanstvo – Parka), u zgradurini su u stanovima pootvarani prozori i balkoni, pa se da zaključiti da u svakom braku godine treba duplo računati.

Ovih dana, odnosno noći, kada napokon stignem da izbacim smeće, iz okolnih stanova čujem povišene glasove, da ne kažem – vrisku. Vrišti dječurlija, tinejdžeri, muževi i žene. Komšinicu, Engleskinju, visoku, elegantnu 'damu sa karijerom PLUS dvoje djece', koja uvijek u liftu izgleda kao da bez prevelike muke sve konce drži u rukama, čuh kako se balkanskom frekvencijom izdire na ukućane, nakon čega se onda oni izdraše na nju, a ona poče nešto kao kroz suze da se jada na svoj 'shitty' život.

'Yes!' pomislih, dok sam polagano spuštala vreće sa smećem u kante za reciklažu, i inu trulež. Zvuci rodnog kraja od ljudi nebalkanskog porijekla.

Muzika za moje uši.

TERITORIJA SREĆE I TUGE

Dupli espreso za rutinu, tonik za društvo. Moje stečene osobine. Nekada je bilo obrnuto. Bila sam tonik za rutinu, dupli espreso za društvo.

Sjećam se trenutka kada se moji kraci uklopiše u londonsku slagalicu: 2. oktobar, 2007. Londonski se prijatelji našališe i na moj račun. Na račun doseljeničke manjine. Napokon! Klik. Nedostajalo mi je to.

Materijala je uvijek bilo: akcenat, uvrnuti pogled na svijet, pomno-crveni sloj karmina u 8 ujutru, nedostatak političke korektnosti; Uggs sa štiklom, strah od ravnih cipela, strah od zime, strah od bicikla koje ulijeće sa lijeve strane (I know, I know), fobične reakcije na iglu i špric, i na pretjerano ljubazne prodavače (ups, sorry, prodajne asistente). Materijal je, međutim, životario, neiskorišćen.

Druženje u gradurini otvoreni je poligon za sve vrste sportova: ali samo ako si shvatio fer-plej. Kada sam shvatila, osjetili su to, znali su da znam. Bio je to znak da sam 'integrisana'.

Sada, kao da su me oni podigli. Zovu da vide šta je sa mnom ako negdje kasnim (da me nije ipak udario bicikl s lijeve strane?)

Vjeruju mi kada im kažem gdje nešto da pronađu u njihovom rodnom gradu. Prihvataju savjet da upisom na City Lit, na tromjesečni kurs iz bilo čega – glume, klavira, pisanja scenarija – mogu ubiti depresiju, zimu.

Ponosni su kada citiram njihove novine, pisce i komičare; kada na zlobu odreagujem 'ljubaznim spaljivanjem', i više se na nju ne osvrnem, jer mene ništa – osim patnje izopšenih manjina – ne može uzdrmati. Ili to barem tako izgleda. Suština je važna, naravno, ali treba dobro i da izgleda. Tough love.

Ipak, i dalje najviše vole kada im pričam o zemlji svoga odrastanja; kada im, onako, uz put, u uho ubacim paralelu između neke sasvim desete teme i ex-Yu soc-realizma.

Majske smotre. The festival of May's gatherings.

Pionirska zakletva. Pledge of loyalty to the union of Tito's pioneers.

Pionirska odmarališta: Educational-resting centres for Tito's pioneers.

Brrr.

Namjerno im naše socijalističke kovanice opisno prevodim na nekompaktnu varijantu engleskog jezika. Namjerno ih mučim, pretvarajući se da ih zabavljam. To je moja teritorija, i tu mogu biti Kraljica drame.

Nekompaktnost, inače, nije prirodno stanje engleskog jezika. Zato moji opisi naše 'diktature proleterijata' zvuče strašnije od Orvelove '1984'. To sam i htjela: da svoje sagovornike obavijem maglom pojmova, da ne bi pomislili kako mi je odrastanje lako palo, jer nas je sve država čuvala od bankrota. Nismo znali da smo vani, u realnom svijetu, svi bili 'bankrot, mama'.

A njih, moje rođene Londonce, niko nikada nije čuvao; samo su im napadali i to što zarade. The taxman cometh. I nikada ih i neće niko čuvati, ukoliko ne spadnu na bijedni nivo beneficija, kao i one izopštene manjine, zbog čijih se patnji organizuju dobrotvorne akcije. Te se manjine nisu uspjele integrisati. Na njihov se račun, stoga, ne treba šaliti.

Moje srce više nije mekano. Nemam nostalgiju za 'Oj, drugovi, jel' vam žao' godinama. Ne čeznem da se one vrate. Mada 'Oj, drugovi' bijaše jedina pjesma koju sam mogla bez falširanja da otpjevam, čak i u starom autobusu što je ljuljao po zavojitom putu sa Veruše, dok su mi suze rastanka kapale u kesu za povraćanje.

Nemam nostalgiju. Nostalgija podrazumijeva sjetnu želju da nam opet tako-nekako bude, jer, onomad, sve je bilo bolje. I neproduktivna je, ta nostalgija. Ja se ni u svoje dvadesete ne bih vratila, a kamoli u doba bubanja nerazumljivih pojmova.

Imam samo ljubav ili tugu prema mojim prethodnim iskustvima, kojima sam protkana. Ona čine nadogradnju na moj DNK, nadogradnju za koju volim vjerovati da sam sama odgovorna. Moja sjećanja. Moj ljubavni napitak; moj tonik. Moja inspiracija. Moja tuga što sam vjerovala u voljenu zemlju koje više nema. I nikada neću znati šta je stvarno presudilo: da li je zemlja bila lažna tvorevina, ili smo mi bili slabi, nemoćni da se odupremo najprimitivnijoj vrsti manipulaije?

Na sve se naviknemo. Sve su naše teritorije – teritorije sreće i tuge. Stres koji živimo postane NAŠ stres. Naš način života. To je konstanta ljudske prirode na koju zlobnici i računaju. I ako nemaš damara ili sreće u životu, da te bocnu i probude iz učmalosti, ode život, a ti mu razočarano maši sa druge strane, Jablane, maši.

Zato volim da se integrišem, da širim svoju teritoriju, da se smijem strahu; ili da ga, barem, ismijavam.

E, da: fobične reakcije na pretjerano ljubazne prodajne asistente.

Dakle, to je ono kada se, poput metka sa vašim imenom, asistenti prodaje zapute prema vama i nametnuti odnos započnu pitanjem: 'Jeste li okej?'

Jesam, okej sam, samo sam bezveze ušla, dok ne prođe pljusak.

Snishodljivi osmejak titra na profesionalno našminkanom licu. Osmejak koji sakriva misao: *Ovu ću lako obraditi.*

'Imali ste sreće,' kaže djevojka iza osmijeha, nekoliko desetina godina mlađa od mene; ali, djevojka sa misijom, što je čini starom dušom. Plaši me.

'Samo danas,' nastavlja ona, 'samo danas radimo veličanstvenu promociju od 20 posto popusta na sve što dodatno kupite, ako potrošite i jedan peni iznad 1000 funti.'

'Ja...samo...'

'Molim Vas, sačekajte trenutak, i donijeću Vam nekoliko stvari iz najnovije kolekcije, već tačno znam i šta bi Vam odgovaralo.'

I sad, nisam mogla da bježim. Nije fer. I ostadoh da stojim tamo ukopana dok me znoj oblivao, umjesto pljuska.

Deset ljetnjih haljina i hiljadu lažnih krikova oduševljenja kasnije, zavrtjelo mi se u glavi. Od gladi, od boja, od zvukova neke prijeteće muzike, koja kao da je u tom trenutku sama sebe porađala. Najviše od pomisli da ću ostatak života provesti sa ovom preljubaznom djevojkom. A sve sa prefiksom 'pre' omča je oko vrata.

I žedna sam bila. Žedna majci. Žedna k'o Abebe Bikila.

'Jao, kasnim!' okuražih se da slažem, poput zeca iz 'Alise u zemlji čuda'. 'Molim vas, gdje je najbliži izlaz odavde?'

Djevojka uzdahnu. Namršti joj se mlado čelo.

'Pa, biću sada potpuno iskrena sa Vama...' reče, nekako mračno, i zastade.

'Da?'

'Apsolutno ne bih htjela da zvučim bezobrazno, ali...' opet je zastala.

'Šta je bilo?' promucah suvim usnama. Da li mi je iz kose virio crknuti miš? Ili sam nesvjesno nešto stavila u džep od eskimske jakne, i sad čekamo policiju? Ili je ona u stvari terorista, a ja talac, i zaista se nikada više nećemo odvojiti?

'Šta je bilo?' molila sam. 'Recite mi. Recite mi!'

'Sigurna sam da je informacija zapravo suvišna, oprostite mi ako sam pogrešno shvatila, ali ako ste pitali za izlaz... izlaz je odmah iza Vas,' napokon je rekla.

A ja tu poželjeh, ne s nostalgijom, nego sa pokroviteljskom ljubavlju prema svojim prošlim iskustvima, da sam u 'Nami' i da je prodavačica podviknula: 'Ajmote, ibretnice,' – jer tamo, u rodnom gradu, čini mi se, nikada nisam bila sama na pljusku, '- o'ladi mi se kafa. Ako nećete danas da trgujete, eno vi knjižara iza leđa, pa se tamo cerekajte.'

GOSPOĐA LEONARDA RICHTER

Vodila sam sina, kada je imao sedam godina, da gleda predstavu 'Billy Elliot' u londonskom Victorija Palace teatru. Bila je to naša prva godina u Londonu. Na mene su, još uvijek, najveći utisak ostavljali mjuzikli: šarene laže sa pjesmama i hepiendom; kokošja supa za dušu pridošlice. Sedmogodišnji je sin bio dobro društvo za subotnje matineje. Samo on i ja (napokon bez mlađe sestre koja je potpuno okupirala majku), glasna muzika, čarobna scenografija, sigurnost, toplina.

Led smo probili 'Ducktastic'-om Keneta Brane; išli smo na 'Fame', na 'Groznicu subotnje večeri', 'We will rock you'. Napokon, odlučila sam, bili smo spremni za Billy Elliota. Gledala sam i film, prije toga. Znala sam da se radnja odvija na sjeveru Engleske i da glumci pričaju 'nekakvim naglaskom', koji mi nije bio nerazumljiv. Naravno da mi nije bio nerazumljiv u filmu dok sam čitala titlove.

Sinu sam ukratko objasnila o čemu se radi, karte kupila ispred pozorišta od ljudi čije se društvo za predstavu nije pojavilo. Savršeno: tek sam koji mjesec bila u Londonu a već sam, na dan prikazivanja, bila u stanju pronaći karte za najbolji mjuzikl u gradu, i to po cijeni od 15 funti.

Onda smo se, sin i ja, veoma dugo penjali uz zavojite stepenice sve do vrha teatra. Naša su se sjedišta zvala grand circle. Dobra fora. Naravno da ih nisu mogli nazvati 'daleko u p.materinu'.

Kada smo sjeli, pozornica je bila duboko dolje, poput kovčega na dnu mora. Iza naših leđa stajali su pasionirani studenti plesa, teatrologije ili nečeg sličnog, koji karte vjerovatno nisu ni platili.

'Izvini, sine,' rekla sam, osjećajući laganu mučninu, kao kod visinske bolesti, i pridržavajući se za rub sjedišta da se ne otkotrljam.

'Nema veze,' rekao je sin. 'Zamišljam kako bih se odavde super skijao do scene.'

Dobar pristup, mislila sam; moj mali džentlmen, engleska škola.

Ukratko, Billy Elliot jedanaestogodišnji je dječak iz Durhama, sa sjevera Engleske, gdje je, u vrijeme njegovog sazrijevanja, 1984., štrajk rudara iz te pokrajne drmusao Thatcherkinu vladu koja je odlučila zatvoriti rudnike. Jednoga dana, umjesto na treningu boksa, Billy završi na času baleta, zaljubi se u tu umjetnost i time izazove, pored štrajka i nezaposlenosti, još veću pometnju u kući oca udovca. Nakon raznih iskušenja, poniženja i prepreka, naš junak ostaje vjeran svom snu i odlazi u London na Kraljevsku plesnu akademiju, poslije čega, nagoviješteno nam je, njegova sljedeća stanica može biti samo slava.

Da nisam prethodno gledala film, teško da bih i ovoliko razumjela. Duboko na dnu mora, na pozornici, neki su ljudi plesali ili se jedno na drugo izdirali sjevernoengleskim naglaskom. Pogledavala sam u sina, preplavljena osjećajem krivice. On nije spavao. Nije se čak ni mrštio. Pratio je udaljenu, nerazumljivu predstavu.

Na pauzi mu rekoh: 'Znaš, ne moramo ostati do kraja. Idemo kući ako ti je dosadno. Ovo je malo teška predstava za tebe.'

'Ne mama, molim te da ostanemo,' rekao je.

Upitah se da li i mi pod krovom imamo budućeg Barišnjikova, za kojega otac takođe strastveno kuje sasvim druge planove.

'Znači, sviđa ti se ova priča?'

'Koja priča?' začudi se sin.

'Ovo, sine, što gledamo u pozorištu.'

'A, misliš ovaj balet? Pa, ne sviđa mi se mnogo, nego mi se baš ne ide kući da radim domaći.'

Čak ni kod sopstvene djece, znači, ne možemo sa sigurnošću znati razloge za pojedine postupke. U tom je slučaju, kod potomaka za čije smo odrastanje odgovorni, bolje pitati nego nagađati

Slatku misteriju i nagađanje 'šta stoji iza toga?' najbolje je ostaviti za susrete sa umjetnošću.

U Londonu, istovremeno su postavljene izložbe dvojice velikih majstora misterije 'šta stoji iza toga?': Leonarda da Vincija i Gerharda Richtera.

Maja M., moj vodič kroz svijet londonskih galerija, rekla mi je da je Leonardo kao Steven Spielberg, da su karte za retrospektivu njegovog milanskog perioda svejedno rasprodate, a da na Richtera moram otići.

Dopalo mi se to poređenje Leonarda sa Spielbergom; Maja mi nije dala dodatno objašnjenje, pa sam poređenje shvatila kao 'obojica rade tehnički savršeno obrađene bestselere'. Ipak sam uspjela doći do ulaznice: u Nacionalnoj sam galeriji bacala pogled na petnestak maestrovih radova kroz gužvu tijela u pernatim jaknama i kaputima. Ipak me je kroz sva ta tijela i kroz više od pet vjekova, maestrov dar toliko dirnuo da mi je došlo na koljena da padnem pred samozatajnim genijem, samo da sam imala dovoljno prostora za to. Leonardo je vječita tajna, mada nam je tako dobro poznat. Da li njegova umjetnost vodi do boga? Evo zašto: promišljenom, izračunatom, naučno-dokazivom preciznošću Leonardo nas suočava sa – neprobojnom misterijom. Takvi su svi njegovi radovi: od onih najpopularnijih (M.L., Dama s hermelinom, La belle ferroniere), do skica kojima se nikada nije vratio, ali koje su, svejedno, savršene (pogled preko ramena mladog vojnika koji kreće u borbu, recimo, probada srce posmatrača, a to je tek jedna od Leonardovih brojnih nedovršenih ideja za detalj na većem platnu). Neki kritičari danas tvrde da nemamo novog Leonarda jer nemamo 'Lodovika Sforcu', odnosno savremenu varijantu mecene koji je Leonardu omogućio sredstva da bi mogao stvarati svoja najbolja djela.

Evo, Saatchi je raspoložen biti moderni 'Lodoviko'; šansu je dao Damienu Hirstu i Tracey Emin, iznad svih. Ostatak puta njihov je izbor. Imali su i Lodovika i odličnu lokaciju za početak; ipak nisu postali Leonardo.

Priznajem da ne znam da li je Richter imao svog 'Lodovika'. Vjerovatno jeste imao nekog dilera koji je njegov talenat prepoznao ubrzo nakon što je ovaj, danas osamdesetogodišnjak, napustio Istočnu Njemačku, još 1961., i preselio se u Dizeldorf. Nije pripadao nijednom pokretu, ni stilu. Potpuno slobodnog duha, ektrovertan u svojoj umjetnosti, Richter, poput mladog Picassa u njegovom najkvalitetnijem periodu, mijenja pravce, pretvara stilove u anti-stilove (soc-realizam u posprdavanje kapitalističkom realizmu), ali ostaje dosljedan sebi, i stoga koherentan. Kako su samo rječiti njegovi 'slikarski dijalozi' sa Tizianom, Vermeerom, Duchampom, sa kojim se preko slike raspravljao o netačnosti Duchampove teze o 'kraju slikarstva'; njegovi osvrti na bombardovanje Dresdena od strane saveznika; na napad na Twin Towers 11.septembra 2001. Ili na koncentracione logore.

Leonardo da Vinci jedan je od najvećih umjetnika svih vremena; Richter jedan od najmoćnijih živih umjetnika. Posmatrajući njihove radove u kratkom vremenskom razdoblju, zaključila sam da su moćni i vječni ne samo zbog talenta. Čak ne ni najviše zbog talenta. Teško mi je ovaj zaključak izraziti pristojnim jezikom; ipak ću se, za novinu, obuzdati (mada obuzdavanje iziskuje veliki trud pri susretu sa tako snažnim umjetnicima, i umanjuje efekat): obojica su imala *cojones* da budu doživljeni kao angažovani umjetnici. Kombinacija talenta i hrabrosti (*cojones*-a) da se umjetnik otrgne uspavljujućoj introspekciji, uhvati u koštac sa komentarisanjem društva uz pomoć svog moralnog umjetničkog jedinstva, formula je za vječnost. Da Vinči i Rihter to su pokazali; veći dokaz nije potreban. Osim toga, zauvijek su odbranili mjesto i ulogu slikarstva, čak i u vremenu trodimenzionalnih pokretnih slika.

Ali ima nešto što me bocka, poput nametnutog osjećaja krivice. Zašto im se toliko divim kada još nemamo ženskog 'Leonarda i Richtera'? Pomišljam na žene koje su se posvetile umjetnosti: morale su prodati jedan veliki dio duše, ma šta one o tome javno govorile. I neka su. Doris Lesing napustila je sina, ostavila ga u Africi, da bi se sama vratila u London i pisala. Sylvia Plath, koja je probala iskombinovati ulogu domaćice i pisca, nakon što joj je izašlo mini remek-djelo 'Stakleno zvono', stavila je glavu u rernu i pustila plin. Koliku god žrtvu prinijele oltaru umjetnosti, ženama se ne oprašta 'angažman', ili, još gore, 'kontroverznost'.

Pomišljam na Richtera i njegovih šest povezanih slika velikog formata, sa kojima je mjesecima živio stvarajući ih. Povremeno bi izašao iz tog 'kaveza', kako ga je on nazvao - doduše po kompozitoru John Cageu, mada, slutim, bio je to Richterov 'kavez potpune sreće' - da pojede fini, topli obrok koji mu je mlada žena spremila. Odmah zatim, vraćao se svojim pravim ljubavima, svojim platnima, lijegao među njih, posmatrao ih, prevukivao sloj valjkom gore desno, ostrugao dolje lijevo. Zaspao. Budio se, zahtijevao kafu, čaj, keks.

Ko bi skuvao supu i kafu 'gospođi Leonardi Richter'? Možda neka komšinica, dok joj ne bi dosadilo.

Čak je i Billyju Elliotu bilo lakše izboriti se za svoj san, nego što bi to bilo 'gospođi Leonardi Richter'.

IMA LI SLOBODE U LJEPOTI PEJZAŽA?

Umjetnost Dejvida Hoknija izgleda nema ograničeni rok trajanja. Što bi Podgoričani rekli: 'Sto godina traješ, Dejvide.'

I voljen je među svojima, najomiljeniji živi slikar u Engleza.

Pitala sam neke Engleskinje - koje stalno idu na izložbe jer su 'prijateljice' svih velikih londonskih galerija – da li se Hokni ikada ženio. Htjela sam i na njemu testirati svoju tezu da tako dugačku i plodnu karijeru može imati samo umjetnik koji nema ženu i djecu, ili ima ženu i djecu ali su oni zapravo njegove sluge (slučaj Luciena Freuda).

Engleskinje su mi sa izuzetnom pristojnošću i pokroviteljstvom premaumjetniku predočile da Hokni 'nije ženidbeni tip.'

Sa Hoknijeve sam nove izložbe 'Veća slika' (A Bigger Picture) izašla obogaćena optimističkim razmišljanjima o slobodi i budućnosti svijeta.

Ne samo zbog boja, toliko razdraganih, 'citrusnih' i snažnih, da sam, zijevajući u velika platna, u ustima osjetila ukus južnog voća i vitamina C. Doduše, samog voća na slikama nije bilo; ali jeste gotovo svega drugog iz prirode, a najviše drveća, kojemu je umjetnik dao status božanstva.

Hoknijev Veliki kanjon, kalifornijski i jorkširski pejzaži ode su neumoljivoj želji prirode da iživi svoje cikluse, u njihovoj veličanstvenosti. Prirodu sustavno uništavamo, i kada mislimo da joj pomažemo, a ona pronalazi kutke kojima još nismo zavladali i tamo, slobodna, buja ljepotom koju snažne boje i velika platna mogu dočarati.

Ono što se iz djela može zaključiti o umjetniku Hokniju, rođenom 1937. u Bredfordu, pokrajna Jorkšir, jeste da je blagoslovljen ne samo talentom, već i posebnom hrabrošću vječno mladog duha. Spletom, po umjetnika, srećnih okolnosti – ponajprije geografskih, poput mjesta rođenja - taj duh nije bio ni iz kakvog Kabineta, ministarstva ili kafića, napadan, ranjavan niti progonjen.

Izložbu sam shvatila kao veliki poziv na promjenu u ponašanju i razmišljanju čovječanstva - ako želimo opstati, to možemo samo u zajedništvu sa prirodom.

Bljesne mi tada jarko narandžasta kosa profesorice marksizma iz gimnazije. Snaga 'citrusne' asocijacije.

'Bog, to je priroda!' često nas je podsjećala na Spinozu i njegov zaključak. Kad bismo htjeli popraviti ocjenu iz marksizma, dovoljno je bilo citirati tu misao.

Onda sam otišla kući i pročitala kritike izložbe.

'Šta se dogodilo sa Dejvidom Hoknijem?' pita se Alastair Sooke iz Telegrafa. 'Gdje je nestao hrabri slikar preplanulih kalifornijskih momaka što se brčkaju u bazenima?' (U bazenima, dodala bih, ispod neba tako plavog, i sa vodom takvih nijansi, da se iz jednog pogleda na sliku može odrediti temperatura – čak i u Farenhajtima, ako treba.)

'Nisam ga skužio,' nastavlja Sooke, 'šta je htio ovim pejzažima da postigne ako ne da prikaže kako se bludni sin vratio svom Jorkširu, od pobunjenika postao konzervativac, amaterski slikar nedjeljom?'

Slažem se da se Hoknijevi pejzaži po indeksu šokantnosti ne mogu približiti jednoj mariniranoj ajkuli Damiana Hirsta. Ipak, slutim da baš Sooke, ovaj mladi, ali veoma cijenjeni kritičar, od drveta nije vidio šumu, odnosno, zaobišla ga je poruka umjetnika sadržana u nazivu izložbe: Veća slika. (Englezi mnogo vole poštapalicu 'Bigger picture'. Rano je nauče u školi. Primjenjuju je na sve aspekte života. Izrada domaćih zadataka, spremanje ispita, politika, biznis, šou-biznis, umjetnost, književnost. Grijeh je vidjeti samo jedno drvo, ma koliko božanstveno ono bilo.)

Izgleda da smo u ovoj sezoni, barem kao posmatrači umjetnosti, iscrpli potencijal ružnoće.

'Ljepota će spasiti svijet!' grozničavo je pisao Dostojevski, iz nekog mraznog Gulaga. Njegov je krik 'ljepote' opet u modi. Jer, preturismo preko glave premnogo Lužina i Raskoljnikovih.

Većinu dosadašnjeg života nisam živjela u slobodi. Ništa neobično za ženu mog podneblja. Da duh ne bi klonuo (klonuti duhom znači umrijeti prije smrti), trenirala sam misao kako je moglo biti i gore.

Uvijek može biti gore. Sibir, Sjeverna Koreja, azijska i afrička polja smrti, Sarajevo, devedesetih. Mislila sam: pa makar smo slobodni, zar ne? Živimo u gradu bez rata, blage klime, samo pogleda zarobljenog visokim planinama; sjedimo po baštama kafića, smijemo se životu, po cijele božije dane. Besplatna terapija malih sunčanih mjesta. No, kako osloboditi pogled od planina?

Imala sam i dobru genetsku predispoziciju za trpljenje neslobode: obje bake (Draginja i Ljubov) i jedan đed (Milovan Petrović) proveli su mladost po ratnim logorima.

Ljubov i Milovan upoznali su se i zaljubili u njemačkom logoru. Ljubov, Bjeloruskinja iz Minska, poslije rata nije smjela natrag, u Staljinove ruke smrti. Rusi su šapatom govorili: 'Ko je preživio Hitlera, biće dočekan od Staljina.'

Milovan i ona dokopaše se Podgorice, sravnjene sa zemljom. Ljubov je imala tek 21 godinu, a po njoj se već mrežio rak, zbog prostrelne rane koju je zadobila na logorskoj žici u pokušaju bijega; rane koja nikada nije liječena kako treba. Jednom je, kasnije, na svoj rođendan, u, paradoksalno je, oslobođenoj zemlji, pjevala pjesme iz svog zavičaja, na maternjem ruskom. Potkazan od najbližih, đed Milovan je opet završio u zatvoru. Sloboda je kratko pjevala; novi logori su čekali. Goli otok.

Drugi je đed, Vlado Raičević, neprekidno ratovao od jula '41, oslobađao Podgoricu, svoj grad, kamen po kamen, spavajući po pećinama. Čime se hranio? Snovima o slobodi, vjerovatno. Na jednoj fotografiji iz tih godina, lice mu je osušeno, poput vučjeg.

Moj je otac prohodao u italijanskom zatvoru u sred Podgorice. Srce mu je puklo na Trgu Slobode, takođe u sred Podgorice, od poniženja što su mu mali Miloševićevi šegrti, kukavice prvoga reda, smanjivali penziju, a starijeg mu sina htjeli otjerati da 'brani zemlju od zemlje, i kopno od mora svog,' kako je tada pjevao Rade Šerbedžija, osuđujući novi krug rata.

'Godište '72,' pjevao je Šerbedžija, 'rodna je godina.'

Mali, zli šegrti zaista su mislili da su im ambicije vrijedne žrtvovanja mladih života.

Prisluškivanja, praćenja, špijuniranja, blaćenja. Čitava je porodica tome bila podvrgnuta. Nauči se čovek da to nosi kao medalju za hrabrost. Dok se i ta medalja, zajedno sa iskustvima predaka, ne pretvori u još jedan talog prašine na duši.

Prašina na duši ubija vedre boje života. Ubija prirodu, a priroda, to je Bog.

Genetska predispozicija za prihvatanje života u neslobodi u nekoj se čakri ipak transformisala u veliki otpor prema rešetkama i mreži. I prema prašini.

Život, genetika, šta li, stvoriše u meni neutaživu glad za slobodom. Čak ni živjeti ne mogu više u gradovima opkoljenim planinama, kada već ne živim u svome gradu.

Lijep je to pogled, dramatičan, ali seže samo donekle i onda – ni makac više. Ja sada hoću beskraj slobode; hoću hoknijevsku slobodu: slikanje ljepota Jorkšira kroz kalifornijski filter. Montenegro kroz filter Londona, velikog grada koji je vjekovima očuvao ideju slobode svojih građana.

('Draže bi nam bilo vidjeti London u ruševinama i pepelu, nego pripitomljen, tup i porobljen,' govorio je Čerčil, hrabreći građane da istrpe njemačka bombardovanja.)

Vrijeme je da se i u mojoj zemlji udruže ljepota prirode i ljepota slobode.

BASNE, MITOVI I CIJENA SEKSA

Čitam kćerki Lafontenove basne pred spavanje. Format engleskog izdanja knjige isti je kao i moj davnašnji Lafonten, naručen, zajedno sa 'Hiljadu zašto, hiljadu zato', od strane đeda Vlada preko 'Politikinog zabavnika': A4, tvrdi povez, lisica na naslovnoj.

Lisica!?

Opa, prešlo se na lisice.

Sjetih se da je naslovnu stranu mog ćiriličnog Lafontena krasio lav. Griva se tada cijenila, i titula, makar potajno. Sada je to pomalo komično. Lisice su kraljice, ovdje i sada. Lisice prodaju knjige.

Kažem djeci da smo u osnovnoj školi većinu tih basni morali znati napamet.

Ali, jesmo li, stvarno?

Ili je ovo još jedan mit kojim se plaše sopstvena djeca? Jedno od onih sjećanja koje se, s godinama što prolaze, kotrlja zajedno sa nama, i dok se mi trošimo, umanjujemo i gubimo moć, takvo jedno sjećanje raste, od grudve postaje lavina . . . Zgodno je skloniti se iza njega.

'E, samo da znaš kako je moja škola bila teška,' plašimo mladež takvim napumpanim sjećanjem. 'Napamet smo morali učiti SVE ove basne, NAPAMET!'

Na neko se težaštvo iz naše prošlosti ta djeca moraju nakačiti, naučiti da nas poštuju, bolje je to za *njih*, kako ne razumiju?

Uglavnom, sada, kada stihove provjereno ne moram pamtiti, u njima zaista uživam. Uživa i moja kćerka, mada ponekad traži da joj svojim riječima prepričam o čemu se radi i koja je poruka.

Ima tu zastarelih mudrosti. Najčešće o ženskom svijetu. Neubjedljivi stihovi bježe iz uha.

Žena sve radi suprotno pravilima, i kad se udavi u rijeci, tijelo će joj isplivati suprotno struji...

What-the-What??

Treba samo vidjeti reakciju moje sedmogodišnje kćerke koja te stranice sa hladnokrvnom dosadom jednostavno – preskoči. Kao da joj je neko ponudio od buđi pozelenjelo parče tosta, koje bi ona, naravno, ljubazno odbila, sa djelimično prikrivenim prezirom prema glupavom činu.

Mnoge su basne zasnovane na prastarim strahovima naše 'rase', strahovima koje je valjalo držati opravdanim. 'Bježeći od lošeg naići ćeš na još gore,' recimo. 'Ostani sa đavolom kojeg poznaješ.'

Da smo se toga slijepo pridržavali, još uvijek bi uz svijeće čitali. Zastrašivanje raje i dalje traje; brojke se sada koriste više od stihova.

Naiđosmo, kćerka i ja, i na poznatu priču 'Životinje oboljele od kuge'.

Kratko podsjećanje: da bi zaustavile pošast kuge, životinje odluče da žrtvuju jednu od njih, i to onu koja je najviše zgriješila. Lav se prvi javlja (kralj!); nabraja svoje grijehe, lisica ga brani; to mu je u moćnoj prirodi, tvrdi lija, što je proždirao slabije od sebe. Pa on je time samo učinio čast svojim žrtvama. Nije gazda-lav kriv. Sud životinja tako zaključi da nije mnogo zgriješio ni vuk, ni tigar, niti iko od mesoždera; ali jeste magarac što je popasao malo fine, zelene trave ispod nekog drveta. I tako, osudiše magarca da je najviše zgriješio. I žrtvovaše ga, jednoglasno. Eno mu slika na kraju basne: izgrižen sav, izranjavan, na rubu provalije, trenutak prije sigurne smrti, čeka da ga neko u tu smrt napokon gurne.

Ili: U odnosu na stepen moći što te štiti, nedužan il' kriv za sudije ćeš biti. (Na engleskom: 'And so, it seems, according to your might, the court will paint your actions black or white.')

Jedna od provjera stepena civilizacije u društvu: koliko smo daleko odmakli od ove poruke?

Niko ne bi da bude magarac. Magarci još nigdje nisu ni zaštićena vrsta. U rijetkim su zemljama dogurali do statusa bića sa posebnim potrebama. Ponegdje se stiglo do stepena dodjele glavne uloge lisici. A ponegdje, pak, još uvijek se vjeruje, polu-javno ili javno, da žrtvama lava treba da je čast što su mu hrana.

*

Da li je i sjećanje na komunizam jedno od onih sjećanja-mitova-lavina koje se hrani prolaskom godina?

Mimi Čakarova, mlada autorka dokumentarnog filma o seks-trafikingu, 'The Price of Sex', svoju je rodnu Bugarsku napustila kao trinaestogodišnjakinja, kada je, nakon pada berlinskog zida i raspada istočnog bloka, njena majka odlučila da sebe i djecu preseli u Ameriku.

Do toga je trenutka Mimi živjela u Boboševu, tada živopisnom bugarskom gradiću. Dvadeset godina kasnije, Boboševo je 'grad duhova', gdje žive samo stari ljudi koji 'provode dane, čekajući da padne noć, pa da se spava'.

Mimi i njenog brata podigla je baka, dok je majka radila. Majka joj je kasnije, u Americi, pričala da je u komunističkoj Bugarskoj imala istu platu kao i njene muške kolege. To u Americi nije bio slučaj.

Ja se sjećam svoja prva dva 'kulturološka' šoka kada sam, kao sedamnaestogodišnjakinja, otišla u Ameriku da maturiram. Prvi je bio što tamo niko nigdje nije išao pješke. Drugi – priča o tome da ako muškarac na nečemu zaradi jedan dolar, žena će za isti posao biti plaćena 60 centi.

To je tada kod nas bilo nazadno razmišljanje. Osjetila sam se nadmoćnom.

Takođe, nekada su se muškarci, barem u Jugoslaviji, pozivali na ozbiljan razgovor sa partijskim rukovodstvom, ili bar mjesnom zajednicom, ukoliko bi se pročulo da praktikuju nasilje u porodici.

Jesu li ovo mitovi?

Ali Mimin film nije film o mitovima-ili-istinama-komunizma.

Njen je film samo krenuo od – možda nostalgijom obojene – premise da je tranzicija komunizma u – čini se – beskrajnu tranziciju iliti *ništa*, ženama istočne Evrope odsjekla korijene, poljuljala tlo pod nogama. Naročito mladim ženama.

Država više nikoga, osim kriminalce, ne štiti. Kriminalci su shvatili da prodajom žena i djevojčica mogu zaraditi skoro gotovo koliko i švercom droge ili cigareta. Putevi šverca preko Balkana već su bili umreženi. Siromašne djevojke, kojima je 500 ili 1000 dolara obećane zarade od konobarisanja ili sličnih poslova, bilo bogatstvo, preprodavane su,preko eks-Ju regije, Grčke i Turske, sve do Dubaija; ako bi preživjele. Mimi prati priču tri djevojke koje su preživjele. Prateći njihove priče, Mimi prelazi puteve kojima su i ove djevojke prošle. Zato u ovom filmu nema Njemačke, Kine, Amsterdama, Velike Britanije. I ostalih. Samo zato.

Od muških se sagovornika u filmu pojavljuju: grčki inspektor tima za anti-trafiking, moldavski inspektor, turski prijatelj koji autorki pomaže da uđe u pakao Aksaraja – mračno-bludne četvrti Istambula. Dok gledam film pitam se hoće li ovi muškarci biti ubijeni. Mimi neće biti ubijena; nadam se da je štiti njen status, i američko državljanstvo.

Razgovarala je i sa par gnusnih klijenata. Svi su klijenti gnusni jer svačiji su najniži porivi degutantni, a ove su osobe robovi tih poriva. Jesu li zbog toga tako često bijesni i nasilni?

Klijenti ne vide ništa loše u 'prostituciji', koju, naravno, ne razlikuju od seks-trafikinga. Muškarci moraju imati seks sa ženama, kažu. Žene iz istočne Evrope dobre su za seks. Lijepe su. Izgledaju kao da im je čast udovoljavati muškarcima.

Klijente je Mimi smjela snimati samo s leđa. Klijenti su zaštićeni. Za njih ne moramo strahovati. Njima niko neće nauditi.

Da li je disfunkcionalnost sada normalno stanje uma protiv koga se sve manje ljudi odlučuje boriti? Da li iko može nakon priča ovih žena pomisliti da treba legalizovati prostituciju? Time bi se disfunkcionalnost postavila kao norma ponašanja. To bi napokon bio kraj ove civilizacije. Legalizovalo bi se prebijanje, silovanje i drogiranje siromašnih i nesrećnih žena - metoda pomoću kojih se, nakon oduzimanja dokumenata, oduzima i vjera ženama da su poštovanja vrijedna bića. Legalizovao bi se i takozvani 'srećni trafiking' – najnoviji trend, odnosno 'grooming' djevojčica mlađih od dvanaest godina; pričom, šopingom, uz nešto manje batina i droge, one se prevaspitavaju u poslušne seks-ropkinje, koje sebe vide kao 'poslovne žene'.

Da li Mimi vjeruje da se seks-trafiking može iskorijeniti?

Ne zna šta da vjeruje. Voljela bi da može vjerovati u to. Korak po korak.

Citira Henrija Forda. 'Pokažite mi ko profitira od rata,' rekao je Ford, 'i pokazaću vam kako da rat zaustavite.'

Seks-trafiking nije stvar seksa. To je stvar moći. Stvar prokletog, prljavog novca.

Nakon projekcije filma, mladi muškarac iz publike pita kako muškarci mogu pomoći da se zaustavi seks-trafiking. Mimi kaže da je ovo prvi put da joj neki muškarac nakon odgledanog filma postavi to pitanje.

'Divno je i što barem pitate,' rekla je. 'Kako pomoći? Budite pravi muškarci, Valjda.'

*

Za kraj, poslednja želja nekog starog Sufi pjesnika iz Kašmira.

'Ako mogu da biram ko ili šta ću biti u sledećem životu,' rekao je, 'dvije bih stvari rado izbjegao. Ne bih se htio roditi kao magarac. Niti kao žena.'

Zato, ako ste već rođene kao žene, probajte biti lavice. Ako ne možete biti lavice, budite barem tigrice. Hijene, ajkule ili - lisice.

Sveta krava neka bude granica ispod koje nećete ići.

OTIMAČICA MOGA VREMENA

Petak popodne moje je vrijeme. Ništa spektakularno: terapija po mjeri, pred početak vikenda. Petkom se, od šest do devet uveče, sastajem sa grupom pisaca-prijatelja u Blumsberiju. Krato traje to moje vrijeme. Zato u njega uranjam fokusirano, poput sokolice koja se ustrijemila na plijen. Ignorišem panične pozive života da ga ne ostavljam, da mu se vratim, kako mogu tek tako odšetati, u ovo ludo doba?

Prošloga je petka kćerka odlučila da koristim previše tog mog-vremena. Bila sam zatečena. Obično je ona ta koja me u svemu podržava. Ali, za tu podršku i ja njoj uzvratim organizovanjem nečeg zabavnog. To sam shvatila tek kada joj ništa slično nisam stigla organizovati.

Uzela sam je iz škole; rekla samo joj da ovoga petka nema njene omiljene siterke, niti sam pozvala nijednu od njenih drugarica na igranje; sve je okej, tata je kući.

'Ali tata stalno radi i kada je kući,' rekla je.

'Pa radi nešto i ti.'

'Jao, aj,' povikala je i počela da skakuće na jednoj nozi. 'Užasno me boli noga. Mislim da sam je slomila.' Suze su joj se kotrljale niz lice.

Ja sam stisnula vilice dok nisam zaličila na Brad Pitta, i samo sam hodala, hodala, hodala prema cesti i prvom taksiju koji naiđe.

Kćerka je sjela na pločnik, gorko plačući. 'Moja majka ne brine o meni,' jecala je. 'Niko ne brine o meni.'

Počeli su nam prilaziti ljudi sa utreniranim ljubaznim, a opet opasnim osmijesima.

'Je li ovdje sve u redu?' pitali su.

'Jeste,' neljubazno sam odgovarala.

Oni su sumnjičavo vrtjeli glavama ne odlazeći nigdje. Ubrzo se oko mene i kćerke-kraljice-drame okupio mali ali odlučni miting. A taksija nigdje. Jedna starija žena odluči da ignoriše majku-mene, za koju su sada svi vjerovatno mislili da je 'hladna istočnoevropska kučka'. Ta je žena sjela na pločnik pored moje kćerke i počela je ispitivati. 'Jesi li pala? Je li te neko gurnuo? Gdje te tačno boli noga? Možeš li malo ustati i hodati?'

'Ja sam ljekar opšte prakse,' predoči mi napokon ta starija žena, čisto da je ne bih možda kontra-optužila ako slučaj dođe do suda . . .

'Samo izvolite,' rekla sam. 'Sve ispitajte.' Besplatan pregled, ha, to se ne odbija.

'Pa, čujte, njoj stvarno nije ništa,' rekla mi je sijeda ljekarka, sa više topline u glasu, nakon što je sve ispipala.

'Znam,' rekla sam. 'Ona to radi zato što je petak, a ja svakog petka imam svoja tri sata, danas za nju nemam ništa super-zabavno organizovano dok ja nisam kući, i ona me malo kažnjava. Eto, to vam je dijagnoza.'

'Ah, razumijem,' reče ljekarka, i miting se raziđe.

U taksiju sam pomislila – dok mi je kćerka govorila da mi 'ovo' nikada neće oprostiti, čak ni kada bude imala 21 godinu – da zapravo i nije loše što se oko uplakanog djeteta čak i u graduruni brzo okupe ljudi (dušebrižnici) ljubazno-opasnih osmijeha. I ja bih tako postupila.

Takođe sam shvatila da se na ovakve i slične ispade (razmaženosti) nikada ne treba osvrtati. Samo treba stisnuti vilice u Brad Pitt poziciju, i hodati, hodati - makar za stopama ostajao trag nelagode, običnom oku nevidljiv.

Do Blumsberija idem podzemnom sa stanice South Ken. Do South Kena volim prošetati, ali ovaj april, nakon suvog marta, donio je toliko potrebnu kišu, nošenu, naravno, ostrvskim kružnim vjetrom. Plakali su za kišom, Englezi; plašili su se za svoje lijepe bašte. Sada opet proklinju tu potpuno nepredvidivu klimu.

S tim se vrtuljcima vremenskih nepogoda u kosi i kostima, kada je kišobran neophodna smetnja, nije lijepo šetati po gradurini. U Londonu je tada, istinu govoreći, najljepše ostati kući, peći djeci palačinke. Ima i to svojih draži. Razumijem zašto me djeca žele držati u kući petkom naveče. Dok se iza prozora padavine tuku s vjetrovima, djeca u meni vide viteza u penjoaru, zaštitnika ognjišta, mađioničara što je od sastojaka prilično neupečatljivog izgleda u stanju napraviti jednu tako čarobnu stvar kao što su palačinke – zbližavajuća i utješna hrana *par excellance*.

Često budem i umorna. Kraj je radne nedjelje, od podočnjaka ne vidim svoja stopala, moj nivo hemoglobina u granicama je referentnih vrijednosti iz svijeta guštera.

Ipak, kakvo god da je stanje, spremam se i odlazim u Blumsberi. Moram ostati vjerna svojim kutovima vremena, koliko god oštri bili.

Zapravo bi meni najviše odgovaralo kad bi se grupa sastajala srijedom, a ne petkom. Imati svoje vrijeme srijedom veče značilo bi vratiti se u sedlo sredinom nedjelje; u danima što slijede, nijanse raspoloženja diktirala bih regenerisana – ja. Ali eto, većini iz grupe odgovarao je petak; rade ljudi po raznim ustanovama, srećni ljudi, njihov se posao završi petkom u pet, onda mogu uživati u svoja dva i po dana sebičnosti. Od mojih iz grupe niko nema djecu, samo ja. Ima i Dejvid, sada se sjetih, dobio je sina prije dvije godine; ali Dejvida više i ne ubrajam u grupu, jer ga od tada nismo vidjeli, iako on stalno obećava da će doći. Ponekad nam se isplače preko mejla kako je teško pisati sa bebom u kući, sa kolicima u hodniku, sa naglim napadima virusa i skokovima temperature baš petkom popodne.

Naučiće Dejvid, ako mu bude stalo, da saspe Nurofen sirup sinu u grlo, i da se ne osvrće, da ignoriše miris nelagode za stopama što odlaze prema nekoj podzemnoj.

Ja sam, već, tako daleko dogurala da sam i kuckanje glavobolje u sljepoočnicama, kao najavu migrene, petkom veče naučila ignorisati.

Migrena je, mislim, najprije psihička bolest. Neko ima napade panike, nekome se stomak zaveže u čvor, nekome se začepe disajni putevi. Ja imam migrenu. Neko nema ništa i blago takvima, debelokošcima. Voljela bih da moja djeca budu debelokošci, ali dobri-ljudi-debelokošci. Ne znam je li to moguće. Uvijek su mi bile sumnjive osobe koje bi mi rekle: 'Mene glava nikad nije zaboljela.' Kako to? Nešto sa njima, bezdušnicima, nije u redu.

Kada sam moju migrenu pokušala liječiti homeopatijom (travke i otrovi energičnim mućkanjem pretvoreni u granulice), terapeutkinja mi je rekla da bi se, radi preciznog utvrđivanja lijeka, trebalo prisjetiti koji mi je bio prvi napad, i zbog čega.

Pogledala sam je, malo sa visoka.

'Glorija,' htjedoh joj reći, 'u Crnoj Gori, mi koji ćemo od nje u životu patiti, sa glavoboljom se *rađamo*.' I odrastamo sa njom, kao sa ravnopravnim članom porodice.

Imala sam čast upoznati i brojne glavobolje-komšinice, odnosno glavobolje-ravnopravne članice drugih porodica.

Mirin otac, čika-Božo, često je, pod vlašću svoje porodične glavobolje, kroz kuću, oko glave nosio snažno stegnut 'pojas' od bade-mantila.

'Donesite mi brzo onaj pojas za glavu!' povikao bi s vrata, po povratku s posla.

Mira i ja iza leđa smo mu pjevale: 'Ja sam kći crvena plemena...'

I moja je glavobolja kada je porasla postala migrena. Migrena. Zla sestra. Zelenooka, mršava, visoka. Ima ljepše ime od moga.

Sve sam probala. Ništa ne pomaže, osim hemije, na kratke staze. Najčešće maštam o dobro ohlađenim prstima Baš-Čelika koji me stežu po bolnim tačkama – najčešće tri tačke boli, uvijek sve ide u tim trojkama – dok bol ne zamukne. U nedostatku Baš-Čelika, gutam talete. Ove moje sadrže sumatriptan, koji sužava krvne sudove, a krv iz njih baca negdje drugo po tijelu. Znam da to mora biti opasno i štetno. Sumatriptan, kažu, može razbuditi nakon puberteta uspavani hormon rasta. Očekujem da ću se jednog jutra probuditi sa glavom zaglavljenom u lusteru, poput Alise u zemlji čuda.

Sve znam ali opet gutam sumatriptančeke. Kako u Londonu zamračiti sobu, izolovati zvukove, i ležati tri dana? Ko će raditi onih stotinu sitnih, neprimijetnih dnevnih poslova? Život me nije naučio da pazim na sebe. Sebična sam samo petkom predveče, nakon čega me, kao po kazni, napadne moja bolest-rodbina.

Na izlazu iz podzemne vidim da se nevrijeme smirilo. Stavljam svoju muziku u uši. Oko izlaza stoje ljudi koji dijele besplatne večernje novine. Baš ću uzeti jedan Evening Standard da pročitam, uz čaj, dok se društvo ne sakupi. Najbližem djelitelju novina uzimam Standard iz ruke. Čovjek novinu trzne prema sebi.

'Flertuje,' pomislim, i ja trznem jače, on malo jače, ja opet, još jače, istrgnem mu je iz ruke, uz osmijeh. (Ah, šta će i on, jadan, mislim ja, dosadno čovjeku, stoji tu kod podzemne po svakavom vremenu, dijeli novine.)

Odšetam, koraka laganog poput neonskog odsjaja po cesti.

Preko muzike u ušima čujem povike čovjeka za koga sam mislila da je ulični djelitelj besplatnih novina.

'Hello! Hello!' viče on. 'To su moje novine! Vratite mi novine!'

Oh, shit.

Tek onda vidim da u ruci držim Daily Telegraph.

I tada znam, dolazi mi M. Dio mozga već je pred njom kapitulirao. Gutam sumatriptan.

Ništa mi neće pokvariti moje vrijeme. Čak ni prekorni pogledi prolaznika upereni u mene, otimačicu tuđih novina. Ne znaju oni da je za to kriva zla sestra, Migrena.

Migrenu je, na povratrku kući, smirila moja Kraljica Drame koja mi je na ulaznim vratima ostavila poruku izvinjenja, poštovanja i ljubavi.

That's life.

NAJBOLJA VRSTA TURISTE

Lunjam sama po Londonu. Odlutam do krajeva u kojima do sada nisam bila. Kensal Rise, recimo. Odćutim put do tamo; u Kensal Rise-u blijedo gledam u iste radnje, istu glavnu ulicu, kao i u svakom drugom kraju; odćutim put nazad.

Bila mi je gužva do ove nedjelje. Čuj, gužva; majka mi je bila u posjeti. Doselile su se i nove komšije, sreli smo ih kod lifta, poslije nam oni pozvonili na vrata, da se bolje upoznamo. To vam je doseljenička 'gužva'.

Majka je bila manje aktivna nego što je inače, na svojoj teritoriji. Nije joj prečesto zvonio telefon. A ni ove nove komšije nisu vesela porodica Cimpl - čija mi je Saša, u Beogradu, kada sam se kao student doselila na njihov sprat u ulici Ranka Tajsića, takođe pored lifta rekla da mogu dolaziti kod njih samo ako pušim, pijem skroz gorku kafu i puštam je da mi čita odlomke iz Gombrovičevog 'Dnevnika'. Eh, voždovačke večeri uz gorke kafe i Gombroviča.

Ipak, za mene, sada naviknutu na londonsko bitisanje u nukleusu, prošlonedjeljno stanje bijaše puna kuća.

Otišla je majka; i komšije odoše, svojim poslom. Muž je na službenom putu, djeca su u školi. Ja se vratih iz Kensal Rise-a, u koji više neću ići. Frižider je ispražnjen. Nebo je nemilosrdno, smrknuto i sivo. Saobraćaj je preglasan, a ljudi pretihi. London je stranac. Računi za usluge života u tuđini poređani su po trpezarisjkom stolu. Po stolu koji je dotrajao, ali ga ne mijenjamo jer tu smo 'samo još jednu godinu'. I tako sedam godina.

Na jutarnjem TV programu - iseljeni Britanci žmirkaju u kameru, zaslijepljeni mediteranskim suncem; žale se na Grčku i na Costu del Sol. Nije im više dobro ni tamo; pod oblakom krize sunce gubi moć. Izoštre se samo konture tuđine.

'Sunce tuđeg neba. Neće vas grijat ko što ovo grije.'

Istinitost Šantićevog stiha evidentna je dok si još u avionu za London.

Zašto svi ti ljudi dolaze u ovu gradurinu, i nikako iz nje da odu?

Zbog slobode, azila, engleskog jezika, zbog djece, škola; zbog institucija, sistema, discipline, pristojnosti ('Decency,' tvrdio je Orvel); zbog osjećaja da si u centru svjetskih zbivanja; zbog karijere, inspiracije. Zbog sufražetkinja, Virdžinije Vulf ('Zato što sam žena,' rekla je Virdžinija, 'ja nemam svoju zemlju. I zato što sam žena, čitav je svijet moja zemlja.'); zbog Barbare Batrik iz Jorkšira, prve žene profesionalnog boksera, koja je naučila boksovati čitajući knjigu 'Plemenito umijeće samo-odbrane' (The Noble Art of Self-Defense).

Gdje je, osim u Engleskoj, mogla uopšte izaći knjiga takvog naslova?

Ipak, sedam godina poslije dolaska ovdje, osjete li, poput mene, svi na svojoj koži zakon 'umanjujuće koristi', odnosno da, sa svakom 'još jednom godinom', mnogo više mi dajemo gradurini, nego što nam ona uzvraća?

*

Majka mi je opet najljepše lice na ulaznim vratima. Najbolja vrsta turiste. Posjetilac sa kojim mogu ali i ne moram razgovarati dok zajedno obilazimo londonska mjesta na kojima je dosadno i hladno biti sam, koliko god poučna i važna ona bila. Jer, samo njoj, majci, mogu reći: 'Nisi me dobro slikala, ajde opet,' pa opet, pa još deset puta, i to u galeriji gdje je fotografisanje strogo zabranjeno.

Ili: 'Idemo u Starbucks, nemamo vremena za pravi ručak.'

Ili: 'Pusti plaćene ture, najbolje razgledanje grada je sa gornjeg sprata autobusa 11.'

A ona meni može reći: 'Što si davala 28 funti za Hirsta kad sam ovu kravlju glavu s muvama mogla besplatno gledati u mesari kod Tema?'

Samo ona može predložiti da 'sknemo do Francuza, tu, iza ćoška, kupimo ovoj Vivian (Vestvud) tamo nešto fino, lagano, da prezalogaji,' - nakon što je neumornu umjetnicu sa balkona vidjela da radi do kasno.

I ne mora, majka (ne Vivian), nikada priznati da, prelazeći ulicu, gleda u 'pogrešnom' smjeru. Život joj spasim svaki put, povučem je nazad na trotoar, a ona mi odbrusi: 'Nemoj me vući, *znam*!' E, pa, *znam* i ja.

Ali ono najbolje što ova vrsta turiste pruža je – vrijeme provedeno sa unucima. To je ono famozno 'quality time'. Za sve nas.

Na šporetu se krčka jedno od majčinih jela bez recepta.

'Samo popržiš malo luka i u šerpu strpaš sve što nađeš u frižideru i onom gornjem plakaru,' kaže.

Njen se talenat za kuvanje ne može ispisati receptima, jer smješten je u nepcu, u nosu, u prstima.

I djeca se lagano krčkaju na prijatnoj temperaturi njenog ritma, umjesto da se, kao i obično, prže na vrelom ulju moga tajminga. Odnekud je dovukla neki retro-radio, upalila ga i – gle čuda! - niko ne tuguje za TV-om.

Odvojena od svoje neurotične rutine, ja prosto ne znam šta bih sa rukama, nogama, leđima, glasnim žicama, pa samo sjedim, onako - usuđujem li se reći – opušteno? – i zurim u šolju čaja.

Moja majka i u tom mom zurenju pronalazi podsjećanja na to kakva sam bila. 'E, ovako se znala umudriti kad se ja naljutim. Jednom je zidove svlačionica 'Sutjeske' isškrabala 'Azrinim' pjesama - koji je to bio razred, šesti, sedmi? - pa je morala na razgovor sa pedagogom oko značenja stihova 'Užas je naša furka'. Ili tako nešto. A ja sam morala da im platim krečenje. Pedeset hiljada dinara. Pet onih crvenih novčanica s konjem, čini mi se da sam dala. Pomamila sam se. Ona ništa, sjedi ovako za stolom, baš je briga jer joj otac nije bio ljut. Onda đed njen dolazi i kaže: 'Ajde, bogati, to su moderne pjesme, nisu četničke, šta ima da je zovu na razgovor?'

Majka me vidi kao zbir svih mojih gena, godina, svih mojih faza i metamorfoza. Sasvim suprotno od toga vide me moja djeca: za njih, ja sam gotov proizvod, stalno u istom pakovanju, na istoj polici dragstora. I nema u ovoj gradurini nikoga ko će im projektovati slojevitost njihovih roditelja. Tu smo, za svakoga, ono što smo sada. To može biti dobro: mama i tata uvijek su bili ovako pouzdani i ozbiljni; ali može biti i površno; može zafaliti materijala za prepoznavanje. Da rastu u Crnoj Gori, naša bi djeca poznavala muževo i moje djetinjstvo (pa makar i sa istorijskom distancom), načine našeg ophođenja sa roditeljima, rodbinom, starim prijateljima, veselim ili teškim komšijama; svakodnevno bi sve dublje uranjali u bogatsvo našeg jezika, humora, radosti i tuge. Ali ne rastu u Crnoj Gori, i zato su posjete 'najboljeg turiste' još dragocjenije.

Sin me gleda ispod oka, smješka mu se mladi brk. Dodat je još jedan prag na generacijskoj ljestvici. Ili, još jedno ogledalo koje umnožava odraze svih nas. Nije znao da sam i ja nekada svojim tinejdžerstvom mogla uzdrmati neko domaćinstvo. On bi još tih priča. A kćerka traži da joj ih 'malo prevedem na engleski'.

U jednom dalekom stanu na jednom dalekom Ostrvu, kao da se ispod kućnog praga uvukao miris starih ognjišta.

Zato se ne žalim što lunjam sama Londonom. U drugoj sam dimenziji, nisam za ubrzana druženja. Ni izložbu Damiena Hirsta nisam odgledala s pažnjom i emocijom. Pažnja i emocije bile su rezervisane za majku – prvo umjetničko djelo koje svi ugledamo.

MOJE ENGLESKO, HIPI-TIPI VJENČANJE

'Pačja noga'.

Tako su podgorički hipiji iz generacije moje majke zvali 'peace' znak. 'Pačja noga'.

Hipi stanje duha postizali su u prodavnici 'Borovo', nesvakidašnjem ašramu, gdje su duboko udisali unutrašnjost izloženih gumenih čizama. Dinar ili dva koje bi iskamčili od roditelja 'za bozu ili kuglu sladoleda', nisu trošili niti na bozu, sladoled, niti na cigarete ili 'psihodeličnije' supstance od mirisa ljepila i gume iz čizama, nego na velike baterije za tranzistore sa kojih su u Njegoševom parku, pored nekadašnje kino-bašte, slušali muzički program Radio Luksemburga.

Od kino-bašte u parku nastalo je košarkaško igralište, a hipici moje generacije preselili su se bliže Njegoševom spomeniku.

Iz toga se perioda sjećam: ljubavi Sava i Sande; sjećam se i Vane, Sandine sestre, na čije sam znanje engleskog jezika bila ljubomorna; zatim, tirkizne boje očiju Igora Bakića; maslinastog tena i suknji kraljice hipi-stila, Sanje Ulićević; misteriozne distanciranosti hipi-gurua, Paje.

Oni se mene vjerovatno ne sjećaju jer sam morala već u sedam i po da napustim društvo, i preko mosta trčim do kuće. A i frizura mi je bila više Rod Stjuart nego Dženis Džoplin.

Mnogo kasnije, muž mi je često znao reći da imam hipi-psihologiju, ne znajući za moje davne idole. Vjerovaću da je mislio kako sam zadržala slobodan duh, i neću mu postavljati dodatna pitanja.

Ana Houp, glumica i spisateljica iz moje grupe petkom, svoje je vjenčanje nazvala *Wedstock*, i napravila ga na Ridge Farmi, gdje su svoje albume snimali Queen, Pearl Jam i Black Sabbath, između ostalih.

'Nemojte dolaziti u cipelama na visokim štiklama,' naglasila je u pozivnici. 'Ovo važi i za žene.'

Ubrzo shvatih da će najzastupljenija obuća biti Velingtonke, gumene čizme po uzoru na 'Borovinke', koje sam, evo skoro sedam godina, odbijala kupiti u Londonu.

'Zna li ko postoje li Velingtonke sa 2 inča pete?' pitala sam grupu.

Nisam našla. Ali našla sam jedne sa rozom leopard-šarom. Kratko su trajale, odmah da kažem. Igrale su samo jednog Wedstocka. Po povratku sa Ridge farme u London, bačene su u najkonzervativniju vrstu smeća – za 'obaveznu nereciklažu i spaljivanje'. Nisu samo one bile požderane od strane neumoljivo rastućeg blata. I moje hipi pantalone zamalo su zauvijek preselile kod Fredi Merkjurija, ali spasilo ih je nježno pranje na 30 stepeni.

Spasila sam i vreću za spavanje, koju sam vukla preko blatne poljane, nakon što sam zaključila da je vigvam (ovdje ga zovu 'tipi'), gdje je trebalo prenoćiti, popustio pred kišom baš pored mog nesuđenog uzglavlja.

Ana i Dejv, mladenci, nekada su živjeli na toj farmi, u hipi komuni. Tematika vjenčanja bila je omaž tim godinama. Omaž se morao ne-baš-jeftino-platiti, činjenica koju je u svoj govor utkao otac mladenke. Da nije, pomislila bih da su, zaista, uvijek, najbolje stvari u životu – besplatne.

Ceremoniju vjenčanja vodila je šaman-žena-koja-me-nije-voljela jer sam je tokom obreda fotografisala mada je to strogo zabranila.

'Ah, vi, neposlušni Crnogorci!' podviknula je na mene.

Anglosasi spustiše pogled. Podjela krivice u komuni. Samo je Crnogorki i dalje bilo drago što je ovjekovječila šaman-ceremonijal-majstoricu.

Razmišljala sam da je hipi-pokret prirodno stanje svijesti velikog broja stanovnika čudnog Albiona, gdje se čak i članovi kraljevske porodice liječe alternativnim metodama i najsrećnije trenutke života provode u gumenim čizmama. Britanci, ako bih uopštavala naciju, nemaju prenaglašenu poduzetničku žicu i žive za osjećaj slobode koji pruža duh ujedinjen sa prirodom. Obzirom da nemaju ni ugodnu klimu na svom Ostrvu, priroda sa kojom treba ujediniti duh često je blatnjava. Naučili su uživati u tome.

Isto tako vjerujem da potajno, odnosno 'duhom', uživaju i u recesiji. Prijaju im krize tokom kojih je neukusno patiti za materijalnim. Na umu imam određeni sloj ljudi, naravno, ali sloj koji čini brojnu armiju mira. Sloj koji osobinu da se neko 'previše trudi da se dopadne' smatra najžalosnijim stepenom neslobode.

Mladići sa polucilindrima, skinny pantalonama, džepnim satovima, lennonkama, maramama oko vrata, Windsor čvorom na kravatama neobičnih šara. Djevojke sa krznenim prslucima preko laganih istočnjačkih haljina i cvjetnim gumenim čizmama na golim nogama; na glavi – lanac od bijelih rada ili lisičja njuškica; kosa duga i zahvalna kiši što će je ufrčkati.

Atmosfera – very Glastonbury; muzika irska, škotska, Dirty Old Town na bis, pa opet. Da. U recesiji, opet je proradilo irsko, škotsko i sjevernoenglesko srce, romantično i divlje. I Irvine Welsh izvađen je iz naftalina. Natempirao je novu knjigu, Skagboys – zapravo pred-priču Trainspottingu – da izađe baš sada, kada je opet tako dobro imati to ludo keltsko prokletstvo u sebi. Jedva su čekali.

I ja sam radosno gazila preko preplavljenih polja (strawberry fields?) da dođem do pokretnog WC-a. Znala sam da ću ostati ugrijana sve dok budem plesala i pila čajeve. Nešto prije šest ujutru, odvezoh se sa mojim društvom natrag u London.

Kod ružnih zgrada Wandswortha, Sintija reče: 'Pamtiću svaki detalj hipi-svadbe i na njoj ću duhom biti još nekoliko dana. Ipak, tako sam srećna što mi se tijelo vratilo u London.'

Jedna se stvar hipi-pokretu mora priznati: u opakoj konkurenciji sa brojnim drugim i drugačijim pokretima, koji, manje ili više otvoreno i agresivno, traže tvoju dušu u zamjenu za pripadnost – hipi-pokret traje i traje, generacijama; i uvijek ga se rado sjećamo, jer nam je dao slobodu, a nije nam tražio dušu.

Pa, možda ima nade za ovaj svijet.

SHOPPING-SIOZNOST

Smeta mi sve napadnija, a lažnija, zabrinutost za čovječanstvo.

Na primjer: odavno više ne postoji jednostavna 'tuga'; samo 'depresija'.

Nema više ni 'nekoliko sunčanih dana zaredom'. Sada, to je 'suša'.

Ni proste, ljudske žeđi više nema, kada sami od sebe gravitiramo ka najbližoj česmi; ta se faza preskače i odmah nam svima prijeti 'dehidracija', bolest podlija od dijabetesa.

Umjesto žuborenja bistrih izvora, iz bankomata šušte novčanice, toliko nove i oštre - prste će nam odsjeći ako ne pazimo. Oko nas natpisi. SALE SALE SALE. High Street shopping za spas oboljele ekonomije.

'Zatrpani informacijama, a gladni znanja,' opisao nas je Džon Nezbit.

Ubi ova demokratija. No, ja se još dobro držim.

Svaku naznaku depresije ismijaću pisanjem o njoj. Neću povjerovati u odveć glasne brige i prijetnje, jer tamo dolje, južno, prečesto su vikali 'Vuk!', dok nas nisu otupili, pa smo pravog Vukodlaka, kada je ušao među nas, pustili da zavlada.

Ni dehidrirati neću dok je god nekog 'Št. Hamze' ili 'Sonje' niz ulicu. Mogu se oni po sto puta sakrivati iza engleskih ili italijanskih imena, prepoznaćemo se kad im dođem, žedna.

A shopping...ah, shopping... Kako čudan odnos imamo on i ja. Odnos koji je, iako zasnovan na preziru, a odgajan kroz samozavaravanje, prerastao u nešto trajno.

Korijeni moje anksioznosti kada je shopping u pitanju vjerovatno leže duboko, pod vječno ispucalom zemljom podgoričkog Bloka V; ispod naciknutih pločica nekadašnjeg Top Looka.

Moj otac, penzionisan '89-te godine, kupio je tada šesnaest kvadrata 'poslovnog prostora' kod kafića 'Bojo'.

Ubrzo zatim, snove o poduzetništvu raspirio nam je Ante Marković. Jedno se kratko vrijeme sve činilo tako mogućim da sam ja molila oca da kupi halu fabrike 'Radoje Dakić', pa da tamo otvorimo pozorište, pozovemo Marlona Branda da postavi 'Smrt trgovačkog putnika' i odigra glavnu ulogu.

'Brando voli egzotiku', govorila sam. 'Pristaće sigurno, i to besplatno.'

'Čekaj prvo nešto da napravimo od ovih šesnaest kvadrata,' rekao je otac.

Maštajući o daskama na kojima će Marlon u ulozi Vilija Lomana proslaviti titogradsku pozorišnu scenu, prodavala sam sportsku opremu, kad god bih iz Beograda, sa studija, dolazila kući, što je bivalo sve češće jer se Beograd . . . mijenjao.

Moj je otac, naizgled, uživao u novopronađenoj profesiji. Umjesto alarma, ispod kase držao je bejzbol palicu. Imao je nekoliko zaključaka vezanih za prodajnu djelatnost. Jedan je bio da 'uz dobru robu prođe i kusa', pa je radnju stalno držao punom.

Imao je i par trikova. Omiljeni mu je prodajni trik bio da kupcima-Cetinjanima kaže da su mu upravo tu bili najbolji kupci – Nikšićani, koji su pokupovali sve što su mogli ponijeti. I obratno. Nikšićanima bi to isto govorio za Cetinjane. Onda bi ovi kojima bi pričao obično rekli: 'E onda meni daj sve patika što ti je ostalo od broja 45 i svu ekstra-lardž robu.'

Idealni kupci. Zbog takvih su mi još teže padali oni manje odlučni, koji su ušetavali u radnju da ubiju pola sata-sat-dva-tri, sve da isprobaju, a najvjerovatnije ništa da ne kupe. Cijedili su iz mene životnu energiju. Gušio bi me tada naš mali 'poslovni prostor', a san o Marlonu bivao je sve dalji. Nije pomagao ni rođak koji je povremeno, na biciklu, dolazio iz Gornje Gorice, ulazio u Top Look sa štipavicama na nogavicama, namigivao mi iza leđa kupaca i posjetilaca, dok je preglasno izvršavao svoju marketing-misiju, uzvikujući: 'Koliko je meni poznato, Top Look je najbolja radnja sportske vrste u Crnoj Gori a i šire!'

Od tada mi 'shopping' izgleda kao igranje odraslih; igra sa đavolom na terenu dosade - prvom krugu đavolje teritorije; jer, kada ti stvarno nešto treba ne ide se u shopping, nego kažeš 'idem za farmerice', odeš, probaš, platiš, izađeš.

Jednog sam avgustovskog popodneva čak i lopove jurila. Istrčala sam za njima s onom bejzbol palicom u ruci, vičući prema praznoj terasi kafića: 'Bojoooo, Bojooo, hvataj lopove, ukrali su mi patiku!' (da, jednina, nisam dozvoljavala da se istovremeno isprobavaju obje patike). Onda mi je neki slučajni prolaznik – odkud iko normalan tu u dugo, gluvo doba podgoričke sieste? – rekao: 'Bojo ti nije više vlasnik ovoga kafića. Odavno.'

I, poput Boja, sve je polako otišlo: Ante Marković, moj san o pozorištu, bejzbol palica, otac, Top Look, Marlon, čak i rođak sa biciklom i štipavicama. Samo će shopping sve nadživjeti. Mrzjela sam shopping.

Klela sam se svima koji su mi ikada rekli: 'Blago tebi, živiš u svjetskom centru shoppinga', da redovno kupujem samo hranu. Od vazduha, osvjetljenja, gužvi i zvukova po radnjama, bude mi loše.

Priznajem, to je ponekad, kada razgovor za stolom 'zakoči', interesantna mala tema za društvo sa kojim se muž i ja ovdje sastanemo. Niko odmah ne povjeruje u moju averziju prema shoppingu, ali mi raspolažemo primjerima koji je vjerno oslikavaju. Smijeh se smjenjuje sa čuđenjem, žene za stolom očima mi šalju signale da su me 'pročitale', i svaka mi čast za taktiku. Konverzacija se opet uspješno zakotrljala.

Zašto im je tako teško da povjeruju da nije u pitanju taktika?

Od juče znam odgovor na to pitanje.

One samo duže od mene žive u ovom gradu. Toliko dugo da su zaboravile da su i njima nekada druge ponude Londona bile važnije od SALE ili NEW SEASON. Išle su u pozorišta, muzeje, izložbe, koncerte, skakutale po gradskom prevozu, gurale se po podzemnoj, dizale ruke da zaustave taksi, sve sa obaveznim kišobranom i šalčetom u torbi i voljele su, voljele društvenu scenu Lonodna.

Onda je i njih ubio oblak. Klima nije ovdje toliko oštra koliko je uporno siva. I nema suše, nema više čak ni uzastopnih sunčanih dana. Fućka im se za koncerte pod otvorenim nebom. Vole i one Springsteena, ali trpe; slušaće ga u autu. I Globe Theatre je prehladan, čak i u ljetnjim mjesecima – ko će stalno vući ćebad sa sobom kada se ide na Šekspira? Juče sam ih napokon shvatila.

Juče sam postala kao one, te žene koje misle da je moja averzije prema shoppingu samo dobra taktika.

Jer, vukući noge King's Roadom, ugledah sunce u izlogu: narandžasta haljina ukrašena ogrlicom od žutih korala. Stoji ona u izlogu, prkosi oblaku, a ispod nje natpis SALE.

I kupih je; i srećna bijah.

'Ne znam šta mi bi, nisam nešto dobro,' rekla sam mužu. 'Počela sam bezrazložno da shoppingujem.'

'Ništa, samo i ti konačno postaješ normalna osoba,' odgovori muž.

NAČEO ME HALLOWEEN . . .

Načeo me Halloween, a sada će me Božić dokrajčiti. Ponovno odlučujem preći u Jehovine svjedoke; oni ne slave blagdane.

Za Halloween, ispred vrata od stana imala sam dvije bundeve: jednu (slučajno) izrezbarenu tako da izaziva nelagodu, nalik Munchovom 'Kriku', i drugu, plastičnu, hitno kupljenu u Tescu, djelomično ispuhnutu; oko njih, prosuti Kiki-bonboni, zalihe dovučene tko-zna-kada iz zagrebačke zračne luke. Moja dobra kći sportski je to podnijela, sve dok nismo otišle u iznuđivanje slatkiša po kraju. Ispred ostalih kuća stajale su velike, genetski modificirane bundeve, izrezbarene, uvjerena sam, unajmljenim rukama studenata, via Royal Academy of Art.

Takmičarski duh divlja, usprkos trostrukoj recesiji. Ovoga Halloweena, umjesto prostog osmijeha Jack O' Lanternsa, narančaste su se kraljice vrtova šepurile kompliciranim prizorima vještica i vilenjaka: let čarobnice na metli iznad londonskog skylinea; Merlin trlja ruke iznad kotla u kojemu se nešto krčka. Da, uspjeli su i *krčkanje* izrezbariti! Ni tikve nisu više naivne; promijenile su PR, prilagodile se Zeitgeistu.

A tek slatkiši: kolačići u koje se puhalo jer još su, kao, bili vrući, tek izvučeni iz pećnice, i pomno ukrašeni marcipanskim prstima bez ruku, očima bez lica.

Gutajući kisjele osmijehe mumlala sam kako ambiciozne londonske majke očito nemaju pametnijeg posla nego takmičiti se oko glupog Halloweena. 'Hello-o,' htjela sam viknuti, 'zakopajte anti-depresive ispod svojih savršeno održavanih travnjaka, prepustite se PMS-u i bademantilima!'

Tu uhvatih kćerkin pogled meni upućen. Taj je pogled gotovo povijesno označio kraj zablude da baš sam ja najdivnija mama na svijetu. Djeca rastu.

Tek što se oporavih od Halloweena, evo Božićnog ludila. Jingle-bloody-bells. Prestanite nas pozivati u goste, please. Kod svakoga u kući do plafona visok bor, a na boru *couture* ukrasima ispričana priča, akcentirana vilinskim lampicama. Mirišu đumbir, cimet i oraščić. Svjetlucaju oči pune litijumske radosti. Tko je dovukao taj bor i postavio 'ručno napravljenu zvijezdu' na vrh?

'Ma, nije to ništa,' odmahuje rukom londonska menadžerica kućanstva, a.k.a. alpha-mater. I uručuje mi papirić sa brojem računa za pomoć mladim beskućnicima.

Moja kćerka radi listu 'najboljih božićnih majki'. Za sada sam četvrta na listi, nakon četiri posjeta tuđim domovima.

'Sve su one tako *petit bourgeois*,' kaže za Engleskinje moja prijateljica Parižanka. Nas dvije, uz kavu, oslobađamo svoje unutarnje namćore. 'Ali, zar ne osjećaš da i mi to postajemo?' pita me. 'Ja sada želim čuti samo dobre vijesti. Sa velikom pozornošću pratim sve o Kateinoj i Willsovoj trudnoći i jutarnjim mučninama, kao da sama nikada nisam bila trudna. Pobogu, čak i govorim da to je i Willsova trudnoća. Ovdje smo bombardirane i inficirane vijestima iz Le Bucka.'

'Le Buck?'

'Tko će stalno izgovarati Buckingham Palace? Zaboli me jezik.'

A onda je postalo tužno. Kao što znaju cijeli Otok, Commonwealth i bivše kolonije, neozbiljni su Australci upropastili najljepšu vijest za kraj najljepše godine. Jacintha Saldanha, medicinska sestra - koja je glavnu sestru odjela gdje je bila smještena trudna Kate spojila sa dva mlada australska DJ-a što su se (neuvjerljivo, čak) predstavili kao Camilla & Charles, te za svoju radio-emisiju uživo tražili, i dobili, potpuno neinteresantne podatke o stanju Vojvotkinje od Cambrigea - izvršila je samoubojstvo. Što je natjeralo na to? Nitko sa sigurnošću ne zna.

Slutim da je Jacintha decentno i sa ponosom radila svoj posao. U njezinom svijetu nije bilo šaljivih, lažnih poziva. Šteta, jer oni zapravo dobro posluže da se pregura dosadna noćna smjena. (Duboko su to iskusile mnoge majke bivših lavova s ceste dok smo još prijateljice i ja uživale u anonimnosti telefonskih poziva.)

Onda je baš Jacintha, igrom glupog slučaja, bila osoba koja će se australskim radijskim voditeljima javiti na telefon. I njen je život postao javno vlasništvo. Ne krivim mlade DJ-e. Oni također ispaštaju. Jer nakon njihovog poziva, podsmjehu su se pridružila mnoga druga, nepoznata medijska usta, što su tražila intervju od Jacinthe, prepričavala događaj. A poznatc su usne, usne njenih nadređenih, vjerojatno stisnute, tako ih zamišljam, siktale kritiku; nevidljivi prsti bez ruku pokazivali su prema njoj: 'J'accuse!'

Jacintha nije imala vremena podebljati svoju kožu. Pretragično je shvatila snagu reflektora uperenih u nju. Samo je trebalo pustiti da sve prođe, da žarulje puknu. I smijati se svemu, u lice.

Ali, sve je naopako postavljeno, zar ne? Debelokošci su ti koji se smiju dok mediji oštre kandže na običnim ljudima što pristojno odrađuju svoj posao, sretni da ga uopće imaju. Jedna je to od oznaka klase: stisnuti usne, prosiktati neki snishodljivi komentar, i smijati se, baš onako kako je Jim Carey rekao da se smije od kada se obogatio. Iz stomaka, grohotom, da svi mogu čuti. Ako nisi luđak, a možeš si priuštiti takav smijeh – onda mora da si neka vrsta boga.

Treniram taj smijeh. Ne samo što ću time pobijediti *petit bourgeois*, tom ću tehnikom pobijediti i namćora u sebi. A kada pobijediš sebe, mudri ljudi kažu, čuda se događaju. Što će za mene tada biti dovlačenje dvometarskog božićnog bora sa drugog kraja Battersea parka? Piece of cake, ženo!

Ipak, ničim ne mogu neutralizirati činjenicu da nešto je trulo u britanskom zdravstvu. Donedavna, imali su sasvim pristojan NHS (National Health Service, besplatno zdravstvo). Kada sam došla u London, prije skoro osam godina, NHS je još uvijek funkcionirao iznad očekivanja za servis koji ne moraš platiti ni penija. Ne moraš čak ni liječnike častiti kada ti pomognu. Postojao je privid zajednice, pripadnosti, uz lokalnu NHS-ambulantu, lokalnu knjižnicu, vrtić i pub. Ostat će samo pub, ako bude sreće.

Sada nisam sigurna je li New Labour bio nešto poput stare Jugoslavije – 'poslije mene potop' – ali bilo je dobro dok je trajalo. Empatija je bila opipljivo prisutnija. Država-dadilja pomagala je koliko je mogla, i to je bilo zarazno: ljudi su se međusobno više pomagali. Sada kažu da to nije bilo održivo. Ovi iz koalicione vlade Konzervativaca i Lib-demokrata, i njihov ministar financija, George Osbourne, prvo te nokautiraju nepobitnom odlukom, a onda procijede: 'Sorry.' I opet je to zarazno. Na dobrotvore se vlada sve više oslanja, a oni se sve čvrće drže svojega statusa. Dobre stvari počet će se događati od 2017.godine. Treba prezimiti pet godina. U predbožićnoj se sezoni i dalje pomaže, ali tek nakon što se sredi svoje dvorište.

Sjetih se kako su samrtne riječi Claire Rayner, negdašnje medicinske sestre, titulom ovjenčane dobrotvorke i borca za prava pacijenata, bile: 'Recite Davidu Cameronu da ću se, ako uništi moj voljeni NHS, iz groba dići i prokleto ga progoniti.' Obećala je to prije samo nešto više od dvije godine. NHS već izgleda uništeno.

I moja se Parižanka žali na loše englesko zdravstvo. Bila je šokirana što su je, željnu poduže konzultacije sa liječnikom, na što je navikla u rodnome gradu, maltene otjerali iz ambulante nakon točno deset minuta, preporučivši joj privatne klinike. Meni su, kažem joj, otvoreno pokazali vrata kada sam zahtijevala bris grla za djecu. Ako se i nakane besplatno ti izvaditi ti krv, svoje nalaze nikada ne vidiš; na prijemu ambulante samo saznaš da: a) nema reakcije, što je dobra vijest, ili b) da će tvoje podatke koristiti za novu DNK tehnologiju za liječenje najtežih bolesti.

Varijantu pod b) zapravo smo dodale, Parižanka i ja, iskrsnula je iz razgovora, kako to obično biva. No, bit će to, izgleda, nova uloga NHS-a: pusta baza podataka za istraživanje pomaka u liječenju teških bolesti.

'Prijeko potrebne psihologe prve su izbacili iz škola, u skloništima za žene i djecu nema više mjesta, pa se šalju natrag otkud su pobjegli,' ogovaramo nas dvije London na stari dobri kontinentalni način – kontinentalno je ogovaranje grandiozno, sveobuhvatno, za razliku od otočkoga, koje je sitnije, bockavo. U jednom trenutku moju francusku prijateljicu podsjetim na njenoga Charlesa Baudelairea, koji je spisku ljudskih prava htio pridodati *le droit de s'en aller*, 'pravo da se ode'.

'A, ne,' kaže ona dok popunjava ček za pomoć djeci sa cerebralnom paralizom. 'Ja ne bih nikada otišla iz Londona. Ovo je najbolji grad na svijetu.'

VIVIENNE WESTWOOD: JEDNA LONDONSKA VINJETA

Mislila sam da će Vivienne Westwood lako pristati na razgovor. Godinama već živim tu, preko puta njenog kreativnog studija i glavnog ureda. Često je srićem. Još je češće posmatram dok radi. Sebi je izgradila trospratnu zgradu, na krovu zgrade veliki, open-plan prostor, gdje radi do kasno u noć, i vikendom, i praznicima. Inspirativno je to. Svjetlo u njenom londonskom studiju, njena narandžasta kosa i blijedo lice koje vidim kroz velike prozore studija, zamijenili su ono jako sunce što mi je davno tuklo u oči sa južnoga balkona moje djevojačke sobe.

    Mislila sam: evo slavne žene koja primjerom može pokazati da je, nakon svega, nakon uspjeha, novca i moći, ipak najljepše nesebično se posvetiti svojoj misiji, jer će se prijatelji, djeca i partneri kad-tad okrenuti svojim misijama, ili strastima, i dobro je tako, taj krug ne treba zatvarati, već proširivati.

    Vivienne u studio stiže biciklom kome se vidi da joj je stari ratni drug. Comrade. Ona propagira druženje sa stvarima do njihovog izdahnuća. Mlade ljude savjetuje da ne budu robovi mode i shoppinga. 'Štedite pare,' poručuje. 'Kada uštedite dovoljno možete priuštiti neku stvarno kvalitetnu odjevnu stvarčicu, koju ćete nositi dok se na vama ne raspadne. I što je bliža raspadanju to će ljepše izgledati.'

    Jednom smo je djeca i ja sreli u francuskom bistro-dućanu u našoj ulici. Na sebi je imala lepršavu suknju do koljena i polučizme na vezivanje, a između suknje i čizmica sebi je po golim nogama crnim flomasterom iscrtala mrežaste čarape.

    'Mama!' uskliknula je moja kćerka oduševljeno, a ja sam joj očima dala znak da se tu zaustavi prije nego li nastavi komentarisanje.

    'Zašto je crtala čarape po sebi?' pitao je kasnije moj sin.

    Rekla sam kako je vjerovatno tog jutra pomislila da bi sa tom odjevnom kombinacijom najbolje išle mrežaste čarape, nije ih pronašla, pa ih je nacrtala po nogama.

    'Legenda,' rekao je sin.

    'Baš je legenda,' uzvratila sam, i zapjevala: *Djeco, Ivica se zovem* . . .

    I kao što sam nekada vjerovala da će Marlon Brando sigurno pristati da na kazališnim daskama jednog provincijskog, amaterskog teatra, odigra ulogu Willy Lomana iz 'Smrti trgovačkog putnika' - bez honorara, naravno, jer 'Brando voli egzotiku' - tako sam bila uvjerena da će i Vivienne pristati na veliki intervju sa mnom, čim se ja napokon ušetam u njen Head Office.

Moja me majka dugo nagovarala na to. Nije joj bilo jasno šta čekam. 'Pođeš fino do tih francuskih *mesara* iz vašeg kraja,' isplanirala je majka, 'kupiš joj nešto toplo za ručak ili večeru, poneseš gore u studio, kažeš, 'Vivienne, vidim da mnogo radiš i ne stižeš da jedeš.' I porazgovaraš sa njom.'

Moj je jedini argument bio da mislim kako je Vivienne vegeterijanka.

'Pa valjda ti Francuzi znaju skuvati nekakvo povrće,' spremno je odgovorila majka.

I tako su oni dugi mjeseci londonskog sivila i rutine, zahvaljujući Vivienne i pogledu na njen osvijetljeni studio, dobili kvalitet više: dobili su iščekivanje, gotovo kao u nekom psiho-trileru; iščekivanje kada ćemo se moja punk-diva iz komšiluka i ja napokon upoznati.

U međuvremenu, pomno sam je 'istražila'. Ona uopšte ne vjeruje u potrebu postojanja idola! Pa, naravno! Ne vjerujem ni ja, još od kada mi je otac, jedne nedjelje na porodičnom ručku na Marezi, i nakon čašice više, na moje pitanje o uzorima odgovorio rekavši kako on nema idola, osim možda 'Jane Mansfield' – nakon čega se gromoglasno nasmijao. I mada sam tada osjetila blago razočaranje u oca, bile su to još uvijek moje formativne godine, ta je izjava ostavila traga. Inspiracija određenim, hm, atributima, važnija je od idolopoklonstva.

Zatim, Vivienne je i dalje 'punk' u duši. Punk je za nju definisan pobunom protiv propagande (ili, organizovanog idolopoklonstva) koju, poput Aldousa Huxleya, ona smatra jednim od tri najveća zla čovječanstva. Druga su dva zla nacionalizam i neprekidno ometanje uma.

Ona u svom studiju okuplja mlade ljude. To nisam ni morala istraživati; u to sam se mogla sama uvjeriti, sa svoga balkona. Stalno je okružena grupom mladih asistenata. Često ih vidim i ispred zgrade, dok, kroz oblak dima od cigareta, energično rasparavljaju, prelagano obučeni i na londonskoj čiči zimi. Ona ne samo što im osigurava posao, edukuje ih, takodje. Daje im oruđe za životne borbe koje će im očuvati integritet i tjerati ih da stalno napreduju. Sve ovo podsjetilo me na antičku Grčku. A onda sam na njenome blogu pročitala da je baš antička Grčka izvor njenih ideja.

    Dakle, ušetala sam u njenu zgradu sam jednoga dana, oko podneva. Nisam nosila topli obrok od Francuza. Odluka da baš tada uđem u Westwood-hram rodila se spontano, iznenadivši i mene. Prije toga, kupila sam hranu u co-op supermarketu, tu, blizu nas. U zgradu sam ušetala noseći dvije prepune plastične kese. Mislim da je jedna kesa bila probušena telećim rebrom, ili kokošijom nogom. Na sebi sam imala više od deset godina star crni kožni mantil postavljen tamno-sivim krznom. Jedna od majki iz škole rekla mi je da u tom mantilu izgledam poput ruske špijunke. Sebi više izgledam kao Herr Flick sa perikom. Uglavnom, taj se mantil raspada na meni, što je plus, mislila sam. Vivienne će to cijeniti.

    Mlada asistentica strpljivo je saslušala moju uvodnu besjedu o tome da pišem za jedan novi hrvatski dnevni list, da već godinama posmatram Vivienne, Ms Westwood, dok do kasno u noć radi iza svojih osvijetljenih prozora, znam da ona najviše voli London praznikom, kada je grad miran i prazan, inspirativna mi je, čitala sam njen Manifesto i njen blog, želim je upoznati i uraditi intervju sa njom.

    'Vivienne nije trenutno u gradu,' rekla je djevojka. 'U Indiji je. Ali daću vam kontakt za njen Press Office, tražite Lauru, Press asistenticu, i njoj ispričajte cijelu tu priču.'

    Duboko zahvalna, pokupila sam svoje kese i svoj mantil i otišla.

    Lauri sam takođe ispričala cijelu priču.

    'Napišite nam mail o tome,' rekla je. Napisala sam mail.

    'Kontaktirajte Vivienne na njenom blogu sa cijelom tom pričom,' odgovorila je Laura na moj mail.

    Otišla sam na blog. Pročitala sam Vivienneinu podršku Julienu Assangeu. Odgledala dokumentarni film o uništavanju, i poduhvatima za očuvanje rainforesta. Odslušala njezino predavanje o Lovelockovoj knjizi 'Gaia: New Look at Life on Earth', povjerovala kako je već kasno spasiti svijet, ali možemo barem status quo-zirati ako našim skromnim sredstvima pomognemo skupini slavnih i bogatih ljudi čija je to nova misija. Pisala sam joj i po blogu, kada sam shvatila da se Viv vratila iz Indije (gdje je, kao i zajednički nam komšija, Bob Geldof, bila na ludo-luksuznom trodnevnom rođendanskom partiju dečka od Naomi Campbell).

Prošli su dani. Sa bloga je stigao odgovor od Cynthie, još jedne asistentice. 'Javite se Lauri u Press Ofiiceu,' rekla je Cynthia. Nisam se predala; opet sam se javila Lauri, mada sam slutila da će me Laura vratiti onoj prvoj asistentici iz Head Officea, i tako u krug.

Pala je noć. . . Djeca su napokon zaspala. Skuvala sam sebi čaj i otišla gledati u Viviennine prozore. . .

Preko prozora su, po prvi put u pet godina, bile navučene najtamnije i najneprobojnije zavjese koje sam ikada vidjela. Mogla sam se zakleti da prije te noći debele zavjese ne samo da nisu korišćene, već uopšte nisu ni postojale. Hitno su kupljene i montirane, bila sam uvjerena u to, nakon posjete, priče i mailova Herr Flicka sa perikom i mrtvim životinjama u plastičnim kesama.

Smijala sam se, dugo, i još se smijem.

Što će meni intervju od Vivienne? Sve o njoj, dragi čitaoci, možete saznati sa njenog bloga. I dalje joj se divim i mislim da je legenda, što bi rekao moj sin.

Štaviše, od nje sam, te noći od pomno navučenih zavjesa, toliko naučila.

Svijetom ne vlada novac. Novac je samo podređeni u službi pravoga vladara. Svijetom, mislim, vlada strah. Strah od nepoznatog, od drugačijeg, od 'istočnog', ili 'južnog'. Slavni su ljudi nepristupačni i tako često nesrećni jer se i pored silnog novca i moći ne osjećaju potpuno zaštićenima. Razumijem ih, i sama bih mogla biti takva. Baš kada je sebi izgradila prostor kakav je htjela – na krovu zgrade u svom starom kvartu, sa širokim prozorima i slobodnim pogledom na zvijezde, ili, barem, na izumirući nam omotač – odnekud se pojavljuje stalkerica-mesožder u krznu i koži, i Vivienne opet mora paziti šta radi, i sa kim, jer ko zna za koga šljaka ta žena u sumnjivom mantilu. Ta žena koja mora već jednom naučiti da odmah ne otkriva svoju priču.

Ali prije nego što to naučim, ja bih se još malo dobro zabavila, i priču podijelila. Jer, put jeste uvijek zabavniji od cilja. Ako s vremena na vrijeme sebe podsjetimo na to, život možemo sagledati iz drugačije, interesantnije perspektive. No, cilj je cilj, 'na zadnjoj se štengi penezi broje' – i krajnji rezultat ono je što stavljamo u neki Resume. Tako zanemarujemo put, dok smo na njemu. Kakva šteta.

Sada mi tek je mnogo žao što se nikada nisam usudila kontaktirati Marlona za onu ulogu Willy Lomana iz 'Smrti tgovačkog putnika'.

THE ART OF DREAMING

Zvuk predenja Singerice lijepo je išao uz pucketanje svijeća - u sjećanju, restrikcija je uvijek sa naše strane Morače. Majka u dnevnoj sobi opet šije neku suknju od otkačenog materijala, koji je možda planiran za zavjese, ili je čak rolna Ateksove lude tapete s početka '80-tih. Predenje Singerice dobro ide i uz zvuke Animalsa i Pink Floyda sa Grundig kasetofona na baterije. 'Kuća izlazećeg sunca' premotava se još jedan put, pa još jedan.

Svo to vrijeme, u svojoj sobi, ja suzama natapam jastuke. Svi su ukućani znali za suze, niko nije pitao za razloge, a da su i pitali, ja im razloge ne bih mogla definisati. Znam da sam imala velike planove i snove, u tim godinama, kada još uvijek vjerujemo da smo djeca sreće, i da tu sreću treba samo povremeno, poput reflektora, prema sebi okrenuti, i – rođena je nova diva.

Pa zašto onda tolike suze?

I prije nego što se hormoni počnu meškoljiti po tijelu, u nama postoje slutnje. Sjećanja koja i jesu i nisu naša. Zbog njih čak i djeca na pragu ulaska u svijet zbrkanih emocija mogu razumjeti kako lako 'kuća izlazećeg sunca uništi dušu sirotog mladog momka', ili zašto je 'kockar zadovoljan samo kada je pijan'.

U polumraku svoje sobe u Lenjinovom bulevaru, snažno sam osjećala baš sve što su osjećali velikani umjetnosti, pa još stranci.

Ipak, mislim da su suze više tekle zbog drugačije slutnje: da sam predaleko od tog svijeta, da su mi, ukoliko mnogo toga ne žrtvujem, nedostižna oruđa realizacije pretakanja osjećaja u remek-djela; oruđa poput lokacije, jezika, tržišta, šansi, ulaganja, ili sebičnih poriva. Rijetkima od nas, iz ove malene zemlje, ništa se nije činilo nedostižnim. Takvi su već od rane mladosti bili očito različiti od ostalih. Sve su podredili svojim planovima i snovima. Od početka su išli protiv glavne struje tadašnjeg vaspitanja koja nas je svakodnevno, iako gotovo neprimjetno, podsjećala da je vulgarno isticati želju za individualnim uspjehom. (Sada je, na zapadu, ta

premisa trendi, što samo znači da će za nekoliko generacija tako relaksiran ego zaista postojati, čak i uz svijest o ličnim talentima.)
*
Neočekivano, u sred epidemeje sivila, u Londonu osvanu sunčano jutro. To ne može potrajati. Zato grabim prema Piccadillyju dok se jutro ne ukisjeli. Sunce najbolje pristaje Mayfairu.

I, naravno: čak i na Myafairu, gdje slavuj pjeva i u sred zime, i gdje skitnja ne mora uključivati kupovinu hrane, u rukama mi se ubrzo stvoriše dvije ružne plastične kese – moj zaštitni znak, kako tvrde ukućani.

Prolazeći pored aukcijske kuće Sotheby's, vidim da slučajni prolaznici - 'civili', kako nas jednom okarakterisa neka od selebritija - bez snebivanja ulaze unutra, i ne bivaju istjerivani. Well. Usudiću se da uđem i ja, mogu se uvijek izvaditi na naglasak. 'Sorry. Tourist.'

Zaposlenici Sotheby's-a smiješe mi se, štoviše, pokazuju put kojim treba ići, uz stepenište pored ogromnih fotografija sa likovima Basquiata, Rothka, Richtera, Bacona, pa lijevo. Velika aukcija remek-djela savremene umjetnosti samo što nije počela. Ulazim bez aktivacije alarma. Nikada se ne zna; ja, sa pletenom kapom, u starom kaputu i sa plastičnim kesama iz Waitrose-a u rukama, možda sam kakva ekscentrična finska milijarderka. Uzimam ilustrovani vodič kroz aukciju i ne usuđujem se sjesti, mada još uvijek ima slobodnih stolica. Očekujem da me svakog trena neko kucne po ramenu i zamoli za 'legitimaciju'. Ausweis.

Nisam znala da se na bilo koju aukciju može tek tako ušetati i biti dijelom života (ili, života-nakon-smrti) umjetnika zbog kojih sam još kao dijete plakala u sobi. Zašto mi to niko nije rekao? U Londonu su, i prije sam to primijetila, ljudi škrti u dijeljenju informacija korisnih za novajlije. Ovdje, gdje svaka je 'privatna škola' mnogo skupa, sve sam učila na sopstvenim primjerima i greškama.

Prije početka aukcije skenirala sam lica posjetilaca. Lijepo sređen svijet, ozbiljnih godina, izgrađenog stila. Mnogo se njih međusobno pozdravlja. Najviše je Francuza. Na desnoj strani prema izložbenom prostoru, dugački pult sa telefonima i prodajnim osobljem sa po nekoliko slušalica u rukama. Mnogo je eksponata prodato preko telefona. Arapi, zaključila sam, Arapi kupuju preko telefona, čak i ako su u Londonu. Među 'mojom' publikom nije ih bilo.

Da, odmah se srodih sa publikom. I sjedoh, sa srećom, i sa kesama. Povjerovah da zaista jessam ekscentrična finska bogatašica. A što ne bih bila, makar na jedan dan? Samo da ne napravim nesmotren pokret rukom. Bolje da ne ispuštam svoje kese.

Stariji čovjek pored mene neprestano je nešto pisao po vodiču za aukciju, ostavljajući pored gotovo svake fotografije, šifrirane, nečitljive tragove svojim Mont Blanc nalivperom.

Na red dođe eksponat broj 166 (Cesar 1921-1998, Personnage, procjena od 8-12000 funti). Do tada sam se već osjećala poput iskusne posjetiteljke aukcija. Čovjek pored mene diže ruku na deset hiljada funti. Neko drugi odmah ga preteče sa jedanaest hiljada. Čovjek pored mene ponovo je reagovao na dvadeset hiljada funti. Opet ga je neko pretekao sa dvadeset jednom. Čovjek do mene više se nije javljao, a Cesarova Personnage, neupadljiva, mršava statuica od pola metra visine, prodata je za 24000 funti, duplo premašivši procjenu. Previše.

'Too much,' prošaputah svome razočaranom susjedu, koji mi se uljudno osmijehnu i opet nešto zapisa u svoj vodič. (Možda: 'Čudna žena pored mene došapnula da je Cesar precijenjen.')

Odlučih da među umjetninama pronađem svoga favorita. Kada bih stvarno bila ekscentrična finska milijarderka, za šta bih se borila? Definitivno, eksponat broj 218: Banksy, b. 1974, Think Thank, grafit procijenjen na 120-180000 funti.

Finska milijarderka u meni ima dobar nos. Banksy je bio pobjednik ove aukcije. Prodat je nekome preko telefona, za skoro četiri stotine hiljada funti! Predpostavljam nekom naftnom monarhu. Ili, nekom reformatoru koji se napušio moći i ne može ga više niko sa te droge skinuti. Naš Banksy, misteriozni buntovnik, angažovan, opasan, direktan, pun prezira prema marketingu i konzumerizmu, dvostruko premašio već visoku procjenu za samo jednu od varijatni svoga grafita Think Tank.

Je li to dobra ili loša vijest?

Najvrijednije djelo nosilo je dobru poruku, kao i sva Banksijeva djela. Otišlo je u neki prebogati dom, kao i sva Banksijeva djela. Banksy nikada neće otići u neki podgorički sobičak, gdje bi se savršeno uklopio. Ni-ka-da.

Počeše da se nižu savremeni umjetnici rođeni deset godina poslije mene. Vrijeme da se napusti aukcija. Osim toga, finska bogatašica voli svoju djecu iz škole da pokupi ona lično, a ne da šalje neku od dadilja.

MOJ BOWIE TRENUTAK

'I, koji je tvoj Bowie momenat?' pita me Anne L, moja Parižanka u Londonu.

Anne i ja stojimo ispred visokih, trostrukih, drvenih i zatvorenih vrata Victoria & Albert muzeja, koji u poslednje dvije godine ima najinteresantnije izložbe – one što se svojim postavkama i eksponatima probiju pravo do srca i duše.

Vrata se otvaraju u 10:00, a red za retrospektivu Bowiejeve karijere već je pola kilometra dugačak.

Volim sa mojom Parižankom posjećivati ove masovno popularne izložbe. Ne poznajem mnogo 'naših' u Londonu, a ovi koje znam zauzeti su, ili često odsutni iz Londona. Ali moja Parižanka kao da je 'naša'. Kuži prećutni sporazum da se u svakom redu baš i ne mora poslušno stajati. Kada se vrata otvore, nas dvije ćemo, naravno, prve ući, ni na sekund ne prekidajući ćaskanje i smijeh zbog upitnih pogleda, dignutih obrva ili glasnih uzdaha ostalih posjetilaca, uredno poređanih iza nas.

Volim i što je moja Parižanka često mrzovoljna, što o svemu ima jasno definisano mišljenje ('naša' je, kažem vam), i, konačno, što podrazumijeva da ja moram imati svoj Bowie momenat.

I imam ga.

Moj Bowie momenat dogodio se osamdeset-druge godine, u stanu na Bulevaru, gdje sam dobila svoj prvi prostor: svoju prvu – samo moju – sobu. Par godina nakon dobijanja sobe, izborila sam se i za dobijanje malog Philips TV-a u sobi, onoga sa kracima antene u obliku slova V. Možda je TV bio čak i marke Hitachi koja se tada tek probijala; otac je bio lud za novitetima. Uglavnom, jedna od prvih stvari koje sam na tom TV-u odgledala bio je spot za pjesmu 'Ashes to Ashes' Davida Bowiea. Zanijemila sam, upijajući tehno-bajku tog spota, dok mi se u stomaku i u grudima dizala oluja spoznaje, sreće i tuge. Mislim da sam u tom trenutku narasla, barem centimetar i po. *Wooosh*. Uz laganu vrtoglavicu, sjela sam na svoj krevet. Pomislila sam: 'U ovom svijetu sve se može izraziti, samo treba ostati vjeran sebi.' Ljudi će te razumjeti. Ne svi ljudi istovremeno, ali barem neki ljudi – povremeno.

To je bio moj Bowie momenat: shvatanje važnosti posjedovanja sopstvenog prostora, izražavanja sopstvenih osjećaja.

*

Jedan od slogana napisanih neonskom farbom po zidovima Victoria & Albert muzeja kaže nam da: David Jones nije David Bowie.

Hvala vam, dragi moji, ali meni to ne morate objašnjavati. David Jones fini je gospodin, rođen 8. januara 1947. Sada vodi miran život u New Yorku, sa svojom prelijepom Iman; David Jones neće doći na retrospektivu Davida Bowiea, a i zašto bi? Zbog tog Bowiea u sebi, David Jones svojedobno je pobjegao u Berlin, na odvikavanje od droge. I dobro je učinio: izliječio je Bowiea, odnosno, uspavao je Ziggyja Stardusta. (Mada, Ziggy nije bio nimalo naivan: već 1972. Ziggy je svom kreatoru Bowieu zaradio više od pola miliona funti!)

Kasnije, zahvaljujući berlinskim godinama, Bowie se izliječio od ovisnosti, stvorio novi alter ego: tankog bijelog vojvodu sa kravatom, u odijelu sa naramenicama; iz sebe je, inspirisan njemačkim ekspresionistima, izbacio odličan album, 'Heroes', i odradio svjetsku turneju.

Na izložbi izbrojah ukupno dvije pripadnice mnogo mlađe generacije – mislim na generaciju onih koji će uskoro navršiti dvadeset godina. Njihovi vršnjaci ne znaju mnogo o Bowieu. Za njih, David Bowie nije kralj umjetničkih transformacija. Oni imaju svoju kraljicu transformacija. Ne, ne mislim čak ni na Madonnu. Na žalost, njihova velika transformatorka je - Lady Gaga.

Nema veze. Svako doba ima svoje tabue i neispitane horizonte. Bowiev Major Tom, ranjivi austronaut sa sumnjom u sopstvenu misiju, koji na kraju puta priznaje: 'Da, Zemlja je plava planeta, i to je sve što vam mogu potvrditi,' današnjem mladom uhu zaista može zazvučati poput čikice što na samrtnoj postelji razočarano rezimira svoj promašeni život. Savremena armija mladih kao da je svjesno nespremna za trenutke bespomoćnog razočarenja ljudi u sopstvene misije. Kako to da mi nismo nikada bili nespremni za takvo što, ni kada smo bili tek na pragu mladosti?

Meni će Major Tom zauvijek biti sinonim za Davidov duboko nostalgični glas. Oh, Davidov glas! Možda nije u rangu najboljih vokala svih vremena, ali to je glas-instrument, glas-glumac, glas-narator, koji kao da poručuje da sve što živimo već pripada prošlosti, da prošlost je jača od sadašnjosti i budućnosti, htjeli mi to priznati ili ne, ali o njoj je uvijek ljepše pisati, i pjevati (naročito ako imaš taj predivni glas, glaziran slojem prirodne nostalgije).

Možda je taj glas krivac što meni ove savremene 'transformacije' izgledaju isforsirano, zvuče bezosjećajno. Iza njih stoje čitave armije asistenata, producenata, menadžera i konsultanata – ali srce kao da se izgubilo. Kada se izgubi srce, gubi se i poruka. Dobro, poruke i ne mora uvijek biti; naročito danas – poruke su postale kratkotrajne, zamjenjive. Ali srce, suština stvari, mora postojati u umjetnosti.

Retrospektivna izložba Davida Bowiea u V&A muzeju savršeno je postavljena: veoma inteligentno, a, opet, iskreno. Međutim, opis postavke izlišan je, jer ne bi mnogo toga dočarao. Jedan ću detalj, meni dobrodošao, ipak podijeliti: ako posjetiocima dosadi šetnja kroz prostorije i memorabilije, mogu se odmarati, koliko god hoće, sjedeći na širokom podijumu sa mekoćom sofe, ispred dva zida pretvorena u džinovske ekrane (8x10 metara, otprilike) sa kojih se non-stop prikazuje dvadesetak pjesama sa Bowiejevog koncerta iz 1983. godine. Koncerta koji je, uzgred da kažem, bio 'Bowie moment' moje Parižanke, Anne.

Dodir sa temama trenutka Bowie nije izgubio ni danas, kada se, glasom iznad svakog zaborava, u songu, svedenom i nenametljivom poput japanske bonsai bašte, pita: 'Gdje smo sada?', nakon svih tih supstanci, eksperimenata, ratova, lutanja, ljubavi – gdje smo sada? Opet samo u nečijem sjećanju, ako smo i te sreće. Ili, još i više je Bowie narator trenutka u pjesmi 'The Stars (Are Out Tonight)' - muzički manje prijemčivoj jednom eskapističkom uhu - ali sa veoma trendy pričom - gdje se sredovječni bračni par 'normalnih, običnih' ljudi pokušava sakriti od proždrljivog interesovanja selebritija. Poznati i slavni toliko su se nakotili da je sredovječni bračni par 'civila' senzacija koju treba uništiti. Barem iz zavisti.

'Bowie je karakterni glumac', uvjerava nas još jedan citat sa zida izložbe. 'On je, isto kao i nadrealist Marcel Duchamp, došao do spoznaje da se predstava može izvoditi činom neizvođenja. U ovom svijetu natopljenom slavnim ličnostima, lik koji je napustio pozornicu na njoj, zparavo, zauvijek ostaje.'

Samo ako je u svijetu performansa ostavio dubok trag.

NEZAPOSLENOST, PISANJE & DRUGE DRUŠTVENE REFORME

Sve rjeđe kupujem novine u Londonu. Smeta mi protivrječnost fenomena da su engleske novine otupile, uprkos tome što su pune inteligentnog, elegantnog pisanja. Ali, fali im originalnosti - znak vremena i na Ostrvu. Svako piše o istim stvarima, istim tonom; izgleda mi kao da za sve novine piše isti par kolumnista: Ms Prilično-duhovita i Mr Genije-prorok.

I u ovom je, dakle, vijeku, još na snazi velika macho ambicija: biti novi prorok. Ta je misija, mada nezahvalnija nego ikada, postala svima dostupna. Svi se mogu u njoj oprobati, kao u emisijama tipa 'Ja imam talenat'.

'Ja imam proročanstvo!'

Proročanstva su, kao i sve drugo, tu samo 'u prolazu'. Kada se neko predviđanje ne ispuni, niko ga se, pa ni sam autor-prorok, nakon par mjeseci, više ne sjeća.

Ali, dobro. Novine se, naročito u ovoj ostrvskoj klimi, moraju premazati sjajnijim slojem, da ne bi ječale samo mučnim, crno-bijelim istinama. No, sjaj postaje sve neuvjerljiviji, poput: UN proglasile svjetski dan sreće. *Really*?

Jedna od crno-bijelih istina je da radna mjesta nestaju. (Jednako neprivlačna za objavljivanje jeste i istina da nasilje nad ženama i djecom ne jenjava, ali o tome neki drugi put.)

Ova je istina o nestanku radnih mjesta vjerovatno nekada davno bila predviđena, obrađena, nakićena i zaboravljena; ali, evo, sada nam se događa. Poslovi i zvanja tope se poput pljavog gradskog snijega. Zamjenjuju ih kompjuterski programi, ili – prašnjava praznina. Čini se da je plaćeni posao postao privilegija; čini se da mnoga radna mjesta nikada nisu ni bila potrebna. Sve te istopljene titule i profesije bile su ni iz čega projektovane, skockane u srećnijim (i uvijek kraćim) vremenima, po mjeri čovjeka koji treba platu da bi preživio uz malo dostojanstva. Upravnik sektora uplate-isplate. Upravnica veleprodaje. Koordinatorka društvenih reformi. Menadžer shopping asistenata prvog sprata Harvey Nicholsa. *Gone, baby, gone.*

Svijet sebi više ne može priuštiti tu laž: da je ljudsko dostojanstvo bitno. Na dostojanstvo se gleda kao na licemjerstvo: glumatanje dok se ne pronađe kupac.

U mom londonskom kvartu prvi je nestao Holistic Henry. Bio je to mali zeleno-bijeli holi-boli prostor, sa visokom, nasmiješenom recepcionerkom kod ulaza i Holističnim Henrijem iza pamučne zavjese, poput glavnog lika teatra sjenki. Čim je otvorio svoju butegu za pomoć naivnima, sebi sam rekla da moja noga tu neće kročiti. Onda su mi Henrija neki ozbiljni ljudi iz kvarta ipak preporučili. Vratne pršljenove nagrizla vlaga – čuj, stara, Henry rješava baš takve probleme. Ma, odličan je. Fizioterapija, masaže sa svih kontinenata, promjena načina života. Bla bla bla.

Prvi dolazak kod bilo koga u Londonu, uvijek su te proklete konsultacije i još jedno učlanjivanje u klub naivnih. Par stotina funti bez pružanja pomoći. Boli me vrat, Henry, my man! Došla sam zbog fizio-masaže, hipnoze, nečega što ubija bol, a ne zbog ćaskanja o sadržaju moga frižidera.

Henry me izgubio i prije nego što me dobio. I ne samo mene. Da je bio manje pohlepan... Da je osobi koja ušeta u njegov zeleno-bijeli svijet odmah pružio pomoć, bez pompe, prazne priče i bespotrebnih pitanja o mliječnim proizvodima – da je rekao: kod mene se ostane sat vremena u toku kojih uradim sve da što brže riješim problem – Henri bi još razmicao svoje bijele zavjese, a mlada bi recepcionerka iz Rige još uvijek imala posao. Ovako: na račun njegove pohlepe proširio se 'Bunga-Bunga' - noćni klub bez klubnog reda (tj, mislim da radi i danju). Bunga-Bunga ne krizira.

Predpostavljam da je Holistic Henry sada barmen ili DJ u 'Bunga-Bunga' klubu; ukoliko nije odlučio da, grickajući ušteđevinu, napiše knjigu o svojim iskustvima sa naivnim klijentima. Kada bi Holistic Henry takvu knjigu znao dobro sklepati, ja bih je prva kupila.

Meni ne smeta omasovljavanje pisanja. I ja sam dio njega. Svi bi pisali, a sve manje ljudi čita – iako bi, po širini i dostupnosti pisanjem obrađenih tema, ovo trebalo biti zlatno doba čitanja. Izgleda da nikome nije dovoljno biti samo čitalac; ili biti samo majka, umjetnica, frizer, glumica, producent, bankarka. Svi bi da pišu, a pisanje je najneisplativiji zanat od svih navedenih. Zašto je baš pisanje tako omasovilo?

Dr Samuel Johnson tvrdio je da pisanje podrazumijeva osjećaj intelektualne nadmoći onoga koji piše i koga će ostali čitati. Sada svi izgleda imamo taj osjećaj intelektualne nadmoći, ali nema više onih 'nad' kojima bi se to moglo osjećati – pa ostaje barem osjećaj intelektualne 'moći, što je isto okej, mnogo bolje od prašnjave praznine.

Ipak, mislim da teorija Dr Johnsona više ne vrijedi. Mislim da sada svi pišu jer osjećaju da je pisanje sloboda. Pisanje je potpuno individualna sloboda; sloboda sa bojom samo tvoga glasa, i sa mnogo detalja iz samo tvog okruženja, sjećanja ili mašte.

Za pisanje iole dobrog romana i dalje je, smatram, potrebno potrošiti godine i godine koje autora pojedu. Flannery O'Connor, prerano preminula kćer književnosti američkog Juga, podarila nam je, pored svojih literarnih redaka i nezaobarvnih groteski, i upečatljiv opis stanja pisanja romana.

'Pisanje romana užasno je iskustvo,' rekla je Flannery, 'tokom kojega kosa često opadne a zubi istrunu. Uvijek me nerviraju ljudi koji tvrde da je pisanje bijeg iz stvarnosti. Zapravo je to uranjanje u stvarnost i veliki šok za organizam.'

Poneki početnik ostvari svoj san. Ona žena što je napisala 'Nijanse sive', recimo. Obogatila se. Uspjeh je to, zar ne? Većina nas gomilu para zarađenih unovčavanjem hobija smatra uspjehom. Nisam čitala tu knjigu. Neko mi je rekao da je glavni junak zgodan, pametan, šarmantan; da ima enormno bogatstvo koje je sam stvorio, i – da ima 27 godina. Glupost.

Prije neki dan u podzemnoj, vidjela sam lijepu, ne premladu, *taman*, djevojku, sa odličnim stilom u svemu: odijevanju, držanju tijela, osmijehu; ma imala je stila čak u načinu stajanja u vozu podzemne. Iz torbe je izvadila podeblju knjigu koju je sa osmijehom čitala dok se voz drmusao. Izgarala sam od želje da vidim što čita.

Da ne dužim: u pitanju su bile 'Nijanse sive'.

Odlučih da je ne udostojim više ni jednim pogledom.

Ja bih u podzemnoj čitala poeziju, ali tanke knjižice poezije koje vučem po svojim torbama, nikada ne izvadim na vidjelo. Ljudi bi pomislili da se foliram. Nikako, ni u Londonu, potpuno da izgubim podgoričanstvo, tj *prudence*, kažu ovdje. A baš mi je poezija dobra literatura za podzemnu, jer poezija je tako nadzemna - zaboraviš da si prolaznik kroz carstvo pacova i bubašvaba.

Uglavnom, shvatih da je self-made zgodni dvadesetsedmogodišnjak čista poezija za većinu čitalaca. I tako se, u tom trenu, pomirih sa tim.

Neću biti romano-snob, rekoh sebi. Nije samo autorka 'Nijansi sive' pojela mnogo šume. Uradili su to mnogi, oni nedodirljivi, Rushdie, Roth, Franzen, svojim suvišnim stranicama koje niko nije smio skratiti.

Zato mi ne smeta omasovljavanje pisanja, kao slobode, prije svega. Ne želim biti lit-o-snob. Često mi bolje od romana padnu blogovi i kolumne ljudi koje možda više nikada neću čitati. Čak mi ni self-published literatura ne smeta; kao ni Amazon, niti Kindle. I dalje će najljepše na svijetu ostati knjige; u konačnom plasmanu, knjige će pobijediti, barem u coolness-u, znam to.

Ali mi smeta to što - dok se pisanjem lakše nego ikada do sada može doseći osjećaj slobode – svakodnevno nestaju plaćeni poslovi koji su štitili osjećaj dostojanstva.

SECOND-HAND HIPNOZA

Moja londonska Parižanka, Anne L., prestala je pušiti, sebi je uvela 'strogu' dijetu (francusku dijetu: pije kafu i vino, jede puter i biftek), kupila je kuću u Fulhamu, i srušila toj jadnoj kući sprat po sprat. Sada gricka nokte i svakodnevno u pomoć zove svoga francuskog prijatelja, arhitektu; nagovara ga da se preseli u London, barem dok joj ne riješi problem premale kuhinje, još jednog kupatila i, kako ona kaže, 'te grozne spavaće sobe, tipično engleske, sa bež tepihom, bež krevetom i preko puta njega - dva prozora sa bež roletnama. *And by-the-way,*' uvijek doda, 'pogledaj mi nokte. Moram prestati s grickanjem. I premazati ih bež lakom čim porastu.' Ha-ha-ha. Svakodnevnu jadikovku okonča preglasnim kofeinskim smijehom.

Školska mama-Fragola predložila joj je da se od grickanja noktiju odvikne tako što će otići kod Haggis na hipnozu. Haggis je još jedno u nizu čudnih (prehrambenih) imena majki iz škole moje kćerke. To je staro škotsko ime, ali, prije svega, to je tradicionalno škotsko jelo: kobasica od ovčijeg stomaka napunjena sitno nasjeckanom ovčijom džigericom, plućima i srcem, sa žitaricama, lukom i mašću. Ako nekog interesuje, postoji i vegeterijanska varijanta haggisa, sa pasuljem i ostalim mahunama.

Razmišljam da je nadjenuti ženskom djetetu ime Haggis otprilike kao kod nas djevojčicu nazvati Brašnjenakobasica. Ali, eto, Haggis stvarno ljepše zvuči – naročito dok ne saznaš sastojke.

Ova naša školska Haggis ima dvije varijante oblačenja: majica kratkih rukava sa fluorescentno žutim prslukom preko majice; ili, u januaru i februaru, majica dugih rukava, sa fluorescentno žutim prslukom preko majice. Taj njen prsluk na leđima ima natpis: Jedno auto manje u prometu!

Haggis i njena djeca crvenih obraza uvijek su, naime, na biciklima.

'Nećeš valjda pristati da te Haggis hipnotiše?' pitam Anne. 'Ne želim da izgubim moju mrzovoljnu, grešnu Parižanku, a dobijem mješanca između Haggis i Barbre Strejsend: zdravu biciklistkinju sa kacigom, fluorescentnim prslukom - i dugim bež noktima.'

'Moram probati tu hipnozu,' odgovara Anne. 'Ali ne brini za prsluk. Ja fluorescentne prsluke nisam nosila ni u osamdesetima.'

Kada je Haggis svojim neuništivim škotskim 'noktima'

zagrebala po Anneinim pariškim sjećanjima, shvatila je da tu ima mnogo više posla nego što se ima vremena. Umjesto jedne ili dvije seanse, Anne ih je imala pet, i to je bilo malo. Na kraju pete seanse, Haggis joj je dala savjet: 'Zakaži sada sebi jedan lijepi manikir, da se nagradiš. Ako te uhvati kriza, prizovi u sjećanje trenutak iz svoje zrele dobi kada si bila najponosnija na sebe, osjećala se na vrhu svijeta. Ne kada si bila ponosna na djecu, muža, ništa vezano za *druge*; samo za tebe. Kada si bila ponosna samo na sebe.'

Anne mi je priznala da joj nije bilo lako pronaći taj trenutak. Na šta bi god iz svog života zrele žene pomislila – bio bi to trenutak vezan za njeno troje djece, ili za savladavanje prepreka nastalih u porodično/poslovnoj svakodnevici. To bi je još više rastužilo. I nokti bi opet nastradali.

Moji nokti, međutim, odavno nisu ljepše izgledali. Kuc-kuc, već ih vidim kako se slamaju jer sam ih 'prošpijala'; baš me briga sada, kada je crno na bijelo ubilježen vrhunac njihovog londonskog bitisanja.

'Izgleda da sam plaćala svoje seanse za tvoje nokte,' primijetila je Anne.

Well. Ja samo mislim da mi je londonski život izoštrio sluh; naučio me da slušam tuđe priče; da znanje, savjet i mudrost pokupim gdje god ih nađem; da prestanem učiti samo na sopstvenim greškama.

I tako sam i ja počela razmišljati o svom trenutku ponosa, o trenutku osjećaja da sam na vrhu svijeta samo zbog toga što sam to baš ja - zrela-žena-ja, takva kakva sam.

Zaista nije lako pronaći taj trenutak. Nisam očajavala, opet poučena Anneinom pričom. Znala sam da će biti potrebno sistematsko kopanje po sjećanjima iz dana zrelosti. I, mada ti dani zrelosti datiraju odnedavno (moja je formula: zrelost = aktivna odgovornost za druge), ipak je to poduži niz događaja ispunjenih uglavnom tuđim pobjedama u kojima sam bila inicijatorka, asistentkinja ili posmatrač.

Na kraju sam ipak nešto pronašla. Iz sjećanja je isplovila jedna oktobarska veče, iz dvije-hiljade-osme, kada sam na pozornici RADA (Royal Academy of Dramatic Arts) teatra u Blumsberiju čitala svoju priču 'In Seka's Country', napisanu u Londonu, na engleskom jeziku.

Te je večeri i moja majka bila tamo. Imala sam tremu. Popela sam se na pozornicu, pozdravila publiku i rekla da sam iz Montenegra, 'kao i moja priča, mada ja sada živim tu, a i priča je nastala tu; tu je večeras i moja majka, takođe iz Montenegra. Montenegro je mala zemlja,' rekla sam, 'toliko mala da smo moja majka i ja već jedan posto ukupnog stanovništva te zemlje.'

Ili sam rekla da smo već deset posto stanovništva? Ne znam sada tačno, ali svi su se nasmijali, i moja je trema prošla; mogla sam bez drhtanja glasa i trešenja ruku pročitati pet hiljada riječi moje engleske priče.

Poslije te književne večeri, majka i ja uzele smo taksi. Išle smo preko West Enda, Piccadillyija, pored Mayfaira, Green Parka i Buckingham Palate, pa preko Belgravie, Chelsea i osvijetljenih mostova, do mog londonskog stana. London je izgledao veličanstveno. Rekla sam majci da sam srećna jer se osjećam kao da u tom veličanstvenom gradu ja imam svoje mjesto i nešto predstavljam, i da sam to postigla svojim riječima, svojim mislima. Majka mi je rekla da sada imam taj trenutak, da ga sačuvam, da ga se mogu sjetiti onda kada se ne budem tako divno osjećala.

'Da, naravno,' tada sam rekla, i, nakon nekog vremena - zaboravila na sve to.

Uz pomoć Anneinog iskustva i *second-hand* hipnoze, trenutak je izvučen iz mraka skladišta (iz osobne 'ropotarnice povijesti'); uz put, sklepala sam i ne-konačni spisak lekcija tipa: Šta sada znam što nisam znala prije Londona?

& DRUGE LONDONSKE LEKCIJE

Ovo je grad u kojemu sam, do sada, i nakon mog rodnog grada, najduže živjela. To sa ostatkom Ostrva nema nikakve veze. London nije Engleska. London nije UK. Da ne živim u Londonu, nikada ne bih živjela na ovom Ostrvu. Niko se tu neće uvrijediti; sumnjam da bi se većina Ostrvljana rado preselili u Montenegro. Imamo premalo dodirnih tačaka.

 U kakvom god da je raspoloženju, na licu Londona uvijek se nazire njegova praktična priroda jednog trgovca. Zbog te će prirode ovaj svjetski centar sve preživjeti. I ne samo preživjeti – vjerujem da će od svakojakih trendova i kriza grad samo jačati; da ga ništa neće odvući natrag u izolaciju.

 Od početka ove godine, u Londonu se svakoga mjeseca registruje u prosjeku 1300 novih Italijana. Italijani Londonu dobro stoje – i obrnuto – dajući mu, svojim i dobrim i lošim osobinama, snažan mediteranski *flair*. Vole potrošiti, najviše na estetiku. Zapravo su često opsjednuti prvenstveno ljepotom i čistoćom, pa se to graniči sa snobizmom, odnosno netolerancijom, koja je u Londonu javno neprihvatljiva. Ali na zemlji su, Italijani, i njihova je priroda praktična, trgovačka. Brzo nauče da isključivost mogu upražnjavati u svojim krugovima, i ne šire od toga. Teška srca, no ipak, zatvoriće oči pred engleskom majkom koja za večernji koncert u školi nije isfenirala kosu; i obuzdaće se, neće mrštiti nos pred gostom večernjeg koktela sa presvijetlim parom čarapa ili košuljom pogrešne nijanse ispod tamnog odijela nesavršenog kroja. Ali meni je lako oprostiti im tu opsjednutost *per bene* oblačenjem i stavom kada ulicama centralnog Londona, u vrijeme ručka i večere, zamirišu bosiljak i origano, i dok krcka Pane Carasau, pred kojima kapitulira čak i toksični oblak izduvnih gasova.

 Nakon početnog estetskog šoka, London i Italijani brzo se stope, počnu se maziti i paziti. Oni su u ovom gradu poželjni doseljenici.

 Je se često šalim na račun Istočnoevropljana, ili Balkanaca. Kao da želim preduhitriti domaćine i njihove stereotipne šale o nama.

 'Znam da nas ovdje ne vole,' kažem svojoj grupi petkom, mojim piscima sa kojima sam najbliskija.

 'Vas barem vole više nego nas,' tvrdi Sintija, Amerikanka. 'Nas nigdje ne vole.'

'O, molim vas, nemojmo ni započinjati tu temu jer ćete obje od mene izgubiti,' zaključuje priču Kej-Džej, karipski crnac, gej-pjesnik.

'Stvarno?' pitam.

Iskreno mislim da bih ja pobijedila u utrci 'nesimpatičnih manjina'.

Svi se, kad dođe stani-pani, hvataju za američke skute, a čini mi se i da se ovdje svojski trude prvenstvo dati gej-crncima-umjetnicima, poput Kej-Džeja, kadgod se pojavi kakva šanska za napredak u životu.

Rasizam sam u Londonu primijetila tek kada sam na njegovo postojanje odlučila obratiti pažnju.

Bilo je to, naravno, u jednom od brojnih takozvanih mini-cabova koje uglavnom voze crnci. Jedno sam takvo vozilo iznajmila da kćerku i sebe vratim kući iz posjete nekoj od njenih prijateljica. Vozač je, za razliku od mene, dobro poznavao taj dio Londona. Izbjegavao je brojne semafore vozeći nas sporednim uličicama, uskim kao da su naše, balkanske. U koju god uličicu da smo skrenuli, iza okuke, u suprotnom smjeru, pojavio bi se još neki iskusni vozač upoznat sa tim krajem. Slučajno su svi ti drugi vozači bili bijelci ili bjelkinje. Niko od njih nije dao prvenstvo našem vozilu. Dapače, sa licem iskrivljenim od bijesa, nepoštovanja, ili čak mržnje, nešto su, sigurna sam uvredljivo, mumlali u pravcu našeg vozača, Crnca. Njihov je prezir bio opipljiv. U grudima osjetih neko paranje, poput male munje koja ne može bljesnuti vani, pa bolno zapara grudi, ostavljajući ožiljak na srcu.

'Danas su svi izgleda nervozni u saobraćaju,' rekla sam. 'Drago mi je što ne vozim po Londonu.'

I samo što sam to izgovorila, iz vozača poteče bujica riječi. (Podsjetih se na poznatu londonsku pojavu da se ljudi tek tako ne otvaraju jedni drugima – danima mogu ćutati i gutati – sve dok neko u komunikaciji ne pokaže dozu ljubaznosti i zainteresovanosti; tada se sagovornik otvori kao Crveno more pred Mojsijem...A ako se i kada ponovo sretnete, i ukoliko niko ljubaznost ne forsira, opet se ćuti i guta, kao da komunikacije nikad bilo nije.)

'Danas, kažete?' otpoče vozač. '*Danas* su nervozni? Ha-ha-ha. Eh, čega se ja sve nagledam i naslušam svakoga dana, a vozim samo od 4 ujutru do 4 popodne. Ko zna šta bih sve doživio da radim noću. Ali rekao sam svojoj djeci – tata neće raditi noću, jer tata bi vam onda brzo umro. Srce bi mi prepuklo. Oni znaju da želim doživjeti dan kada će oboje imati fakultetske diplome. I poštuju me, moja djeca. Vaspitao sam ih kao što sam ja vaspitavan kući, u Nigeriji. Oni nisu kao ovi mladi Englezi koji ništa ne poštuju. Ne poštuju ni svoje pretke koji su bili velikani. Njihovi su preci znali kako da komuniciraju sa ostatkom svijeta. Išli su i osvajali, ali neka su, bili su veliki. Ovi sada neće Commonwealth, neće Evropu. Hoće samo ljubav. Ljubav im je najvažnija. Traže ljubav, traže brak za svakoga. Ha-ha-ha. Ljubav? Kakva glupost! Nas su u Nigeriji učili: oženi se ženom sa kojom možeš provesti ostatak života. Ljubav je nevažna, bude i prođe. Ali partner za ostatak života – to je važno. Ljubav ha-ha-ha . . .'

Kadgod bi napravio pauzu u izlaganju, ja sam klimala glavom i govorila 'Da-da-da.'

Ispred naše zgrade, na izlasku iz auta, zahvalih mu nekoliko puta, dok iza leđa ne začuh odlučni glasić moje kćerke koja reče: 'Da, i hvala što ste mi ubili snove.'

'Bye, bye,' rekoh, brzo zatvarajući vrata od auta.

'Misliš ubio ti je snove ovom pričom protiv ljubavi?' upitah kćerku.

'I on i ti. Ti si se stalno slagala sa njim.'

'Bila sam preumorna za debatu,' odgovorih joj. 'Ne brini, ljubav je važna i uvijek će biti važna.'

Kćerka mi je prava mala Engleskinja, pomislih, šokirana razgovorom dva za nju odjednom potpuna stranca puna netolerantnih tonova, pa još protiv ljubavi.

Ona odrasta svjesna svojih prava, pa tako i prava na snove. Ima osam i po godina, a jedina u razredu zna da Deda Mraz ne postoji. Čim je prvi put pitala 'Je l' on stvarno postoji?', rekla sam 'Ne, naravno.'

Sin je rastao u Zagrebu i sa nepune četiri godine shvatio je da se iza kostima Djed-Božićnjaka krije i preznojava susjed Nenad.

Kćerka je probala svoje saznanje podijeliti sa vršnjacima, ali naišla je samo na negodovanje. 'Ne ruši nam snove! Ne ruši nam snove!'

Ostale su me majke zamolile da obuzdam svoju kćer u njenoj misiji širenja istine o Deda Mrazu.

Odrasle Engleskinje nemaju čak ni onu dozu straha koju mi sa Balkana smatramo neophodnom za preživljavanje. Sigurna sam da je predugo vjerovanje u bajke dovelo do nedostatka osnovnog nepovjerenja u sve što ih okružuje.

'Ti previše brineš,' često i to čujem od moje kćerke.

Ona ne može znati, jer izbjegla je odrastanje u takvom okruženju, da je preventivna zabrinutost moje oružje izbora. Ili: mama je nervozna kad je opuštena. Odgovorno tvrdim da bi malo balkanske paranoje koristilo mladim Engleskinjama, koje rastu i žive uz osjećaj potpune zaštićenosti. Naučene su da se riječima, razgovorom sve može riješiti. Ha-ha-ha, što bi rekao vozač-Nigerijac.

A Nigerijcima što bi dobrodošlo nešto više vjere u ljubav.

Kao Italijanima što pomaže otvaranje srca prema estetskoj nesavršenosti.

Poštujem merkurijalni duh Londona. Ko će, ako ne on, ukazati na dobre strane različitosti?

A onda, ponekad pomislim da je London uobraženi i sebični *mf.* Jedino tako, sebičnom uobraženošću, on može zasijeniti bijedu ostatka Ostrva. Voli te dok mu se daješ; čim ga napustiš, vjerujući da on će zauvijek ostati tvoj *mf* – London će te zaboraviti, od tebe će sakriti one svoje male tajne zbog kojih si mislila da tu pripadaš, i ti ćeš prilikom svake posjete velikom gradu biti samo jedan od turista.

Jer kao turista nikada zapravo nećeš naći vremena da jedno cijelo nedjeljno popodne provedeš u Chelsea Physic Gardenu, draguljou zdravlja i mira u samom centru velikog grada. Ili u Zoo vrtu Battersea parka – farmi zaklonjenoj od londonskih ukrštenih vjetrova.

Svako preseljenje uzima dvije godine života. U ovo ne ubrajam strane predstavnike kojima je sve plaćeno i organizovano već i prije dolaska. Ovdje mislim na obične doseljenike, i to najviše na one koji se doseljavaju sa djecom. Poslušajte me: ugradite sebi neki odbrambeni mehanizam oko želuca, zaledite lice u osmijeh, uhvatite se neke trezvene rutine, razbijte ego u paramparčad i gurajte kroz život otvorenih čula prve dvije godine. Isplatiće se kasnije. Možda. Jednoga će dana mnoge stvari doći na svoje; ali mnoge neće nikada. Ipak, bićete u prednosti jer ste mnogo naučili, a povratak jugu i siesti neće vam pobjeći.

Djeci svakog uzrasta život u Londonu neprocjenjivo je iskustvo, pod uslovom da iz njega mogu pobjeći barem dva puta godišnje u mjesta gdje su im korijeni, ili gdje se živi više u skladu s prirodom. Mnoga doseljenička djeca to ne mogu priuštiti. Zato ih London zatruje i usisa im dušu.

London oficijelno nema ništa protiv stranaca, ali ne oprašta im se ako ne poštuju lokalna pravila samo zato što su stranci i ta pravila ne poznaju. Štaviše, tu ih se čeka, da im se naplati greška. To je dio hipokrizije koju je Čerčil imao na umu kada su ga pitali šta bi svijet mogao naučiti od Engleza, a on odgovorio: 'Licemjerje.'

Ali, ako je to najgore što te od njih može snaći – bring it on! – što bi oni rekli. Naravno, kao i svugdje drugo, u velikim će krizama, čak i u Londonu, krizu prvo osjetiti imigranti i žene. Žene-imigranti. Da bi se zaštitile od prevelikog udara krize, žene-imigranti treba da poznaju i poštuju ovdašnja pravila, do kraja. Ne mogu se na njih pozvati, pa odustati. Mogu, ali sljedeći put neće im se pomoći.

Dvije naneisplativije profesije trenutno su kućanica i spisateljica. Ovo 'trenutno' ima vrlo promjenjivu dužinu trajanja. U svakom slučaju, ja sam svoju dobrotvorno-volontersku misiju na zemlji odavno ispunila.

Imam pravo osjećati se potpuno okej.

Uprkos svemu – i uz malo straha – u London i dalje vjerujem.

KAD MLIDIJAH SKIJATI

'Bye now, baby.' To Londonu treba reći kada postane nepodnošljivo surov i zahtjevan.

Treba mu elegantno okrenuti leđa, preko ramena nabaciti kakvo krzno (može i sintetičko), onako kao što je – zamišljam - Rita Hayworth odlazila od Orsona Wellesa kada bi, zbog sopstvene sebičnosti, veliki čovjek nemilice trošio životnu energiju crvenokose dive.

'Bye now. Baby.' Triput godišnje na po dva tjedna.

Od blata će te praviti. Od kiše i magle.

Barem se iz Londona do svakog odredišta lako stigne. I, što je odredište manje, kompletniji je oporavak od gradurine.

U pravu je Alison Moje: 'Kako zima ubija.' Slušam je na iPodu, tokom cijelog leta prema njemačkom govornom području.

U februaru, engleske škole opet imaju kratki raspust. Može se malo uteći iz gradurine na neku značajniju nadmorsku visinu. Pristajem da me odvedu (muž i djeca) gdje god su zamislili, Naravno, odvode me na skijanje, na skoro dvije hiljade metara, gdje ću prvih nekoliko noći, zbog istanjenog vazduha i nesanice, kružiti po hotelskoj sobi kao šišmiš po tavanu.

Slijećemo u Minhen. Vanjska temperatura - minus deset. Ipak, manje je hladno nego u Londonu. Tamo smo se smrzavali na plus četiri. U Londonu je fraza 'but it feels like...' neizbježan dio vremenske prognoze. Na primjer: 'Maksimalna temperatura biće sedam stepeni, 'but it will feel like' - minus tri.' Zbog vlage sa zubima od inja i dahom od istočnjaka, iz Sibira.

Sa minhenskog aerodroma imam još jedan utisak: aerodromska hrana tak' dobro 'zgleda!

Ne znam zašto ovo u sebi pomislih purgerskim nazalom. Valjda zato što se oni, Zagrepčani, baš srdačno znaju oduševiti friškim pecivom osebujne napuhnutosti. Puff-đevrek, posut kilom bundevinih sjemenki, popunjen krem-sirom, svježim kao kajmak koji mi je baka micala sa vrućeg mlijeka i hladila u frižideru, prošaran sitno nasjeckanim vlascem, u dva zalogaja istopio mi se u ustima. Poželim da vlasnicima aerodromskog lanca štandova sa pecivom i sendvičima predložim otvaranje podružnice u Londonu. Već vidim redove Londonaca ispred 'MAB'-a, što bi bio akronim za 'Munich Airport Bakery': škrto čavrljajući na istočnom vjetru, čekaju satima da kupe svoj krafnasti dragulj ispečen po receptu starih Bundes-domaćica, sa zavrnutim rukavima i vječito brašnjavim, nažuljanim, dlanovima.

Eh, nema više Bundes-domaćica ni u srcu Bavarske, nemojmo se zavaravati. Ali, na minhenskom aerodromu, njihovi su pekarski recepti i dalje ispoštovani. Sicher!

Iz Minhena, tri i po sata putujemo na finalno odredište: Arlberg, austrijski ski-centar, mali zlatni rudnik koji Austriji godišnje donosi mnogo više novca nego čitava obala Hrvatskoj. I tamo se dobro jede. Austrijanci više od Njemaca obraćaju pažnju na detalje, pa im je kuhinja bolja. Rekao nam to Zlaja, vozač, naš čovjek u Bregencu, svakoga vozio iz Minhena ili Ciriha do Arlberga, i obratno, ma nema koga nije: Brajana Adamsa, Deripasku, Anistonku, Falka, pokojnoga, što izgubi život na cest. Bolje bi bilo da je Zlaja i nastavio da ga vozi.

*

Dijete sam južnoga grada, odrasla na nadmorskoj visini od desetak metara – i to jer smo živjeli u nebodéru. Roditelji su me slali u planinska pionirska odmarališta bivše zemlje, da ojačam. Tamo sam uporno bježala sa časova skijanja. Svakoga jutra, nakon dobro zaslađenog, tamnog čaja i hladnog, drhtavog jaja na oko, sakrivala sam se, poput jarića iz bajke, u plakar sa mirisom smole, da se ne bi morala u tri-broja-većim gojzericama, na predugim skijama i pod strogim pogledom instruktora sa držanjem neostvarenog Bojana Križaja, survavati niz neutabanu stazu vječitih početnika.

Suprug je bio drugačija vrsta priče djetinjstva-bez-skijanja. On nije volio kolektivni duh. Još kao tinejdžer, no potpuno spreman za veliki svijet - nakon mnogo romana pročitanih u samoći mašte i provincije - odmetnuo se u zapadne gradove, gdje je mnogo toga stigao uraditi, ali skijanje mu je izmaklo.

I baš nam ništa nije ni falilo dok nismo skijali.

A onda, kada smo na valovima bračnih voda doplovili u Zagreb, svi oko nas pričali su o skijanju. Ovaj Platz, onaj Bad, slalom, carving, off-piste.

Ja sam i dalje na tu temu mreškala nos, osjećajući davnu, pionirsku i ledenu vlagu kako probija kroz tri broja veće, istrošene gojzerice. Ali moj muž . . . Oh, ne! U njegovim sam očima vidjela buđenje novog izazova.

'Gdje da odemo naučiti skijati?' pitao je muž našega zagrebačkog prijatelja. 'U St. Moritz?'

'Ma, ni slučajno,' rekao je prijatelj. 'Idite u Lech.'

'Lech?'

Lech? Što je do vraga *Lech*? Zar nisu St. Moritz, Gstaad, Madonna di Campiglio ili Cortina d'Ampezzo nazivi od kojih se iskusnim skijašima noge same od sebe saviju u koljenima, a obraščići zarumene?

'Da, Lech!' bio je odlučan naš prijatelj. 'St. Moritz ti je za Lech obični Bahnhof, željeznička postaja. Lech je prekrasan. I ako već tamo odeš, sebe i obitelj smjesti kod Frau Schenider. Od toga nema boljeg odmora.'

Bilo je to prije dvanaest godina.

Znam, Austrijanci nisu idealni ugostitelji – tvrdoglavi su, sa lica im se čita uvjerenje da *ouslander*-gost najčešće *nije* u pravu. Ipak, za djecu-na-snijegu (i ne samo djecu) Austrijanci su najbolji: odgovorniji su, spretniji i organizovaniji od Italijana ili Francuza. Uz to, arlberški su Austrijanci bliži Švajcarcima, od kojih su poprimili više elegancije u ophođenju, veće poštovanje privatnosti.

Lech zaista ulazi pod kožu. To je jedino selo na svijetu u kojemu zimi nemam nelagodu od izolacije kada se naglo spusti noć, a psi zalaju; a, opet, jedno je od onih ušuškanih mjesta što pružaju iluziju zaštićenosti od svih zala i nevolja vanjskoga svijeta. Hoteli i kuće udobno uranjaju u padine skijaških staza - ili kako to gosti vole reći: 'Iz papuča na stazu,' – no sunca i svjetlosti ima mnogo, uprkos čvrstoći zagrljaja planinskih vijenaca. Snijeg je suv; iskusniji od mene opisuju ga kao 'sjevernoamerički'.

Zbog svega toga, i iz Lecha se mora pobjeći najkasnije nakon one idealne mjere od dvije nedjelje - da iluzija zaštićenosti od savremenih zala ne bi otišla u nepovrat.

Za ovih dvanaest zima ja sam prošla puni krug.

Prvo sam naučila hodati po snijegu bez paničnog hvatanja za bunde, jakne i kapute ostalih gostiju. Nekoliko sam godina nakon toga bila ovisna o baby-liftovima. Onda sam se okuražila i odvezla se do Kriegerhorna, do Rufikopfa. (Muž i sin, u međuvremenu, ostavili su me daleko iza sebe, u sniježnoj prašini; štaviše, postali su članovi ski-kluba Arlberg, preko stotinu godina starog. Eh, kad se naši zainate...)

Jedne sam zime, uz suze, znoj i kletve, dogurala čak do uzvišenog nivoa 3A za alpsko skijanje. Nositelji oznake '3A' navodno mogu savladati i led i novi, prah-snijeg.

'Skijanje izgrađuje karakter,' govorili su ljudi.

Pod ovim 'ljudi', najviše mislim 'muž', koji se u planinama preobrazio u sovjetskog gimnastičkog trenera.

Priznajem, 'sovjetski trener' uspio me spremiti i za ski-rutu krvožednog imena *Madloch*, nakon čega je napravio par pobjedničkih fotografija mene i mojih 'carving' skija koje sam, po njegovom mišljenju, napokon zaslužila.

Ne znam gdje su završile te opake 'carving' skije. Poklonila sam ih nekoj ambicioznijoj, mlađoj ženi; ne sjećam se kojoj – mnoge sam po svijetu srela.

Znam gdje je mi kaciga: u mraku garderobe londonskog stana. Za nju je teže naći novu vlasnicu. Mlađe generacije imaju sitnije kosti.

Kacigu više ni ne pakujem kada se spremam za Lech. Naime, ja sam, nakon godina uspona i padova, probila svoj plafon, potapšala sebe po leđima, i vratila se stopalima, svojim najpouzdanijim nosačima (slava Bob Marleyu); ili, rjeđe, onim tankim skijama za cross-country.

To nije umanjilo moju ljubav prema Lechu. Naprotiv. Sada je ta ljubav uzvišenija, zrelija. Smirenija.

I, sada je ta ljubav mnogo više skoncentrisana na hranu, i na na onaj dragulj od hotela sa početka priče: hotel Almhof kod Frau Schneider.

Frau Schneider nije tvrda austrijska ugostiteljica, mada, poslijepodne, po hotelu, ona se može vidjeti obučena isključivo u *dirndl*. Provela sam par noći i ja u dirndlu, i mogu reći da sada potpuno razumijem Frau Schneider: osjećala sam da mi niko ništa ne može. Muškarci su mi se ili klanjali ili sa puta sklanjali.

*

Već neko vrijeme na porodične putešestvije gledam kao na mogućnost uživanja u jelima koja ja ne moram spremati. Kada je napolju snijeg od tri metra, prirodno je jesti štrudlu od griza, zar ne?

Staviše mi jedno parče štrudle u tanjir. Jedno parče, ha-ha-ha. Srećom ostatak porodice lovci su, opšte krvne grupe, vole uglavnom meso, pa dobih četiri štrudlice od griza. Posle toga, pita od jabuka. A ne skijam. Nema veze, sve će to London istopiti. London je jedino mjesto na planeti gdje se ne gojim, zato jer u Londonu ja kuvam (dok se ne dokaže suprotno). Po tome znam da mi je London sada dom.

Možda jedino brat jordanskog kralja i ja ne skijamo u Arlbergu. Mi smo dotakli dno skijanja. Ja sam u ovim krajevima poznata pod kodnim imenom 'Dejvid Bouvi', jer sam osam godina, svake godine, svim instruktorima iz ski-kluba Arlberg, govorila da sam 'absolute beginner'.

U meni bi, prilikom svakog izlaska na stazu, proradio otac koji mi je u kolima stalno govorio da pogledam pozadi idu li Čirikahue, Apači koji napadaju u velikim grupama, s horizonta. Tako je zvao skupinu auta što bi se iznenada pojavila na cesti, taman kad bi on htio da se isparkira; a do tada na ulici žive duše ne bi bilo.

Jednom sam, nakon prilično dobro odrađene staze, na kraju piste izgubila kontrolu i sudarila se sa instruktorom koji me je čekao u ravnici - radostan, nasmiješen, htio čovjek da me pohvali – prije nego što sam ga pokupila sa snijega, odbacila u zrak, a on se koljenima dočekao na moja leđa.

Sigurna sam da i brat jordanskog kralja ima neku sličnu priču. Sada nas dvoje fino čitamo knjige pored kamina. Ja sam odlučila da, u prirodnom okruženju štiva, opet pročitam 'Čarobni breg'; kraljev brat čita VS Naipaula.

Kada mi se u glavi zamagli od pregrijanog hotelskog zraka, odem na druge sniježne aktivnosti, koje ove zime dobijaju na popularnosti: cross-country skiing (Langlauf, jawohl!), i hodanje po dubokom snijegu sa drškom od teniskog reketa na đonovima čizama. Za ovo drugo vjerovatno postoji kraći naziv. Izgleda budalastije od skijanja, ali nije opasno. I ne goji. Valjda je i zapadnom svijetu više dosta avanturističkih odmora.

Od kada živim na zapadu, cokćem jezikom svaki put kada pročitam ili čujem da je nekog mladog zapadnog avanturistu u nekom kanjonu, planinčugi, džungli, ispod okeana, u posjeti kanibalima, presrela smrt. Svi se uzbude. Prave se filmovi o tome. Zar je stvarno mislio da će dočekati duboku starost? Doduše, i napredovalo se zahvaljujući ljudskom ludilu, ali, hvala lijepo, imam djecu i neke vesele planove za starost. Mislim, nisu mi nešto ni nudili da divljam, ali. reko', dosta mi je avanturizma još od vremena kada me u svijest lupi činjenica da sam nekim čudom preživjela razne dogodovštine. Na primjer: neznani broj vožnji do mora sa vozačima koji su trasu Podgorica-Budva prelazili za 40tak minuta 'onoga vremena', i to glave okrenute u smjeru suprotnom od vožnje, da bi mogli žučno raspravljati sa društvom sa zadnjeg sica.

Kad, eto ti ga, na: dva dana prije nego što smo otišli, napadao snijeg, granulo sunce, holandskog princa zatrpala lavina. Skijao off-piste. Za sada je još u komi. Ispada da u Arlbergu zimuju sve sami prinčevi i princeze. Šta ću, sezona je, pomiješalo se avanturističko građanstvo i plemstvo. I još jedan anonimni skijaš nastradao je u lavini: za njega, ili nju, ne znaju ko je – tu osobu nisu uspjeli otkopati, a niko je nije još prijavio kao nestalu. Grozna smrt, u sred uživancije po djevičanskom sniježu.

Natrag u gradurinu, brzo.

Ovoga puta, dok letim slušam 'Heroes'. Dejvid Bouvi.

OTKUVAVANJE I CENTRIFUGA

U Londonu sam do sada uspijevala izbjeći sve uvozne virusno-bakteriološke mutacije. Zaobilazile su me gripe životinjskog predznaka; svakodnevno gutam zagađeni vazduh i nikada ne zakašljem; ponekad mi se od jurnjave uštukne neki mišić, ignorišem luzera, rastegnem se na ulici, na Albert mostu, ili se razapnem po ogradi oko Duke of York skvera, dok se Mr. Uštuknuti ne osvijesti i ne shvati da život mora ići dalje.

Tijelo u pokretu ostaje u pokretu.

Onda dođe još jedan raspust, i mi otputujemo na svježi zrak, da prodišemo. Meni, kao što rekoh, to nije ni potrebno, ja fino dišem i u Londonu. Ali, tata-R uvijek vodi na lijepa mjesta, u dobre hotele.

E, tamo se ja razbolijevam.

Tamo, po hotelima, počinjem kašljati, dramatično se pridržavajući za grudni koš, da mi se ne uruši. U apartmanima, na kingsajzima visine dva metra – visine, hej! širinu da i ne pominjem - grozničavo se tresem i preznojavam; i dušu 'oću da ispustim iznad Filip Stark lavaboa. Ostatak se porodice nervira, i to ne kriju. Nema sažaljenja za majku na umoru; našla je tu da umire, na 'pjenu' od Indijskog okeana, a po smrdljivom je Londonu niko u kuću nije mogao utjerati.

'Nisi ti bolesna,' tvrdi tata-R. 'Ti sada iskašljavaš London. Čistiš se.'

Prokleta bila ona Ničeova: 'Bolest je dobar ugao gledanja na zdravlje'; na sve se primijeniti može!

Ili: dobro smo dok smo pod stresom, dok nas truju. Kada stres mine, kada nas svi udav-faktori ostave na miru (jer smo stari) – tada se počnemo 'čistiti' tako što nas svašta spopadne, možda i ono najgore, te u stvari od čišćenja na kraju i umiremo.

Od svih mjesta na kugli zemaljskoj, ja sam našla da se čistim baš na Mauricijusu - do kojeg putujemo duže nego što smo tamo planirali ostati. Loš tajming. Zato, stara, nema druge, nego 'ajde ti sa kašljem pravo na plažu, sprži boleštinu, think English, prioritise, ne dozivaj majku, u bunilu, sa visokog kreveta.

Mojoj djeci nisu potrebne kreme sa zaštitinim faktorima. Moja djeca ne izlaze iz hlada. I u Podgoricu kada ih dovedem, a sunce grane, moja djeca hodaju bešumno – kao da su direktni potomci Spajdermena – držeći se ono malo hlada uz ugrijane zidove zgrada.

'Je li moguće da se ova tvoja đeca plaše sunca?' s nevjericom tada govori moja majka.

Na tropskom ostrvu hlada ima koliko hoćeš. Svakoga dana padne topla kiša; priroda buja, naročito šećerna trska – neposječena - za razliku od šećerne industrije koja ne buja i posječena je, tj. primat je ustupila turizmu. Ptice su glasnije od ljudi; a ljudi su raznolikog porijekla – Mauricijus nema autohtonog stanovništva – ali svima im je zajednički na usnama lak osmijeh i kreolski akcenat. Pomalo su nespretni, vjerovatno od tropske vrućine i stalnog preznojavanja - začas im padne pritisak. Sunce čitavog dana putuje isključivo po mojoj lijevoj strani kada ležim na leđima. I drugačije je od našeg sunca; ovo ovdje prži podlaktice i cjevanice, a trup izbjegava. Zašto? Da li kažnjava mjesta koja su do tada bila najizloženija rivalskom, sjevernom suncu? Uveče, nebo je oku bliže čak i od podgoričkog ljetnjeg neba; vidljiva su i drugačija sazvježđa od onih iznad sjeverne hemisfere. Moj je sin oduševljeno svake večeri pozdravljao veoma upečatljivo sazvježđe Lava i njegovu glavnu zvijezdu, Regulus. Ova se zapažanja odnose na 'resort', koji je veličine manjeg crnogorskog sela.

I iz kojeg nisam izašla.

'Moraš obići ostatak ostrva,' govorili su mi ostali gosti, uglavnom Englezi. 'Da vidiš kako se tu stvarno živi. Neviđeno siromaštvo.'

Well, nema za mene 'neviđenog' siromaštva; i nisam sigurna zašto je Englezima neko siromaštvo 'neviđeno', kada oni na svom Ostrvu imaju pravu bijedu. Siromašni je Britanac bolestan, depresivan i sam. Nevidljiv je i suncu da ga ugrije, a kamoli svojim srećnijim sunarodnicima.

Uz to, neukusno mi je obilaziti siromaštva kao da su turističke ponude.

Stigla sam na ovo tropsko ostrvo; odlučila se za boravak u 'resortu' (rezervatu). Maurićani koje zatičem tu na svojim su radnim mjestima, zaštićeni poslom u pristojnoj industriji. Zašto da im virim u trošne kuće i snebivam se nad jazom između hotela gdje rade i mjesta na kojem žive? Šta dobijam time, ja, kojoj takav obilazak realnosti ne bi pružio osjećaj nadmoći, za čime možda čeznu turisti (bivši kolonijalisti) što uranjaju u razgledanje lokalnog siromaštva i cjenkaju se, sporta radi, oko par stotina rupija, da bi poslije, kući, prepričavali anegdote 'o cjenkanju, kao da smo domaći'?

Vidjela sam dovoljno. Zadovoljstvo što je proizvodnju šećera uglavnom zamijenio turizam, ogleda se u još uvijek prenaglašenoj želji da se gostima ugodi. Dirljivo je to, ali kada je nešto dirljivo, ono prije rastuži nego što obraduje. Zato ja volim ljetovati u mjestima gdje je centar grada ujedno i centar turizma. Jadran, Mediteran.

Na dan odlaska, sjetno sam se nasmiješila našem mjestu na plaži, i dalje rezervisanom i složenom po našem ukusu, kao da ćemo tu, u rezervatu snova, zauvijek ostati.

Napokon 'očišćena' mogu bez ljekova funkcionisati u Dubaiju, gdje muž ima par sastanaka sa ljudima koji za Uskrs ne gase svoje BlackBerryje.

Brufene, imigrane i alergijske kreme gurnula sam u mrak, na dno putne torbe.

U Dubaiju, zoni u čijem se mraku krije hiljadu uništenih i ukradenih života, naivni posjetilac može nastradati zbog hidroklorida u kremi bez ljekarskog recepta. Tu, gdje se žena ne smije vidjeti u društvu muškarca koji joj nije muž, tu cvjeta prostitucija. Da, tu gdje se sitni lopov kažnjava sa sto udaraca bičem, krupni lopovi – i oni nama dobro poznati - peru i sakrivaju svoja pokradena bogatstva.

Pomalo je kičasto biti dobro raspoložen u Dubaiju; istovremeno je nemoguće ostati čela smrknutog nad licemjerjem.

Odlučujem prepustiti se uživanju u jednom neočekivanom otkriću: suva klima aprila u Dubaiju vratila me u prošlost, kada je u mom rodnom gradu vladala baš takva vrsta vrućine. Podnošljiva vrućina. Četrdeset stepeni u hladu, ja u podne prelazim viseći most, idem u 'Makondo' po neki film. Makondo, ako je Makonda igdje bilo!

Obliva me nježnost zbog tog sjećanja. Da, nekada, u suvljoj Podgorici, moglo se u avgustu živjeti bez erkondišna, sjedjeti napolju, na jari. Možda samo prije toga skvasiti kosu. Odrasla sam u takvoj klimi, i sada mi prija.

Kroz veo čestica od pješčane oluje na horizontu, poput fatamorgane, leluja odraz Menhetna sa Bliskog istoka. Toliko na brzinu podignutih građevina, najviših, najskupljih, najsavremenije opremljenih, ali – ko u njima živi? Oko sebe vidim samo turiste i radnike.

Vizionar Dubaija, šeik al Maktoum, potrošio je ogroman prihod od nafte da od dotadašnjeg ribarskog mjesta napravi turistički centar svijeta, koji će donositi profit Emiratima i kada nafte više ne bude. Pa, izgleda da im se ne žuri da popune sve te građevine. Nafte još ima, i biće je, a Dubai se i dalje gradi. I hladi. Klima-uređaji podešeni su na 18 stepeni. Svi su zaposleni Dubajci (takođe neautohtono stanovništvo) prehlađeni dok god tu žive. Zaboravili su da dišu. Reciklirani, rashlađeni vazduh trpa im se u nozdrve, barem 12 sati dnevno, koliko traje njihov radni dan. A oni čeznu da izađu na pravi vazduh, koji je i dalje šampion disanja, ma kakav bio: zagađen, smrdljiv, prevruć, prehladan, vlažan, suv – barem je pravi, a ti si, dok ga udišeš, još uvijek ljudsko biće.

Svaki je korak kvadratni pokriven zaposlenikom zaduženim za taj korak. Ispred vrata od ženskog toaleta stoji zaposlena osoba koja ti na milimetar od tih vrata rukom i osmijehom ukazuje na činjenicu da je ulaz u toalet upravo tu. Ta ista osoba ne održava toalet, samo ukazuje na neminovnost vrata.

Kada si žedan, spremi se da od pijenja vode napraviš misiju. Ne možeš se napiti vode, mada voda prska na sve strane zalijevajući bašte, održavajući erkondišne, vodoskoke, akvaparkove, fontane koje pjevaju. (Čitav je Dubai jedan ogromni karbon-otisak.) Ali čašu vode još niko ne popi, što je ledom, limunom, potpisom, brojem sobe i napojnicom ne začini.

Bježala sam napolje, na poznatu mi suvu vrućinu, i zato mi je ipak bilo lijepo u Dubaiju. Ali, razumijem ljubav bivših beduina prema zgradurinama. Za njih to su skloništa, jer u njihovim je kostima previše pijeska i neba pustog, prenijetog im od predaka.

I onda, očišćena, osušena, vraćam se tebi, kišna gradurino, hirovita Evropo, i dajem ti još barem deceniju fore da ćeš biti najinteresantnije i najljudskije mjesto na svijetu. Trendy je ne vjerovati u opstanak Evrope; ali probajte našu staru damu porediti sa ostatkom svijeta. . . Od espressa, preko klime, zdravstva, obrazovanja - do poštovanja ljudskih prava – Evropa je i dalje najveća gospođa!

Odmah se bacam u centar stresa, trčeći kroz zagađene bulevare, trpeći psovke nervoznih biciklista koji proklizavaju po mokrim cestama nagriženim stoljetnim padavinama.

Tijelo u pokretu ostaje u pokretu.

IZ DALMACIJE, S LJUBAVLJU

Na putu za jug. Bol na Braču.

Već šezdeset-pet minuta pumpam dušek za more. I to onaj najmanji, od 19.99 kuna. U hladu elegantnih čempresa, pored lijepo uređenog kafe bara Bolero i Ledo škrinje za sladoled, u deset ujutru krajem jula ljudi se nježno razbuđuju. Zrak je frišak i čist, trenutno nema tragedija, požar na Braču je ugašen, London još ne gori, a glavna je vijest u Jutarnjem listu da prebogati Kinez Džoni Li i njegov dvojnik, Džoni Fejk Li, ljeto provode u gradu Hvaru, na mega-jahti Kogo, sa najljepšim djevojkama Balkana.

Ja plačem i pumpam.

Mnoge se žene, uprkos zakletvi da se to neće nikada dogoditi, pretvore u svoje majke. Ja se pretvaram u svoga oca. Ne samo zbog podočnjaka. Ovako je on pumpao gumu i plastiku, svakoga jutra, na parkingu iznad Svetog Stefana, gdje je proriješena trska gorjela, predajući se napadima avgustovskog sunca već u prijepodnevnim satima. Plivalice, dušeci, dječiji čamčići. Tata je pumpao i pušio. Jedno je čitavo ljeto proveo brinući se o narandžastom gumenjaku koji je kupio sebi, da se časti; zeznuo se tu, ali potisnuo je razočarenje. Stalno ga je predano dopumpavao običnom malom žabicom, vukao do mora, snažno skubao konac da čuje zvuk motora Johnson 100 u cik zore, onda je nas i mali frižider vozikao po moru, u potrazi za divljim plažama, da se osamimo. Da se osamimo! Ima li djeteta na ovoj planeti dosade koje zaista želi da se osami sa roditeljima i voćnom salatom iz frižidera na divljoj plaži bez suncobrana dok njegovi prijatelji skaču bombu sa splava, pa jedu Čoko-moko i krofne s Eurokremom?

Već sam tada znala da je i otac zapravo samo ubijao vrijeme do kasnog ručka u restoranu Ispod masline, gdje ga je čekao Ratko Mićunović i ostalo društvo. Ratko će opet imati neku novu šalu za Lokija i njegov 'brod'. 'Evo ga, stigao nam Barba Loki,' povikaće. 'Jel bilo mora danas, kapetane? Oćemo li malo gaovica?'

Loki će zapaliti još jednu cigaretu, s merakom, kao da nije pušio danima.

Pumpam i plačem.

'Još desetak minuta,' dobacuje mi Boljanin koji drži Bolero bar, a vjerovatno i sladolede. On mi je pozajmio pumpu.

'A, gospođo,' bodri me sada, 'ka'ste dovden stigli, još malo i možete ća, na plažu.'

'Ajde, brže, mama,' govori mi kćerka. 'Eno ih opet oblaci sa mora. Kiša će.'

'Zakuni se da još nisi ni kafu popila,' dobacuje mi sa svog stola jedna Beograđanka, gošća u istom hotelu u Bolu.

Zakunem se bez riječi, podižući pogled ka nebu.

I ja i Beograđanka odabrale smo Bol zbog djece (spasilo me ovo veliko 'B' jer bi u protivnom, prethodna rečenica imala potpuno drugi ton i smisao, za neki jesenji roman.) Muževi su nas dovezli tu, malo igrali tenis iznad hotela, zatim nabrali vjeđe, pa pobjegli nazad na kontintent da se 'nađu sa nekim ljudima.'

'Sve pet,' rekle smo im, po dalmatinski. 'Uživajte.'

Kada dobije dijete, ženu prvo napuste dvije stvari: ravan stomak i avanturistički duh. Ako baš žalite za njima, uz određenu cijenu, žrtve i narkotike, lako ih vratite. Ali ako vam čak ni ljeti nije mnogo stalo do ravnog stomaka i avantura, dovucite se u Bol i uživajte.

Bol, selo na južnoj strani Brača, raj je za djecu. Mada, svakoga ljeta more odnese barem po jedno dijete; ili odraslu osobu, djetinje pameti. Opuste se ljudi, počnu previše vjerovati svom sudu. Ne i ja. Spremna sam popiti petnaest duplih espresa dnevno, samo da ne zaspim na plaži, u odsutnom trenutku. A osim toga, život u Londonu naučio me je da predano utjerujem strah u kosti svoje djece. Paničari svih zemalja ujedinite se! Na vama svijet ostaje.

Dakle, u Bolu, djeca su kao na kakvim juniorskim pripremama za suočavanje sa još jednom zimom u gradurini. Od jutra do ponoći trče po zlatnoratskom šetalištu, vrište od sreće, praćeni pogledima majki koje se iz garderobe-krpi za doručak i plažu ni ne presvlače za večeru. Čak ni kada su Beograđanke ili Podgoričanke. Veoma bitna stavka za pravi odmor.

Bol jeste Dalmacija, i južna strana otoka, ali nema teške vrućina što ubija u glavu; i zrikavci su tihi, a iznad Biokova ili se kovitla bura, ili visi po jedan tamni oblak trudan od kiše, da rashlade vazduh i speru sol sa glatkog bračkog kamena. Na dugačkom šetalištu, maloj bolskoj Kroazeti, zabranjen je prolaz automobilima. Miris borova i soli osjetno pročišćava pluća od velegradskih otrova. Lovor rastjeruje komarce, dok nedostatak suše i stalno prisustvo vjetra čine ose i pčele nevidljivima. Najljepše plaže gledaju na brački kanal kroz koji i po najmirnijem danu od podneva duva maestral. Idealno za časove surfanja po vjetru. Ne za mene, za djecu, naravno, dok ja ponosno, uz još jednu kafu, kao čitajući novine, pratim njihov napredak. Zbog maestrala i jake bure, pretpostavljam, Boljani nikada nisu bili veliki ribari, već im je bilo lakše baviti se stočarstvom. U mjestu se teško pronalazi dobra, svježa riba, ali zato ima telećih kotleta, jagnjeće peke, kravljeg i kozijeg sira škripavca.

More je čisto, mada mnogo hladnije nego u Crnoj Gori. Poneka budala baci plastičnu kesu u more. Takvih ima svuda, sve će nas nadživjeti. Obično su to oni isti koji djecu tjeraju da vrište po plaži 'Dinamo-Zagreb, nabijem Hajduka!', a onda te, ako se ne nasmiješ ili ne aplaudiraš, nego podigneš obrvu iznad naočara, smatraju glupom strankinjom. Sjutradan, kada uočiš polugolog dječaka – nedavno ošišanog na nularicu, bez kupaćih gaćica, ali u Dinamovom dresu - sješćeš negdje drugo. Zlatan Rat dovoljno je veliki za navijače raznih timova i članove raznih udruženja. Ako su valovi veliki sa jedne strane Rata, sa druge je mirno. Biraj šta ti je gušt. Postepeno se, kako odmiče dan, stapamo jedni u druge, zbližavamo se sa susjedima. Zajedno tražimo 'kamen sreće', amajliju sa Zlatnog Rata.

Zlatan Rat ona je prelijepa dvostrana plaža u obliku roga, sa vrhom koji se pomjera na vjetru. Na fotografijama izgleda kao da je pješčana. Nije pješčana. Nema pješčanih plaža u Dalmaciji, barem ne sa onako dragocjeno lijepim pijeskom na koji smo mi neki navikli. Ali je ova plaža čista, i na njoj se nikada neće ništa sagraditi. Sada to cijenim više od prirodnih ljepota: riješenost ljudi da svoju zemlju održavaju zdravom i lijepom. Najlukaviji gosti, Beograđani, namirisali su poštovanje Hrvata prema svojoj obali - a ko poštuje svoje, poštovaće i tuđe - pa se u velikom broju ovoga ljeta vraćaju u Dalmaciju. U Bolu se oko mene toliko čuo beogradski naglasak da sam u jednom trenutku povikala prema svojoj kćerki: 'Ne mogu bre više da pumpam ovu glupost, oduzele mi se bre noge!'

Niko me nije čudno ni pogledao.

Kada sam napokon napumpala dušek, valovi su bili tako veliki da smo se moja nova beogradska prijateljica, ja i naše kćerke otišle kupati na – bazenu. U torbama za plažu imale smo spremljene sendviče, Linoladu i Bobi štapiće. U Bolu, osim Malog Raja, koji nam je bio daleko, nema restorana što bi svojom ponudom opravdao maltretiranje djece odvođenjem sa kupanja za restoranski sto gdje moraju mirno čekati jelo koje neće pojesti. Niko nigdje ne prima kartice, pa ih kažnjavamo uživajući u piknik-ručkovima, sendvičima, grickalicama i Ledo sladoledima. I u istoj robi do večere. A i za večeru, što bi se presvlačile? Neka sve te lijepe i brižno spakovane stvari čame u torbama dok ne stignemo na – Hvar.

Na Hvaru se, čujem, čovjek-žena već mora malo dozvati svojoj nametnutoj svijesti, srediti nokte, kožu, navući nove halje, u prečišćenu torbu za plažu uvaliti kakvu ozbiljniju knjigu. Ili čak svoju knjigu. nikada se ne zna koga ćeš sve sresti na Hvaru, izdavača, producenta, kažu ljudi gosti su sve bolji, svijet još nije bankrotirao, barem ne ovoga ljeta.

O zimi ćemo razmišljati poslije Velike Gospe i Preobraženja.
Hvar. Monte-Bosna. Hvar.
Htjela si vrućinu? E, pa, evo ti je, na! Hvar je definitivno jug. Izgore se.

'Ko se rodi u kolovozu na zapadnoj strani Hvara,' govore mještani, 'taj mora biti munjen.' Pa zamlataraju rukama, zakolutaju očima, da ilustruju 'munjenoga'.

Ljudi po kaletama hodaju poput zombija, ošamućeni zvijezdom i lavandom. Po-malo, po-malo, miču usnama, kao ribe na suvom. Pušači su nagrabusili: beskrajne kamene skale, 40 stepeni u jedanaest ujutru u škrtom hladu. A ne možeš se tek tako bućnuti u more. Odnosno 'bućnit' u more. Možeš, ali rizikuješ da ćeš upasti u nečiji brod jer grad je Hvar ovoga ljeta popularno pristajalište za sve vrste plovila.

Skup grad, odmah vidim, srce mi preskače i nakon što shvatim da su cijene u kunama.

Na Bonju, gradskoj plaži, željezne požarne stepenice glume ulaz u more. Mnogo je ljepše pobjeći u okolne uvale i na otočiće. Dubovica, Zaraće, Paklenjaci sa Palmižanom, Stipanskom, Jerolimom i Svetim Klementom. Na svaku od tih plaža-uvala mora se ići gliserom ili nekom barkom. Palmižana je zamumuljena ('zmazana', rekli bi Zagrepčani), puna osa. Dubovica je najljepša. Taksi brod do nje optimistične kupače olakša za 1000 kuna u jednom smjeru.

Mi se prvog dana iskrcasmo na Mline, plažicu na jednom od Paklenih otoka, u uvali Ždrilca, gdje smo, kao i 90 posto balkanskih posjetilaca Hvara- a takvih je ove godine malo, jer su gosti uglavnom ne-jugosferni stranci - planirali ručak kod Patka. Tako se ovdje odlučuje lokacija za kupanje: po tome gdje bi ručao toga dana.

'Ovđe niđe nema pijeska,' kažem ja mužu dok klecam po oštrom stijenju i kamenju. Mrzovoljna sam, pa potenciram 'đ'.

'Nema pijeska, ali nema ni snajpera,' odgovara mi on, aludirajući na vijesti crnih hronika kojima ljeti obiluje 'prijestonica' crnogorskog turizma.

Ulazim u more četvoronoške, a kako ću izaći ni sama ne znam. 'Sjutra svima kupujem papuče,' vičem. 'Isjekoh se sva. Ima i ježeva.'

'Posmatraj to kao masažu stopala,' kaže muž. 'Vidi boju mora. Ima ježeva, ali nema izlivanja kanalizacije.'

Za ručak se opet, s broda na brod, ukrcavamo na gliser, vozimo do Patka. Sin traži da upravlja čamcem-brodom-gumenjakom-gliserom, kako li već zovu ovo ploveće korito? Daju mu. Oni nisu normalni. Usta su mi stisnuta u tanku liniju negodovanja, svi mi unutrašnji organi turiraju, kosa mi je izmrcvarena slama. Nedostaje mi Bol, šljunak sa Zlatnog Rata, plaže do kojih se *hoda*.

Kod Patka *menu* ne postoji. Gazda ocijeni gosta, stavi ga u određenu platnu kategoriju, pa mu shodno tome ponudi 'muziku'. Kasnije ću saznati da svi otočki ugostitelji tako posluju, 'od oka', đuture, za keš. Kartice ovdje ne vrijede. Hvarani su stari trgovci;

samo je keš neprikosnoveni kralj turizma. Vjerujem da u dugim zimskim noćima bure, juga, odsječenosti od kopna i života, strategija 'đuture, samo keš, kratko je ljeto' ima svoje uporište, ali gostu je neprijatan taj osjećaj da bi na ljetovanje trebalo samo poslati živu lovu u koferu, može i neki dokument sa slikom, po mogućnosti pristojnom, i ne pojaviti se.

Kod gazda-Patka sva je ponuda iz koče, svježi ulov, jedeš more. Al najprivlačniji su domaći kolači koje svakodnevno sprema njegova gospođa, samozatajna gazdarica od kužine, inače rođena Čačanka. Krempite, baklave, rolat sa malinama.

Čačankine kolače samo mirišem i proždirem očima. Izbacujem šećer iz prehrane ovog ljeta. Manje šećera, manje nervoze. Savremenom Luciferu ime je Sugar.

Uželjela sam se Montenegru i pijesku moje mladosti.

*

Ivo Tudor, skiper, porijeklom ne iz Engleske, nego iz Malog Grablja na Hvaru - sada avetinjskog sela, nad čijim napuštenim kamenim kućama i crkvicom kruže galebovi, oplakujući ga - čekao je da se opustim, izgubim mrzovolju (jer samo Malograbljani imaju pravo bit' mrzovoljni) i tek mi je onda otkrio Pernu, pješčanu hvarsku plažu.

Nije kao na Pržnu, pijesak na Perni, više je kao ulcinjski. Ali ja sam već prihvatila kamen. Aloje iz njega gospodski izviru; lavanda i ružmarin, čvornati lokoti loze spuštaju se niz brdo do stijena iznad uvala, sa morem od kobalta i smaragda.

'A kakvo je tek more oko Visa,' govori Ivo Tudor. 'Mada ljudi su tamo munjeni, totalno. Ali, Zelena i Plava špilja, Budikovac, čudo. Ma to nemaš ni na Kosti Smeraldi. To ćemo kad bude bonaca.'

'Samo po-malo,' uzvraćam, prisjećajući se riječi Ane Popović, moje hvarske prijateljice, koja oko svake Velike Gospe ljude podsjeća na dalmatinsku mudrost.

'Po moru se ne vozi,' govori tada Ana. 'Po moru se plovi.'

'Plovidba' kao stil života. Neagresivna, korisna, slobodna i tolerantna. I ta se mogućnost, da kroz život plovimo, skriva negdje u neispitanoj masi malih sivih ćelija.

Barem dvaput godišnje, ljeti i zimi, ići ću u potragu za njom.

SNOVI O BIJEGU

Rastvaranje teških zavjesa pred januarskim jutrom nosi elemente emotivnog sloma. Ničega tamo, kroz prozor, nema. Čak ni Vivienne, Ms Westwood, da mi vrati nadu u uspjeh zrelih godina kod žene. Samo prazni, parkirani autobus 19, i sivi beskraj oko njega.

Januar je Saturnovo najstarije dijete, bledunjavog lica, dugog i uzanog.

Još malo. Onda nastupa ona najluđa karika u godini, šašavi februar...pa proljeće. Yeah, right.

Februar je nekad donosio pritajenu radost zbog praznika mimoze i odlaska fićom u Herceg Novi, krišom, s opranom i ukovrdžanom kosom punom prethodno pripremanih laži i prkosnih nadanja, kao da se bježi u zabranjeni brak.

Ima li više toga? Ima li praznika mimoze s osunčanim, od soli pomalo skliskim ulicama tik do mora koje se presijava od - zubatog ali ipak – sunca; ima li djevojaka opijenih snovima koji se neće ispuniti na rivi skučenog horizonta, ali baš ih briga za sve osim za sunce i smijeh? Stvarno pitam, jer ne znam. Mnoge stvari koje sam o svojoj zemlji imala u džepu više ne znam, shvatih ovog januara. A što sam dobila umjesto malih crnogorskih tajni, po svijetu pogubljenih? Čupanje svojih korijena i presađivanje na drugačijem tlu: je li išta vrijedno pazara izniklo iz tog dramatičnog postupka?

'Kada sam te upoznao bila si prava mala provincijalka,' rekao mi je jedan Švajcarac, pogađate, ne mnogo simpatičan, ali svakako ne i glup.

Nisam reagovala. Uhvatio me u dobar čas. Samo sam razmišljala: 'Kako to? Pa bila sam ovakva i onakva, ali nikada nisam bila provincijalka. Šta je uopšte provincijalka?'

Provincijalka je žena s manjkom samopouzdanja u odnosu na okruženje. Ona ne vidi dalje od skučenog horizonta iako ima snove. Na uskoj, slanoj rivi, ona se plaši nespretnog hoda i pada u more. Ta glupava misao sputava njen razvoj, koji se odigrava u svakom minutu, u svakoj sekundi života, ali ona je spremna pretvoriti se u nešto što nije da bi izbjegla izvrtanje štikle na uglačanom kamenu - dok u njoj svemir ključa, i planovi, i poezija, fenomenalni dijalozi iz dobrih stranih serija, naučene lekcije iz lažnih istorija (ali ipak), hemijske strukturne formule, zakoni fizike i cijela poglavlja iz knjiga pozajmljenih iz biblioteke. A njoj je opet stalo hoće li se okruženje smijati ako padne u more. I okruženju je stalo, i grupno i pojedinačno, jer svi su uvezani tom glupavom mišlju da se ne smije skliznuti u more s rive u pogrešno vrijeme, ne dok za to ne dođe pravi trenutak, opšteprihvćeni trenutak, dok se ne završe sve potrebne pripreme.

    Strašna je ta provincijalnost. Nepresušan materijal, istovremeno liričan i mračan. Prosto nedostaje kada se izgubi. Možda mu se zato ponekad vratimo, tek da osjetimo dobru staru povezanost s okolinom. Čuješ, 'dobru, staru'. Samo 'staru', sestro, samo 'staru'. To 'dobru', varljivo je to. Bilo je 'dobro' za neku drugu zemlju, neko drugo vrijeme.

    Nije dobro ne vjerovati u svoj talenat dok si mlada. Vjeruj, čak i previše, savjetovala bih, to je tvoj štit. Ako nisi u pravu, dopustićeš da ispari tvoja varka o talentu, ali ostaće ti vjera i navika da se na nečemu radi, što je uvijek dobro.

    I, ostaće snovi o bijegu. Ah, snovi o bijegu.

    Ko se rodi s mogućnošću sanjarenja o bijegu, srećan se rodio. Nekada sam mislila da gdje god se rodiš, u kakvoj god horror porodici, važno je roditi se sa smislom za humor. Ali smisao za humor može biti tvoje gvozdeno sidro koje te drži prikovanom za lažnu luku. Sada, za zagarantovan uspjeh, dodajem snove o bijegu. Znaš da ono što želiš negdje postoji i čeka te, a ti se samo moraš usuditi na bijeg.

    Provincija bijeg posmatra kao izdaju, ne kao rast ili ulaganje. Provincijalci se slamaju pred grupnim šapatom da su izdajnici. Ne osuđujem to; ja sama uvijek sam se htjela vratiti 'jugu'. Zaista je teško bilo ubiti provinciju u meni. Bila mi je topla ta provincija; i puna smijeha i sunca. Ulijenila sam se, kao i mnogi.

    Preporučujem bijeg u London, u veliki grad – da veći ne može biti, jer ne samo što je veliki, već je potpuno internacionalan – i ako možete podnijeti početno stanje brisanja ega, bićete nagrađeni rastom i konstantnim učenjem.

    'O čemu ova priča?' reći ćete. 'Ja nemam ni za kartu do Londona.'

    Usudite se na bijeg, pogotovu ako ste mladi. Mirna luka malog plavog horizonta uvijek će vas primiti nazad. Što se kasnije vratite, veće će u vama biti zalihe širine. Dijelite širinu dok se ne isprazni; jer, isprazniće se, ali bićete otvoreniji da je primite od nekog sledećeg povratnika.

Svi važni gradovi imaju lošu klimu. Pobjeđuju je kulturom, umjetnošću. Pobjeđuju je čak i neminovnošću da se za pristojan život naporno radi i žrtvuje, dok se, naročito u saturnovskom januaru, sanja o malom mistu i sjedjenju po baštama kafića, čak i zimi, dok vam za sto prilaze ljudi koje sto godina znate i sa kojima se ispričate u lokalnim šiframa koje i ne moraju formirati rečenice; ponekad to čak i nisu riječi. To su šifre, ugodne i smiješne, ali lokalne. Vidim ih poput krugova, a ne linija prema beskonačnosti. Krugovi su dobri jedino u trenutku zaokruživanja; ako se podebljavaju, postaju okovi; ili vode u ludilo vrtoglavice.

Linije ka beskonačnosti vidim kao život, kao potragu za srećom, što je uzvišenije od trenutne sreće.

'Pravo na potragu za srećom' najdraža mi je stavka američke Deklaracije o nezavisnosti. Osjećam i sada koliku su želju za slobodom imali očevi američke nacije kada su sročili tu stavku i utkali je u svoju prvu povelju. Jer pravo na potragu za srećom jeste pravo na slobodu. Sloboda je apstraktna imenica; dok je 'pravo na potragu za srećom' odlična definicija vjere u sebe i svoj put, ma kakav on bio, jer ponekad će biti toliko težak da je normalno poželjeti sigurnost nečije tuđe sreće, ili sigurnost grupe, zajednice. Ipak, pravo na svoj put i potragu za srećom niko nam ne bi smio oduzeti, s koliko nas god topline udomio.

Američki oci to smisliše, da, tako nas uči istorija. Sveta sloboda uglavnom je i dalje u svijetu muški princip. Srećna sam da ga polako usvajaju i žene.

Znači, januarsko jutro u Londonu ima elemenata emotivnog sloma. Ipak, samo bih se odavde usudila podijeliti misli koje te elemente potiru. Osim toga, na samo 45 minuta gradskim prevozom od mene, otvorena je izložba na kojoj su jedni od eksponata par Van Gogovih suncokreta, prvi put nakon 65 godina. Ulaz – besplatan.

Miruj, provincijalko u meni, inače – loše ti se piše.

ODA RUŽNOĆI GRADOVA

Neki putnik-bloger koji je sebi nadjenuo nadimak Kornjača ogovarao je Podgoricu u svom avgustovskom javljanju iz mog rodnog grada. Dok sam čitala njegove posprdno-ljutite utiske, istovremeno sam ga prezirala i znala da je u pravu. Kako se to Kornjača dofurao u Podgoricu baš 2. avgusta? Nije mogao naći gori datum. Pa naravno da će mu tada ona ličiti na poslednju stanicu pakla, grad bez ljudi, sa smećem prosutim iz kontejnera po užeglom asfaltu i sprženoj travi. Kao da je, ne-daj-Bože, kuga na brzinu prošla gradom, prije Kornjače.

Kornjača piše da 'Neki gradovi svoju ružnoću i bijedu dobro nose.' Pretpostavljam da gradovi koji svoju ružnoću i bijedu dobro nose postaju kult-mjesta, poput vječitih buntovnika što, balansirajući na rubu smrti, postaju kult-ličnosti. Ne i Podgorica. 'Ona je samo ružna, i prazna,' nastavlja Kornjača, 'bez urbanog-edgy faktora.'

Priznao je da mu se utisak popravio kad je pala noć i ljudi su izmilili na ulice.

Nije me to utješilo.

Rodila sam se u Titogradu. Niko me nije pitao je li mi, baš u tom trenu, uopšte bilo do dolaska na ovaj svijet; niti imam li posebnih želja u vezi mjesta rođenja. Srećom, dobila sam neobične roditelje. Ostale okolnosti mogu se svrstati u prilično tužnu kategoriju pod nazivom 'Moglo je i gore'. Da, moja će najranija sjećanja, strahovi i stope zauvijek biti vezani za taj grad i njegove čarobno ružne kutove.

Obilasci spomenika s dedom, na primjer, uz privatne lekcije iz istorije koje se on odlično sjećao, jer bio je njen aktivni učesnik: dok deda priča o bombardovanju, italijanskom zatvoru pored rijeke i pećinama oko Mareze, ja gledam u njegov, kao tek kupljen, uredno sklopljen crni kišobran i pitam se, uvijek to isto pitanje, zašto deda stalno nosi kišobran a kiša nikada ne pada u mom rodnom gradu? Zatim, tetka-Spasina roza popara koja je izluđivala moju baku Draginju, jer uopšte nije bila roza. Bila je to obična, bež popara, koju sam ja za baba-Draginju 'obojila' u rozo iz prostog razloga što sam tetka-Spasinu poparu rado jela, a baba-Draginjinu ne. Zato sam jela baba-Draginjin 'hlebni kolač', štogod da je bio – nikada to nisam otkrila.

Mnoge sam avguste i ja provela u Podgorici. Podgorički avgustovski dani najsporiji su dani na svijetu. Životarenje u rerni koju je neko zaboravio isključiti. Vazduh nepomičan, sunce peče bez plavetnila, praznina leluja pred očima. Pokretni ventilatori guraju se iz sobe u sobu. Dugo sjeckanje luka, paradajza i paprika, uz muziku Donne Summer, pa zar i ona mora biti *Summer*? Jedenje salate i sira; odlazak do Lješkopolja po još voća i povrća, i mladog sira koji nam baba-Jelena donosi u gazi; čupkanje suvih zrna grožđa, zaranjanje zuba u kokot šipka, u raspuklu smokvu s hrapavom korom; borba protiv zeleno-crnih glasnih i opakih muva, buljenje u sliku duhova koji mašu iza poluotvorenih vrata dok svi hrču, oboreni sijestom, osim mene i dede koji šeta od kuće do kapije, njišući i dalje kišobranom uz kuk, i ja napokon razumijem da kišobran je bio njegova mirnodopska puška, jer mir neće dugo trajati, znao je to. Ja ne mogu zaspati jer sam zaljubljena - nesrećno zaljubljena: osoba za kojom čeznem nije u rerni od grada, naravno, a ni Mira nije tu, *na Cetinje ti je*, kaže mi njena majka, *a posle će kod Marine u Budvu* - i pisala bih tužne pjesme o tome, ali vrelina me parališe, muve me grizu, sva vrata škripe od namjerno izazvane promaje. Uskim putem uz čvornovatu lozu biciklom se odvezem do Liske, gdje sjedim pod košćelom, dok Liska po granama drveta slaže vješalice s tek opranim košuljama njenog oca. Uveče se vratimo u prazni Titograd; nedostaje mi škola, graja, fizičko, miris trikoa, košarkaški treninzi s dječacima iz 'Maksim Gorki' zbog kojih se sramim svoje mršavosti, škripa krede po tabli, neiscijeđeni sunđer kojim se ponekad gađamo po učionici, lupanje dnevnikom po katedri, 'Kadinjača! Kadinjača!', i ostali recitali čije sam stihove zaboravljala pred roditeljski, plesne grupe u suknjicama od krep-papira, čak i Šuto koji me sačekivao ispred škole i plašio dok mu jednog dana nisam razbila zube daskom pokupljenom s ceste, i onda trčala sve od 'Sutjeske' do Lordovke – ali se Šuto više nikada nigdje nije pojavio. Zato - kradem tati HB cigarete, uzimam kutiju šibica, i odlazim do dvorišta 'Sutjeske', preskačem nisku ogradu, napravim krug oko škole koja mi se do skora činila tako velikom i novom, i sjednem na stepenik ispred malog betonskog platoa pod prozorom učionice za engleski Radojke Dapčević, gdje sam uvijek bila najsrećnija. Tamo prilično dugo plačem i pušim, uvijek se nađe neki valjan razlog za to, sve dok me ne zaboli glava. Kući me sačeka otac, pogleda me sa smješkom prepoznavanja emocije u očima, kao da se izvinjava što mi nije mogao ponuditi bolje mjesto rođenja. Naravno da je znao da mu kradem cigarete, shvatila sam to kada mi je, mnogo godina kasnije, par sati prije nego što će umrijeti od infarkta, rekao: 'Ne moraš se kriti, znam da pušiš'. On sam je, najčešće u avgustu, pričao da bi se rado odselio na Novi Zeland; avgust je bio i kada me pratio na put u Kaliforniju, imala sam 17 godina, i rekao mi da će me Amerikanci sigurno pitati o komunizmu, da treba da im objasnim da, ako je komunizam krompir, a kapitalizam jabuka, onda mi u Jugoslaviji imamo neki kalem između krompira i jabuke – neku krombiku. 'Potapple', rekla sam. 'Potapple, na engleskom.' 'E, bravo,' rekao je.

    Kornjača-bloger putuje po svijetu, svuda se kratko zadržava, svoje utiske izliva po mreži, a da nije obišao ničija sjećanja. Nezanimljiva mi je ta misija. Jer, ima gradova, kao što je Podgorica, koji se mogu voljeti samo zbog uspomena. Svi znamo egzotična ograničenja koja postavljaju male sredine ('egzotična' za one koji ludilo provincije znaju pretvoriti u umjetnost). Neke male sredine ipak mogu oduševiti svojim geografskim položajem: na moru su, ili na moćnoj planini, svježeg zraka, u podnožju sniježnih padina. Podgorica nije ništa od toga. Od nje će nekog blogera u prolazu više zainteresovati Pržno ili Plužine – naročito u avgustu. Cetinje ima impresivnu količinu istorije po metru kvadratnom; Nikšić – dugu listu velikana koji su iz njega lako pobjegli, ne osvrćući se. Sjever Crne Gore ima eko-potencijal, prekrasna izletišta, i dovoljno surovosti za snove o bjekstvu. Iz Podgorice je, uprkos njenoj ne-urbanoj, ne-edgy ružnoći, teško otići; ona nudi topli zagrljaj lijenog utočišta. Ovaj glavni grad zemljice podijeljenog identiteta, u poređenju s ostalim glavnim gradovima u regionu, opet nema ništa posebno da ponudi. Nema beogradsku istoriju avangarde pločnika nekad otvorenog grada, nakon kojega se moglo živjeti samo u Londonu, Parizu ili Njujorku. Nema zagrebački ziher-život, tajanstveni Gvozd, Kaptol i Krvavi most. Nema sarajevsku prepoznatljivu tragiku, inspiraciju za kosmičku suzu iskupljenja. Nema organizaciju Ljubljane, pjesmu i kuhinju Skoplja; čak ni podršku kakvu ima Priština. Da ne idem dalje, ni morem ni kopnom, jer konkurencija postaje sve zahtjevnija. Da, Podgorica se voli zbog sjećanja. Šta Kornjača o tome može znati? Dok ne upoznaš domaće ljude, šta zapravo možeš pisati o nekom gradu? Želiš li ostaviti još jedan zapis u moru opisa Venecije, Dubrovnika, Firence? Ili želiš ispričati priče? Tu je razlika.

Nisam voljela London dok nisam upoznala ljude koji su mi htjeli pričati svoje priče. Do tada, za mene je London bio kazna: odurna klima, ulični brojevi bez logike, naopaki saobraćaj, smrdljiva podzemna, spori autobusi, skupi stanovi osrednjeg ili lošeg kvaliteta, strah od bebisiterki, strah od nepoznatih pedofila (lakše je suočiti se s poznatim pedofilima, aka manijacima), loše verzije engleskog jezika u mojim ušima, sto-i-jedna vrsta kašlja i tjelesnog mirisa u neposrednoj blizini moje jakne koju svi neljubazno guraju jer zauzima mnogo mjesta u gradu natrpanom previše otkrivenim, odbojnim tijelima. I sve ovo još je podnošljivo u dobroj fazi grada, dok se ne zalomi prokleti snijeg, ili štrajk u javnom prijevozu, zbog čega se Londonci pretvaraju u pse iz one kapitalističke fraze o svijetu u kojem 'pas jede psa.' Ili Kornjača kornjaču.

Zato, posjetioci-blogeri – ne dirajte mi Podgoricu, ali ni London, ako prethodno niste uronili u živote i priče lokalnog stanovništva. O vašim usputnim destinacijama čitaocima pružite korisne informacije, ili proćaskajte sa zainteresovanima, uz pićence.

JOŠ JEDNOM, O NAMA

Odlazimo, kiša pljušti. *Strada bagnata, strada fortunata*, kažu Italijani. S tom me izrekom upoznao muž, davno još, na početku braka, kad smo stalno putovali, sa sve više torbi u nekom prtljažniku, sina podizali po prevoznim sredstvima i hotelima, svađali se, mirili. Morali smo se za nešto držati, i držali smo se, najčešće, za tu *mokru cestu sreće*. Pa i nije se lošom pokazala. Ona me i sada tješi, dok s djecom napuštam Podgoricu, a krupne kišne kapi spiraju tragove proljeća s čempresa i borova u dvorištu škole 'Maksim Gorki', s olinjalih fasada blokovskih zgrada.

Nije bilo veselo ni kada smo dolazili u Crnu Goru. Noću, uvijek noću prelazimo taj put, od Čilipa do Podgorice, ili Nikšića. Ljudi mi govore - zašto ih uopšte pitam kad tu imam više iskustva? – da preko Trebinja ili Risna treba maksimum 'uru, uru i po'. To je obmana. Uvijek treba tri sata od Dubrovnika do kontinentalne Crne Gore. Uvijek nešto uspori putnika. Ko ne plati na mostu, platiće na ćupriji.

Ova je naša zemlja pustinja noću, čak joj ni nebo nije lijepo. Vidim to očima moje kćerke, mada se ona trudi da voli zemlju svog porijekla, odlučila je tako. Mnogo sam joj pričala o suncu i moru Crne Gore; ništa od toga ona ne može vidjeti, ali svejedno gleda kroz prozor automobila i fotografiše mrak kroz koji se poslije ponekog zavoja, u daljini, probiju rijetka svjetla zaliva o kojem sam joj takođe pričala.

'Ovo je zemlja krajnosti,' reći ću joj jednom. Sunce ne sija nego prži; kiša ne pada – ona lije; ili zavija sjever, kosti da ti zaledi, od zime, da, ali više zbog zvuka što taj vjetar dovuče: zvuka naše prolaznosti. Iznanadna ljepota oduzima dah; iza ugla vreba ruglo. I ljudi su takvi: neobjašnjivo lijepi ili autodestruktivni. Pretjerana toplina ili surovost. Siromaštvo ili manir generacijskih bogataša. Otrovna žaoka malograđanštine ili otvorenost metropole. Primitivizam ili duhovnost. I, sve to istovremeno, u istom kotlu, nevelikom, koji naizmjenično kipi ili miruje do ustajalosti.

Ovdje pišem o svom gradu. Svi su odjednom na ulaznim vratima. Tu se ulazi i izlazi iz soba bez kucanja, glasno, sa smijehom niotkuda - pozoršna predstava komplikovane postavke s intenzitetom mjuzikla - postavljaju se pitanja, ne čekaju odgovori, izgovaraju se strahovi, svi ze slože oko strahova, smiju im se u lice, puše. Zapravo - mnogi su moji prijatelji prestali pušiti. Nekima nedostaje, nekima ne. Ne volim što su prestali. Ja sam htjela svoju zemlju tako, uvijek na ivici života i smrti, kojoj će se smijati u lice. 'Sutjeska sindrom', to mi imamo, provjereno, to nisam ja utvrdila, nego socio-psiholozi s Harvarda, Oksforda: prkosimo najgorem, a plaše nas statističke greške, na primjer eksplozija želuca zbog gutanja žvakaće gume. Nema nigdje više takve zemlje, mislim. Ali, ima, naravno. Možda ne u Evropi. Ima ovakvih predgrađa, krajeva, ali ne cijelih zemalja. To me oduševljava jer ne živim tu. Tako mi barem govore. *Lako je tebi, ne živiš tu.* I dalje vole te naše beznadežne kvartove. I putuju, poslije dijele iskustva, svuda stižu, čak i u Brisel idu turistički, to mi je nepojmljivo, skoknu u Briž, ja nigdje tamo nisam bila, trebalo je življeti ispočetka u Zagrebu, u Londonu, nisam stigla biti turist s lokalnom agencijom, s turama, s polazištem, odredištem, s povratkom; a što se njih tiče, mojih MNE-Pr.N.E. sudbodjelitelja, ja ne bih da oni igdje odlaze, ja bih da zauvijek svi ostanu tu, po sobama kvarta, s cigaretama u rukama, i smijehom niotkuda.

Odjednom, usred plemenske gužve u kojoj moja djeca uživaju, u dnevnoj sobi moje majke, prisjećam se trenutaka potpune sreće, trenutaka koji nisu vezani za tu sobu, samo kroz nju prolaze dok sjedim na sofi na kojoj svako tone u san, kao zamađijan. Pred očima mi prošeta dan u beogradskoj garsonjeri u ulici Ranka Tajsića, kada sam shvatila, s osamnaest godina, da ću prvi put u životu sama stanovati, biti gospodarica svog prostora; i ona davna vožnja kabrioletom kroz topli sumrak dok mi pramenovi kose svjetlucaju zvjezdanom prašinom, kao da idem na dodjelu Oskara; uranjanje u veliki, slani bazen u jednoj Cali; prvi ulazak u amfiteatar mojih postdiplomskih studija, upoznavanje s licima mladih ljudi koji dijele moju strast. Ove scene stoje samostalno, uzdignute nad periodima u kojima su se zbile, jer ih ni tada, niti neposredno prije ili poslije, ništa vrijedno sjećanja nije pokvarilo. Potpuna sreća.

I onda, ovog aprila, u novom klubu izvan grada, kod Pejovića, jedan takav trenutak, s prijateljima koje godinama nisam vidjela, gdje sam pet puta zaredom, čini mi se, morala pričati kako sam par dana prije pogrešno shvatila situaciju dok su intervjuisali moju majku na pomenutoj sofi u njenoj dnevnoj sobi, na koju su i mene posjeli i pitali me kakva sjećanja nosim iz svoje maturske godine, a ja sam, misleći da me 'snimaju', promijenila naglasak u onaj Milke Babović, i, pod stolom sakrivajući stopala u čarapama, dugo davala odgovor bez smisla, metodologije i logike, ali s ipak kakvim-takvim krajem, nakon kojega se okrenuh prema kamermanu s namjerom da njega i kameru zaslijepim svojim namještenim osmijehom 'do pola', ali zatekoh kamermana kako upravo dovršava čin pakovanja kamere u njenu kutiju s pregradama za nogare i ostale djelove, i zaključih da me niko nije ni slušao, da me urednica programa tek reda radi pozvala na sofu i pitala o mojoj maturskoj godini, kad me već zatekla kako se motam po majčinom stanu.

I taj umišljeni intervju, i to veče kod Pejovića, trenuci su potpune sreće jer će ih vjerovatno kao takve zapamtiti i moja djeca, a ni prije ni poslije ništa se ružno nije desilo, niti sam ja u mislima bila drugdje, jer nikakav drugi plan nisam imala, nikakvu važnu obavezu.

Moja kćerka kaže kako želi da svi oni s kojima je provela vrijeme u Crnoj Gori zauvijek žive skupa sa nama. Eto, to sam htjela, probuditi taj osjećaj kod nje. I još je bolje što ne mora živjeti tako, ali postala je svjesna te emocije i mjesta s kojim će je povezati. To je mjesto gdje i ona ima kumu i kumčad, mlađu sestru koju može šminkati i brata kog može držati u naručju, ujnu s kojom može farbati jaja bez nervoze i požurivanja - mjesto na jugu, čiju mikroklimu uvijek poremetim svojim dolaskom.

Sin kaže da su u Crnoj Gori svi duhoviti, da voli slušati ljude dok govore, odmah bi se smijao.

Ipak, nešto se dogodi kada želimo dati formu duhovitosti, kada je želimo na neki način ozvaničiti – uvijek nešto promašimo. Ritam, možda, promijeni se ritam kazivanja, humor ukopamo u preduboki kontekst, gramatiku, ljudi smatraju da treba filozofirati dužinama. Dužine nisu naš usud, mi ne živimo dugo, ni duboko, niti visoko, mi živimo od danas do sjutra, imamo kratku formu, i kamerno i na cesti, pomalo zatalasamo površinu, čujemo kako se smrt približava, topotom ili piskom, a nismo neki privilegovani narod koji se povremeno poigra s prolaznošću, ne; mi imamo autentični komadić smrti svuda oko nas, i kada to prihvatimo bićemo uspješniji.

Jedem mnogo tijesta, pite, kiflice, slane i slatke, mnogo presoljenog mesa, nadušujem se, odviknuta od te hrane. Nigdje ne šetam, vrijeme se pogoršalo baš kada sam stigla, zemlja je opet tvrda, nebo od aluminijuma, sjeverni vjetar bez sunca. Grad kao da mi se sveti jer ga koristim samo povremeno, kada se želim ugrijati, a on baš ne pristaje na to, smatra me izdajicom.

'Nevjerovatno', kažem majci, 'ovo je neka zavjera. Kad ponovo dodjem u julu, javi meteorološkoj stanici, da upozore ljude na naglo pogoršanje.'

Ona brani grad, ma to je topla kiša, brzo će to proći. Kiša ne prestaje, ali nije važno, moj je grad uvijek u meni, samo ovdje govorim prirodno (osim u slučaju umišljenih intervjua), dramatično-lijenim naglaskom, za koji je jedna Beogradjanka pomislila da pričam na francuskom, možda portugalskom, kad sam joj saopštila da 'noćas letim'. Srce i glas se, poput ludih, slijepih putnika, uvijek nekako doguraju natrag, do ovih ulica s polu-naslućenim-polu-ismijanim, planetarno potpuno nevažnim, smrtima na svakom ćošku.

A ponovni susret s Londonom? Dok pišem, sve što kroz prozor sobe vidim od ovog grada jedan je tinejdžer koji sam sjedi na klupi i tužno gleda u muljevitu, sporu Temzu. Ispod slojeva Londona koji dobro poznajem, ispod svih slojeva kroz koje slika usamljenog tinejdžera može proći, u temelju simbioze Londona i mene, pronalazim misao da ta nametnuta, ne-odabrana usamljenost, zaslužuje najiskrenije saosjećanje, i pomoć.

MOJ BANKSY

Mejfer ima posebnu energiju, i klimu; tamo je uvijek sunčano. Ili tamo nešto drugo sjaji? Ali onaj slavuj, što pjeva i noću, on je stalno tamo, čujem ga, cvrkuće s Barkli skvera - priznajem, vidim čaroliju u cijeloj toj metafori.

Ovoga sam puta išla na Mejfer zbog Benksijeve izložbe, kakvu Benksi nikada ne bi odobrio – barem je takav, pomalo namigivački, 'kriv-sam-al-moram' imidž ovoj izložbi dao Stiv Lazarides, bivši galerista misterioznog umjetnika. Benksi se ne može buniti: izloženi radovi više ne pripadaju njemu, nego, najčešće, A-listi poznatih koji se među sobom šale u stilu: 'Moj je Benksi veći od tvoga.'

Išla sam tamo s mojom Parižankom. Bila je mrzovoljna, kao i uvijek. Ona voli da ne voli one koje masa ludo voli. Navikla sam ja na takve tipove. Ali moja Parižanka voli mene, i zbog mene ide na Benksija. Mrmljala je nešto uz put, hoće kafu, neće kafu, hoće da kupi haljinu u butiku Vanesse Bruno, to je odmah pored Sotheby's galerije. Dobro, rekla sam joj, ne moraš ići na Benksija; ti gledaj izloge po Mejferu, ja ću pogledati izložbu, nađemo se za petnaestak minuta na kafi. Odbila je taj prijedlog, otpuhnuvši da je to besmislica, mislim da sam joj čak vidjela mali plamen i dim u nozdrvama. Tako smo, na kraju, obje ćutke hodale prema Sotheby's galeriji, s namjerom da brzo odatle i izađemo, jer Parižanka je došla zbog mene, a ja ću zbog nje na brzinu to obići, okončati. I, pomislila sam, ovo mi je već po ko zna koji put ponovljena lekcija da svuda treba da idem sama. A onda smo ušle u Galeriju...

I otrglo nam se ono omrznuto 'W-o-w,' jer se nema što drugo reći pri prvom susretu s nekim Benksijevim originalom.

Zastao nam je dah. Prvo od Čerčila s punk-travnjakom na glavi. Turf War, kaže autor. Taj naziv ima barem tri sloja: grafiti, rat i baštovanstvo, i sva tri se mogu povezati s 'Engleskom, mojom Engleskom'. Mene je grafit podsjetio na onu Čerčilovu: 'Kad prolaziš kroz pakao, samo nastavi hodati.' Turf War, jer rat je pakao; bi li stari vođa znao svoju naciju provesti i kroz modernu vrstu pakla?

Parižanka i ja naizmjenično smo se smijale i bilo nam je zlo. I ne samo nama. Isto su reagovali svi posjetioci. Smjenjivali su se smijeh i muk. Sudarali smo se, komentarisali jedni s drugima, u prolazu. Pitala sam čuvare u galeriji je li im ovo najdraža izložba od svih izložbi na kojima su morali stajati po osam sati dnevno, i rekli su mi da jeste. Pitala sam sve zaposlene u galeriji je li istina da niko ne zna, pa ni oni, kako Benksi izgleda, i rekli su mi da je istina, da se svi oni igraju pogađalice 'Ko bi mogao biti Benksi?' od svih lica koja uđu u galeriju, a mogli bi biti taj misteriozni umjetnik. Možda je ovaj desno, možda je onaj tamo, možda, ipak, onaj u odijelu? Bi li Benksi uopšte došao na izložbu svojih radova koje on nikada ne bi izložio? Koji je poriv jači: ostati vjeran onome što si postao od kada si odlučio biti art-gerila, angažovani umjetnik bez lica, ili dopustiti sebi djetinju radoznalost iz doba snova o uspjehu, pa ipak otići, pogledati svoje najbolje radove, njihovu postavku, makar te među gomilom ulovio, prepoznao tvoj bivši prijatelj i galerista Lazarides?

 I taj Čerčil, s travnjakom na glavi, zašto me odmah osvojio, kad tu i nema neke dubine, detalja, nema krvi, znoja i suza? Takvo osvajanje na prvi pogled nije se dogodilo pri susretu s onim po dubini poznatim portretom Čerčila iz 1916-te, koji sam nedavno vidjela u National Portrait Galeriji, na kojemu mnogo mlađi, ali poraženi i melanholični Lord-Admiral, ponizno gleda u prazninu ispred sebe, nakon svoje katastrofalne kampanje oko Galipolja.

 Steve Lazarides tvrdi da volimo Benksija jer: 'Volimo kada iznenada, iza ugla naiđemo na nešto što će nas nasmijati. A baš je u tome Benksi najbolji – u pronalaženju mjesta na kojima će postaviti nešto što će ljude neočekivano nasmijati, ili im izmamiti duboku emociju.'

 Slika dva policajca isprepletena u poljupcu nježnosti i strasti izmamljuje neočekivane uzdahe posmatračica. Zaista, poželjela sam i ja uskočiti u tu sliku punu života. 'Zar ne znate da je hemija privlačnosti uvijek ista?' kao da pita autor.

 Iza ugla, iza slike policajaca, vreba slika Burger King klinca, ili sirotinjskog princa gladi, s muvama oko glave i krunom iznad očiju na samrti. Dok sam nečujno pritiskala ikonicu za fotografisanje, osjetila sam mučninu u stomaku, kao da i ja bespravno iskorišćavam sudbinu gladnog djeteta.

 Parižanka, koja je i sama slikarka, rekla mi je da Benksi, pored ideja što nas gađaju pravo u naše privatne misli, ima i izvrsnu tehniku, savršen osjećaj za svijetlo. 'Misliš li da je školovani umjetnik?' pitala sam.

'Naravno,' rekla je.

Ushit na izložbi, pobuna, čitanje misli. Malo sam se zaljubila, biće mi oprošteno. Moja je simpatija ono što se zove 'a man's man', muškarac cijenjen među drugim muškarcima, i – zapravo fantom, kao kada djeca umisle da uz njih stalno hoda njihov nevidljivi prijatelj. Ja Benksiju mogu staviti lice kakvo ja hoću, kad već on može 'na glas' izgovarati moje misli. Ne želim nikada saznati kako on stvarno izgleda. Ima nešto u tome, u tom porivu umjetnika da ostane anoniman.

I spisateljica čije knjige s nestrpljenjem očekujem sakrila je svoj pravi identitet. Romane piše kao Elena Ferrante, a niko ne zna njeno pravo ime. I Ferrante, kao i Benksi, umjesto slave i prepoznavanja lica iza umjetničkog djela, bira esenciju istine u stvaranju umjetnosti.

'Svaki genije nosi masku,' pisao je Niče. Sviđala mi se ova misao, više kao stih dobrog ritma, nego kao nepobitna karakteristika genijalnosti. Ali sada je shvatam kao 'istina i kreacija ispred lica', poput maske, i to mi je tumačenje potpuno prihvatljivo.

Da se vratim svojoj slabosti s početka teksta: metafori koju volim, da slavuj uvijek pjeva na mejferskom lijepom trgu. Pjeva i noću, privučen svjetlošću velegrada. To nije moja vrsta čarolije, ali razumijem je sada, nakon gotovo deset godina života u Londonu. To je londonski san: lijepi skver popločan gomilama funti Sterlinga, iznad kojeg odjekuje slobodni pjev radosti, u noći, čak i u noći. Opjevan je san, ali ne i sanjar. Na onoga što sanja podsjeća angažovana umjetnost, na istinu iza površine, na živote ispod pločica od sterlinga. Umjetnost treba tom istinom da nas zaskoči, u sred uspavljujuće pjesme neumornog, svjetlima opijenog slavuja.

MOJA MARINA

Kod Marine je najljepše doći ujutru, prije 10, sačekati u redu da ti ona otvori vrata i pozdravi te, stojeći na ulazu Serpentine galerije kao na svom kućnom pragu, dok joj ti ulaziš u prostor, skupa sa još 159 duša. Ona je tu domaćica, gospodarica situacije.

Marina, sigurna u sebe, svojim ljubaznim, mirnim osmijehom želi dati ton performansu. Umjetnica je ponovo prisutna, ali kao da više nema sopstvenih tereta koje će razotkriti, možda i riješiti performansom; ovoga je puta ona tu zbog nas. Unutra, kompaktnost i debljina blistavo bijelih zidova samo što nam ne počnu diktirati pravila ponašanja. Mobilni telefon, sat, jaknu, torbu, sve to moramo odložiti u metalnu kasetu s ključićem. Naspram bijelih zidova, Marina je obučena u tamnu, nebitnu odjeću. Centralna je soba okrugla; još dvije sobe postrance imaju oblik ušiju. Ova je lijepa galerija projektovana poput glave Miki Mausa.

Umjetnica tu izgleda kao neprikosnoveni vođa nevelike ali odlučne sekte; zatim, gazdarica svjetlosti i tame; ipak - izaslanica s Olimpa; vjesnik prolaznosti, ili stroga matrona; čak i redovnica u logoru. Da, od svega je toga pomalo, mada je uvijek ista – naizgled ljubazna, mirna. Shvatam da sve sam to zapravo ja, jer sve su to moje projekcije. U tom trenu znam da ću o ovome pisati sasvim lično. Može li se uopšte drugačije? Ja ne mogu.

Marina je ta koja će me uzeti za ruku, dok većina ostalih još uvijek stoje, leđima oslonjeni na bijeli zid centralne sobe, i očima pitaju: 'Hoćeš li i mene ti izabrati? Zašto nisi mene, zašto si nju?' Ovo su počeci. Svi nešto očekujemo. Još uvijek je važno 'biti odabrana' od strane šefice, a ne njenih asistenata.

Moja zapažanja i kategorisanja umjetnice i ostalih u galeriji samo su stidljiva opiranja, bježanja od mene same, od ustaljenog ritma života na koji sam navikla, tjerana odgovornošću, radoznalošću, strahom.

'Ja sam iz tvoje zemlje,' želim šapnuti Marini. Ali svi drugi ćute, pa ćutim i ja. Još uvijek neoslobođena, poslušna sam, a opet - nemirna, hodala bih okolo, Marinin je dlan topao i suv; odvodi me do stolice, govori mi, na engleskom, da zatvorim oči, da na uši stavim slušalice koje će blokirati zvukove šišanja trave vani, u Hajd Parku. Onda me ostavlja na miru, da provedem vrijeme sama sa sobom, bez stida, bez osude sebe i drugih.

'Budi sama sa sobom.'

Nije lako, znamo svi. Pretpostavljamo, barem. Kultura napreduje u smislu sve masovnijeg prepoznavanja da samo za sebe možemo biti odgovorni, samo sebe stvarno promijeniti. Čitava civilizacija sporo napreduje spiritualno, dok je tehnološki napredak prebrz, u ovom svijetu koji je kreirao Stiv Džobs. I baš se tog njegovog svijeta treba osloboditi, barem povremeno. I vidjeti što će nam to donijeti.

Prvo, na toj me stolici spopada poznati, stari osjećaj koji me nikada potpuno niti ne napušta, a to je da sam umorna, tako umorna od sopstvenog života, ma kako se on drugima lakim i srećnim činio; da bih mogla odmah tu zaspati. Prvi put nakon mnogo mjeseci, možda i godina - ovdje kod Marine ne postoji vrijeme, pa i sat sam morala skinuti sa ruke - nisam dostupna nikome, samo sebi; oči mi se pune suzama. Nisam dostupna nikome, samo sebi. Čak i da zovu iz škole od djece, ja nisam dostupna, neko drugi bi, ne-daj-bože, morao rješavati probleme, u ovoj zemlji gdje trenutno živim. Stalno sam 'trenutno' u nekoj zemlji. Moja je zemlja trenutno ta stolica na koju me Marina posjela. Oko mene samo moj prostor. Tako živimo, i ja, i Marina, i mnogi koji više nemaju svoju zemlju: sa stolice na stolicu; a opet, ako smo svjesni svog prostora i nosimo ga sa sobom, valjda smo dobro. Mada, ponekad smo zbog nomadskog života i iščekivanja šta dalje, gdje dalje, ponekad smo kao osakaćeni. To nepostojanje plana umara dušu.

'Ako možeš razmišljati, al' da ti misli ne budu cilj,' poručuje Radjard Kipling svom sinu u poemi 'Ako'. Mislima treba vremena da se umire. Želim se osloboditi poriva da, upravo zbog pisanja, uvijek budem u dva trenutka istovremeno, u onom pravom i u njegovom odrazu u ogledalu; uvijek sve proživljavam sa *nota bene*, umjesto da se samo prepustim.

Želim biti nedostupna, neodgovorna, zapravo oslobođena odgovornosti. Želim ovoga ljeta prvi put nakon 16 godina zaspati na plaži, i spavati dok me 'glasovi ljudski ne probude' – žamor stranih glasova, a ne dozivanja meni bliskih ljudi. Moram sebe nagovoriti na to, molim te, ženo, opusti se, briši misli, isprazni um.

Napokon zaboravljam na sve oko sebe, na Marinu, njene asistente, na ostale posjetioce u galeriji, tih stotinjak potpunih stranaca. Ispunjava me umjetnost napuštanja.

O Marini znam ovo: imala je već 29 godina kada je pobjegla od majke za koju Drugi svjetski rat nikada nije bio završen. Kada je majka saznala da joj kćerka izvodi gole performanse po beogradskim klubovima, posjela je za sto, preko puta sebe, pitala je li to istina. Marina je priznala da je to istina, i majka je gađala velikom kristalnom pepeljarom u glavu, da je ubije. Marina je razmišljala da li da se prepusti ubistvu i svojom smrću pošalje majku u zatvor, ali, ne – ipak je odlučila pomjeriti glavu u stranu, spasiti svoj život i pobjeći od te žene. Pobjegla je u Amsterdam.

Dugo je živjela uglavnom nomadskim životom, prevazilazeći početni šok slobode umjetničkog izražavanja na Zapadu. Njen je rad do tada morao biti sakriven od sopstvene majke, bio je udaranje u preblizu postavljena ograničenja. U zapadnoj Evropi, ograničenja su isparila, i Marina je morala tražiti nove, univerzalnije teme koje bi probijala performansom. U tridesetim i četrdesetim, vratila se u učionicu života, ponovo tinejdžerka, a duše već jednom ostarjele, kao i kod svih emigranata.

Mislim da je iz trenutka sukobljavanja s majkom za stolom, gdje je 'umjetnik (napokon) bio prisutan', nastala njujorška izložba *Artist is Present,* koju je posjetilo 750000 ljudi što su mogli sjesti za sto preko puta umjetnice i ostati koliko su god htjeli. Većina njih su zaplakali, pokrenuti dubljim, potisnutim tugama, možda sjećanjima.

Za ovu se londonsku izložbu, naziva '512 sati', Marina dugo pripremala, najviše boravkom kod budističkih sveštenika. Priznajem da sam bila sumnjičava po pitanju tih priprema *Vs.* udovoljavanja radoznalosti. Ipak, kada se negdje ide, moje je mišljenje, treba ići otvorenih očiju, ušiju, ali i srca. Srce mi je reklo da je Marina sa priprema donijela svježu energiju kojom nas odvodi u osvajanje poslednje teritorije: biti zaista sama sa sobom, otrpjeti to. Otrpjeti sjećanja koja naviru, propale planove, tugu i još uvijek žive snove što lagano izmiču čak i ako se ispunjavaju, poput djece koja žele da se otkače, odu svojim putem. Sve su to snažne emocije, od kojih se, kada im nanjušimo približavanje, štitimo i krijemo iza svjetlećih ekrana povezanih sa, za nas, manje intimnim informacijama.

Po pokrajnim sobama galerije ljudi nisu samo sjedjeli – vidjeh to kada sam otvorila oči i ustala s moje stolice. Mnogi su hodali, ritmom puža i kao po jajima, s kraja na kraj sobe. 'Ovo nije za mene,' pomislih, kao prava unuka svoje Draginje, koja je, poput mene, često u hodu izvrtala zglob noge i unaprijed padala, desetak metara prije prepreke na putu koju bi ugledala i samu sebe na nju upozorila, da se preko nje ne saplete. I onda bi joj se zglob sam od sebe izvrnuo. Naslijedila sam to od nje, kao psihološku blokadu, mislila sam. Nije za mene to presporo koračanje, saplešću se, viknuti: 'Drž'te me, padam!', razbiću bijelu tišinu, a Marina će, s nježnim osmjehom na usnama, pomisliti: 'Pa, da, naravno, *naši* ljudi, uvijek prave probleme.'

Onda me spazio jedan od asistenata i odveo na sporo hodanje. Šaputala sam mu u uho da to nije za mene, da imam problem sa sporim hodom. Samo se smješkao i klimao glavom. 'Svima je to teško,' rekao je.

I tako, prohodala sam, napokon. Probila sam to ograničenje. Zašto mi niko prije nije rekao da se hoda punim stopalom, iz kukova, iz stomaka, da se površina po kojoj se hoda ne mazi, niti se od nje odbija, nego se osvaja, nježno, da bi svima bilo lakše?

Nakon što mi je energija ove izložbe dala nešto novo, zaključila sam da treba otići. I to treba znati.

Prije odlaska, Marina Abramović kao da je nešto osjetila. Pogledala me, još jednom mi prišla. Mislila sam opet će me negdje voditi, ali samo me zagrlila, rekla mi, zajedničkom nam intonacijom engleskog jezika: 'Thank you to trust me.'

Umjetnost?

Još niko nije osporio Aristotelovu definiciju: 'Cilj umjetnosti nije da predstavi spoljašnji izgled stvari, već njihovo unutrašnje značenje.'

Umjetnost, dakle, 'kući', kod Marine.

SOME LONDON STORIES – THE ENGLISH LANGUAGE VERSIONS

LONDON

A one-liner from the train on Piccadilly-line: 'Defeat your fears and you will defeat your enemies.'

My fear of the underground was finally defeated. I was a Londoner. I was a Western Samurai.

But it took several years of my London life before I went under ground. Even above ground I kept getting lost, ending up at the same place from which I wanted to depart. London felt like a conspiracy: the silent, slow river's unusual twists; the sameness of the sky with no mountains to the north; the crescents, the mews, the cul-de-sacs; the streets with interrupted names and door numbers.

During our first year in London, my family lived in Knightsbridge. Knightsbridge was big enough for me then, and I used some buses, sometimes, to Chelsea or Kensington, paying fares in cash because even the Oyster card eluded me.

I was a body among other just-bodies. Starting a new life in London, as a parent, requires a lot of physicality. It was all about the endurance of my legs, my shoulders and arms. My new life felt like a triathlon practice. At night, my muscles hurt; I had cramps in my calves. I couldn't stretch properly in bed, because I shared it with both of my children. I needed regular massage, like an athlete, or a ballerina. I was neither; I was only a mother, a nobody, really, yet I was everybody and everything to my children, which was taxing, but left no time for sadness, for thoughts, except for the most basic thoughts of acquiring new facts and tools for survival.

We were living in a service apartment high above the polluted, noisy Sloane Street. Un-rooted we hung in the garage-smelling air pierced by shouts in languages we couldn't understand, above boutiques and double-deckers stuck in traffic.

'How do I meet people in London?' I wondered, switching on the TV, regularly, first thing in the morning. 'How do I meet the kind of people I want to become friends with?'

According to the morning TV, the government here always issued warnings. Black Ice, for example. Black Ice!!! - in a red triangle, in black letters across the screen, followed by black exclamation marks, yes, plural, yes three of them. I thought that Black Ice was a politically correct, 21st century's name for Black Death. It was just slippery pavements.

'Yellow warning for rain!'

'No, actually, We Are In Drought!'

'Meningitis C! In London's parks' playgrounds!'

But after a true horror, like the attacks of July 7th, everyone was supposed to carry on as normal.

We came to London in 2005 because of my husband's job. 'Only one year,' he said. 'Maybe a year and a half, possibly two.'

I was still breastfeeding my daughter. My son had just turned 7. Back home he'd only be starting school, but here he was placed in year 3. He didn't speak any English and had no concept of math except addition and some subtraction, so after his first day of school he told me that, in London, five-times-two wasn't seven, as I'd taught him, but ten, according to his math teacher. 'Oh, boy,' I thought, 'it's good we'll be here only for a year.'

'Don't worry about maths,' I told him. 'You just learn some English, baby.'

But we're still here, and it's 2014. This kind of return-self-delusion probably happens to most people who come to London for only a year, possibly two. How can this city stand it? Because everyone has to obey its rules. As simple as that. The realisation that I only had to obey the rules and nobody would violate my rights kept me going; it made up for the initial lack of friends and babysitters.

I loved the pedestrian crossings where a pedestrian really was the king; I loved the queuing. I loved young English boys with their easily blushing cheeks, broad rowing-team shoulders, and hair neatly combed and parted from left to right. They always let me go first, made way for me, and silently got up from seats in public places, for me.

Apparently, they also liked adventure. And many times, their young lives were ended prematurely because of this love for adventure. Same with young English girls. They were too fearless, foolishly un-paranoid (and not properly dressed for this climate). It seemed that even motherhood couldn't make them paranoid. I didn't understand them. They had everything – why risk it? But that was the point.

I, who had come from a country torn apart by the late 20th century civil war and genocide, I hated adventure. Before that war, our childhoods were basking in the warmth of community, true - we were the product of Mediterranean spirit and the hands-on Mother-state – but there was always the sniff of cruelty in the air. Why, even the snowballs that were thrown at us, girls, used to have stones or glass hidden in them. Fortunately, it rarely snowed in my hometown. But, like with animals: everything unusual made our young males go wild. So now, change gives me migraine. I love routine.

I was surprised to find out that people considered me brave for diving into a life where, at first, everything I'd achieved thus far would be erased; and then I'd have to create again, from scratch, in another country, with small children and a madly unpredictable-but-genius husband.

FRAGOLA

Fragola was my first London friend. Her name means 'strawberry' in Italian. She is not of Italian origin. She is a half-Oriental-half-Welsh woman, i.e. a proper Londoner. She is also one of the popular mothers in my daughter's school.

Fragola used to write for *Tatler*. She quit that job when she had her boys. She started recycling everything and turning it into collage-furniture: tables, shelves and chairs that told stories, literally told stories, because they were made of old *Tatler* pages. Fragola is modest about it. 'Just my hobby,' she says and spreads her soft, un-lipsticked mouth into a wholesome smile, full of large, white teeth, beautifully too big for her small, pretty head. Her boyish hips are loosely dressed in a short, denim skirt, and her toned legs are stuffed into a pair of tiny cowboy boots. Among other things, she's also a Yogi. Next to her, I look like a Soviet ex-basketball player.

When I arrived in London, before the crisis, the people of this town seemed to me either already rich or well on the way of becoming it. School-mothers were special species: self-regarding creatures that 'worked full-time on certain days' and managed their investments by typing fast on their phones while chatting quietly among themselves, the tough Anglo-Saxon women, with mouths that appeared shut when they spoke, while I shouted and roared at my children not to run towards street curbs or a vehicle with a driver with clogged arteries - therefore destined for a stroke, or a massive heart attack - would jump on the pavement and kill them.

There's no middle ground, you see, in the country where I grew up; you are either alive or dead from any small disturbance in the atmosphere. There's routine and there's change, aka - tragedy.

On account of my roars, but also because of my children's names, the school-mothers decided I was Italian. They approached me in elegant, silent steps. 'Are you Italian?' they asked.

'No, I come from Montenegro,' I replied.

'Oh,' they said, covering their mouth in astonishment. 'Oh, I'm sorry.'

'Why are you sorry?' I asked.

'Well,' their lips quivered, '*that* was stupid, wasn't it? But, thank you.'

'Why are you thanking me?'

They never answered that.

Sometimes, the morning after this small talk, they would greet me with sweetness, and they'd even ask some rather complicated questions for 8:30 a.m.

'Yours is a very small country, right? So what is the percentage of immigrants there? Any endemic hunting spots? Challenging kinds of birds? Sustainable golf courses?'

Or was it sustainable birds and challenging golf courses? I couldn't tell. Hip words buzzed around my head, and I was hypnotised into believing these women loved me.

So I would arrive for the pick-up, armed with additional info, wearing a wide smile on my face. My plan was to talk even more, and more deeply, with my new friends.

In the meantime, something had been erected there, at the school gates; something almost intangible, like a soundproof cellophane wall. I felt it. Through that wall I could see the Anglo-Saxon mothers typing fast on their Blackberries, raising their busy eyes towards me from time to time, towards my smile. I'd wave and they would look right through me; they would, again, not notice me - the loud woman of not-even-Italian origin.

'What's wrong with these English women?' I asked Lada, the Estonian (Old Estonian, she says of herself) maintenance manager ('kleener', she says) in the building where I live. Lada takes frequent smoking-breaks in front of the building, so she's the person I see most during a day.

'What is their game? In the morning they love me, they're all over me, and in the afternoon they don't know me, they don't see me. What is it?'

'*Dey drink*,' Lada answered, jerking back her head, thrusting her thumb into her mouth. 'Dey drink during day,' she added. 'You know that English people also go locally *crayse*.'

Locally crazy? Did she mean that the locals everywhere had the right to behave as they wanted, show a little craziness, while we, who were foreign here, were actually not encouraged to exercise that right; we had to appear super-sane, truly stiffen that upper lip because we had to prove something, to . . . integrate?

But once I'd been here for several years – local people didn't seem that rich and busy anymore. And we, the exotic mothers, we were still around. Hm. Strong was the material we were made of, as Lada would say. Other women smiled at us.

Sometimes, at the school gate, I caught myself being too busy to smile back. At least I corrected it, as soon as possible, and, again, with too much loud laughter and talk. That didn't matter anymore. I didn't have to be Italian anymore.

Fragola approached me first. She gave me compliments, which I only realised later, because I was surprised that she not only approached me, but also invited me to a yoga class she volunteered to teach once a month, once a fortnight, whenever she felt like it, really. Another hobby, she said. 'Would you like to come with me?' she asked. 'As a friend of course.'

I said yes, I'd go with her. I said YES? Why?

Prior to that, only once in my lifetime had I done yoga, unsuccessfully, in the Balkans, a one-on-one with an ex-warrior from my region, who saw combat material in me and made me do push-ups and sit-ups for one hour, while charging a private yoga session.

Fragola drove us to her yoga class in her very small electric car. She didn't turn the heating on, in order to save the car battery. I looked too huge just sitting next to Fragola, but that hugeness couldn't keep me warm, so I kept my puffed-up jacket on. I was an unadjusted, caged mutant that breathed noisily and made fog on the windshield. Some pedestrians overtook us.

'So you had some yoga lessons before, you said?'

'Only once,' I didn't mention the Balkans, sit-ups, PTSD-ing -ex-warriors.

'Doesn't matter. Follow your own rhythm today. My group is advanced level.'

She taught her class in one of the rooms of a Methodist Church. Her students threw themselves at Fragola when we walked in. She blushed. It was a strange group of people. Their outfits were washed-out, their hair unwashed, legs-hair unshaven (there was a completely hairless man, though), toenails uncut and as hard and ochre-coloured as the skin of their soles. There was a proper granny in size zero cycling shorts, with a glittery piercing in her bellybutton.

'If this is advanced level,' I thought, 'I'm going to shine here.'

I was the only one wearing socks and trainers. Fragola asked me to take them off, to do the class barefoot. I left the socks on. It was cold in there.

Everyone rolled out their yoga mats. They lay down on them, closed their eyes and, like, fell asleep. I was freezing, my intestines were freezing, why was there air-conditioning in a church, why was it switched on, why? The granny was not cold; her legs were spread apart and she was visibly breathing deeply from her stomach; I could see her piercing lift and fall.

'Well,' I thought. 'This yoga class is a farce. Maybe those sit-ups were better after all.'

At that moment, Fragola started giving instructions:

'Put your palms together in a small prayer (*how small is a small prayer?*), put the prayer on your heart, lift it to your third eye, give your third eye to the Sun, kiss it, bring the kiss back to your heart, plant it into the ground, plant the heels into the ground, plant the palms deep into our mother-earth, stretch your *chi*, give it to the sky, breath in your aura, greet the sky with your left elbow and, your shoulder blades connected, focus on your third eye, the more advanced ones should curl their solar centres, others – curl into foetus pose, leave all hurt outside, spread into the cobra, fire breaths for thirty seconds, cobra to crow, lift the feet and stay, crow to frog, twenty-six fluctuations of lymph, frog into left-bent archer, archer to warrior two - '

And to the other side, even faster, the rhythm ever-accelerating, until everything became one word, one body, one love.

The granny kept her eyes closed, she swirled her solar belly, or the solar centre, she was truly advanced; the hairless man was grinning in Kundalini experience, his feet up, 60 degrees from the floor, his toes held firmly by his fingers, mighty toenails swish-swooshing through the cool air.

I was sweating like a Balkan horse. I couldn't find my own rhythm to follow, although I was trying, I was trying hard, until I felt a long-forgotten muscle under some rib jump then tighten, and a previously un-noticed nerve next to right hucklebone tremble. In fear, I lied on my back and through the church's glass roof I saw the blue skies and sparrow-like clouds. Finally, it was a bright, lovely day outside, but I was spending it on the dirty floor. And my daughter was spending it at home with a baby-sitter I didn't really know. The cramped muscle pushed a rib to poke me straight into heart.

'Fragola', I whispered, 'I have to get out of here.'

'Wait,' Fragola said. 'Don't get up before I stretch you. You must never stop abruptly. Shame you'll miss the meditation.'

She stretched me right there, in the Methodist Church. I was a lying crucifix. Hallelujah.

'You're a good person,' she said. 'Your heart is in the right place. Have a cup of tea in the cafe next door. I'll see you after class.'

In the cafe, my under-rib cramp untangled, causing my heart to grow. Relax, woman.

'I like crisis,' I was thinking over my cup of tea. 'I like all kinds of crisis: identity, emotional, physical; I even like economic crises. They teach us things. Thinking like a true Yogi already. My third eye has definitely been activated.'

Fragola, my new-best-friend, was waving at me from behind the cafe's windows. I waved back. I was trying to figure out what my specialty was, so I could show it to Fragola on our next friendship-date. After all, her perseverance in befriending a foreigner was a cool rebellion of sorts against the deeply seeded non-love of Easter European immigrant mothers with blond hair and dark roots, and with children in private schools. She wanted to give me a chance. I could embrace that.

VIVIENNE WESTWOOD: Behind the Curtains

I needed to work, at least part-time. If I started to work, I'd be forced to find a baby-sitter; I'd be forced to start trusting the foreigners. Surely I should go out there, into the world of grown-ups, and land me a job. A regularly paid Job! A Job described by terminology that I didn't understand, because by then, for me, it had become a language in itself, and I didn't speak it. I felt what it must feel like to be dyslexic while I was reading the 'you should be able to' job descriptions.

('You will have a keen interest in the output reflected in the site as well as experience in managing a production team using InDesign InCopy and web tools for editing and layout are also key.')

So I started writing from and about London, for Montenegrin and Croatian newspapers. No real pay there, but at least a chance to grow; and – the Montenegrin editor told me to write whatever I felt like; the Croatian one wanted some interviews.

I had a brilliant idea to interview Vivienne Westwood. I thought it would take less than a minute to persuade her. I only needed to ask.

She's my neighbour. For years now, I've been living in Battersea opposite her creative studio and head office. I often meet her. More often I watch her work in her stylish studio. She has built a three-story building for her head office. On the roof of that building she's built a large, open-plan space where she works until late at night. During weekends and during holidays, too. It's inspiring. The light in her London studio, her orange hair and her pale face that I can see through the studio's large windows have replaced the strong sun of my younger years – the sun that used to pound into my eyes from a south-facing balcony, long ago, in the Mediterranean.

I thought: here was the famous woman who could show that after all, after the success, money and power, there was nothing more beautiful than to selflessly yet selfishly dedicate herself to her mission. Your partners and children will all eventually turn to their own missions, or passions, and it should be so, that circle should not be closed, but expanded.

Vivienne arrives at the studio on her bike, which is clearly her old comrade. She lives by her word: always advising us to use things till they fall apart on us. She teaches young people to not be slaves to fashion and shopping. "Save money", she says, "When you have saved enough to afford a really good quality piece of clothing, you can buy it and wear it until it falls to pieces. And the closer it comes to decay, the better it looks on you."

Once, I was with my children, buying meat in the neighbourhood. We saw Viv in this French bistro-shop on our street. She was wearing a knee-length flowing skirt and biker boots. Between her skirt and her boots, she had drawn fishnet stockings in black marker on her bare legs.

"Mama!" my daughter exclaimed enthusiastically.

I gave her a sign, a "mother's eye-roll", to stop there. She stopped and forgot about it.

"So, why did that lady draw stockings on her legs?" my son asked, much later. He's the kind of child who sees everything but waits for a good moment to make a comment.

I said that she was a famous fashion designer; that she probably thought a pair of fishnet stockings would bring out the best in that morning's outfit; she looked for them, couldn't find them, so she drew them with a black marker on her legs.

"What a legend," my son said.

"Yes, she is," I said.

As I once believed that Marlon Brando would certainly agree to come to a provincial, amateur theatre in my hometown (Titograd, as it was known back then), and play the part of Willy Loman in *Death of a Salesman* – no charge, of course, because Brando loved exotic countries – so I was convinced that Vivienne would agree to an interview with me in a minute; or when I finally decided to walk into her head office and ask for it.

My mother was visiting. She wanted me to go and interview Vivienne ASAP. What was I waiting for? She couldn't understand.

"Just go to those French butchers again and buy a nice roast for Vivienne, take it to her for her lunch, or dinner, tell her: 'Hi, Vivienne, I see you work hard every day, you should eat something warm' and hand her the roast. And while she's eating, ask your questions. Easy breezy."

My only argument was that Vivienne might be a vegetarian. A vegan, probably.

"I guess those French butchers would know how to cook some vegetable," my mother said.

In the meantime, I was investigating Viv.

Vivienne does not believe in having a role model, or role models. Well, of course! Neither do I, ever since a Sunday family lunch when I asked my father who his idol was, and he surprised me by saying he never had one, he didn't believe in idols. "Except, maybe, Jayne Mansfield," he added and laughed.

I was slightly disappointed with Dad. Those were still my formative years but that stuck with me. From then on I knew that being inspired by, ahem, certain qualities, is more important than having a role model.

Plus, Vivienne is still a "punk". She defines "punk" as her rebellion against the propaganda (or organized idolatry) which, Aldous Huxley-like, she considers one of the three greatest evils of mankind. The other two are nationalism and the continuous disturbance of mind.

She's constantly surrounded by a group of young assistants. Often, when I don't see them behind the windows, I see them in front of the building, and, through a cloud of cigarette smoke, they continue their discussions from "upstairs", poorly dressed for English climate. Vivienne employs and educates them, gives them the tools for the struggles ahead. This reminds me of ancient Greece. And then, on her blog, I have read that ancient Greece indeed is her most frequent source of inspiration!

So.

I walked into her building that day, around noon. *Sans* hot meal from the French.

It was a very sudden decision that caught me by surprise. Because, before that, I was in the nearby Coop supermarket, and I walked into Vivienne's carrying two plastic bags full of food. I think that one of the bags was punctured by a chicken leg, or a veal rib. I was wearing my very old coat: grey fur and black leather. Some mothers from my daughter's school told me I looked like a Russian spy in that coat, but I think I look more like Herr Flick with a wig on. At least, I thought, the coat was so old that it was literally collapsing on me – something Viv would appreciate.

A young assistant patiently listened to my opening story of how I wrote for a new Croatian daily, and have been observing Vivienne, Ms. Westwood, work for years until late into the night, her head glowing behind the lit windows of her studio; I have read her manifesto and her blog, now I wanted to meet her and do an interview with her.

"Vivienne is currently away from London," the girl said. "She's in India. But I will give you her press office contact number, call them and ask for Laura, her press assistant, and be sure to include your little story when you speak to Laura."

Deeply grateful, I picked up my bag and my coat and left.

I told Laura the whole story.

"Write us an email about it," she said. I wrote an email.

"Contact Vivienne on her blog with this whole story", Laura replied to my mail.

I went to the blog. I read about Westwood's support to Julian Assange. I watched the documentary film about the destruction and ventures to preserve the Rainforest. I attended a lecture on the book on how it's too late to save the world but we can at least status quo-ise it, or help the group of celebrities and wealthy people with their new mission. When I realized that Viv had returned from India (where, as we were informed, she was a guest on a crazily-luxurious three-day birthday party of Naomi Campbell's boyfriend), I wrote on her blog, just a hello, followed by my little story about watching her work through the windows. Days passed. I received a letter from a blog assistant, Cynthia.

"Call Laura in the press office," Cynthia wrote. Laura directed me to that first assistant, in the head office. And then, some kind of circle was complete.

Night fell. The children were finally asleep. I made a cup of tea and went to look at Vivienne's windows, knowing already that the interview would not happen "in a minute", as I thought.

But there, over Viv's windows, I saw, for the first time in five years, the thickest and darkest curtains that were most severely drawn, as if glued together. I could have sworn that those heavy curtains never even existed there before. Ha. They were urgently purchased and installed after the visit, the stories and the emails from Herr Flick with a wig, the black leather coat, and with dead animals in plastic bags.

Ha.

I didn't really need any interviews from Vivienne, I realised. Or from anyone. Everything you want to know about anyone, you can read on their blogs!

I still admire her and I still think she's a legend, as my son said.

Moreover, she taught me something.

The world is not ruled by money. Money is just another slave in the service of the true ruler: Fear. Fear of the unknown, of different, of "Eastern" or "Southern". Famous people are often so unhappy-looking, probably because, in spite of money and power, they don't feel protected. I understand them, I'm sure I would be like that, if...

Just when she built herself a total "space of her own and of her happiness" – on the roof of the building in her old hood, with wide windows and open views of the stars – somehow there appears a carnivore-stalker in fur and leather, and Vivienne again has to watch what she's doing, and with whom, because God knows who the woman in the suspicious coat works for. The woman that by now should have already learned not to disclose her little stories so openly. That would be me.

But before I learn, I want to have a bit more fun with sharing stories.

Now, the only thing I regret is never contacting Marlon Brando for the part of Willy Loman in *Death of a Salesman*, adapted and directed by amateurs, in Montenegro's first private theatre.

THE BEST KIND OF VISITOR

Roaming alone, through this huge Londonarium.

At 10 am, I sit on a bus in Battersea; an hour later I can be in . . . Kensal Rise, for example. One beep of the blue Oyster-fabulous and I can be anywhere, then back – before it's children pick-up time. I know it doesn't sound like much, but I like my 'saved by public transport' days. Armed only with an Oyster card, any London girl, native or not, can spend a bad and lonely day sightseeing from the warm upper deck of a bus, possibly listening to her own choice of music. Sometimes this is all the freedom she needs.

Last week I had a full house.

Well, a kind-a full house, considering the way I live my new life, the kind of life in which my daughter says that Haloween is her 'favourite holiday because we go and *visit* other people in our building.' (When trick-or-treating, my daughter never stops at a door. She really goes inside other people's homes, all the way to their bedrooms and studies, interested in the choices they've made decoration-wise, from which she feels she gets to know their lives.)

'But why don't we ever have any guests here, mum?' she asks. 'It's so easy, you just invite people and serve them tea and brownies, or toast and ham.'

She was only ten months old when we came to London and started living in rented apartments with brown furniture – not good for entertaining even if we had friends – but, somehow, growing up in a home constantly buzzing with guests, relatives and other people's children, seems to be a big part of her ancestral memory.

In my childhood, people yelled out other people's names from their balconies, and said things like: 'Come up, let's smoke and talk!' My daughter will never hear those words, but in her eyes I can see that she knows them, she has them stored up in her brain.

So last week, my mother came to London to visit us.

She took the underground train from Heathrow. My children and I were waiting for her at the reception desk in our building. We were waiting for a long time, and I couldn't reach her on the phone. She got lost, I knew it; but when she finally arrived, she wouldn't admit it. She didn't look tired, but then, my mother never looks tired. Her golden-blonde Marilyn Monroe hair had pink highlights on the ends of some curls, and there was a fresh layer of diva-shade lipstick on her lips. She wore large rings, mostly shaped like skulls, and feather earrings. She left traces of lipstick on my children's cheeks and foreheads. They didn't mind.

New neighbours have moved in on our floor: a single mum and her son. We said hi to them in the lift that took us all to the same floor. My new neighbour is a beautiful, elegant and serious black woman. Her son is eight and a bit small for his age. 'He won't eat,' the new neighbour said. 'He only eats three kinds of food: plain meat, toast and butter, and clear soup.'

'Just like my daughter,' I said.

My mother was blinking fast. I knew she was dying to participate in the conversation. 'Ven children hungry, children eat,' she said and kissed all children on their heads, our little new neighbour included.

The lift stopped at our floor. The door opened.

'Bye bye, see you,' we were saying.

'Come to our apartment,' my mother said to the new neighbour. 'We smoke and talk and do everything.'

'I will definitely come,' the neighbour said.

The next day, on our way back from the school drop off, my mother and I passed by the new neighbour's door. We overherheard her singing in a soulful voice ('Contralto,' my mother whispered), while vacuuming her flat.

'He-ey, baby,' she sang. 'There ain't no easy way out. Mm.hm. I will stand. My. Ground. And I won't. Back. Down.'

My mother and I just stood there, in front of the neighbour's apartment, and listened. When the neighbour stopped singing and vacuuming, my mother applauded. I poked her with my elbow. 'Bravo!' Mother shouted.

'Bravo!' louder now, as I was dragging her down the hallway, towards our flat. 'Bravo!' she managed to shout one more time, before I closed our entrance
door in front of her face.

Ten minutes later, our doorbell rang. Our doorbell here sounds like a scream; it always startles me. 'Change this monster sound!' Mother said.

'I can't,' I said. 'We are just renting this place, remember?'

'Well then at least open the door.'

It was our new neighbour. She brought us slices of her banana loaf.

'Yes,' my mother said. 'This cake ist fantastiche. But now, we eat my cake.'

So Mamma served her 'Swiss roll' instead. Oh, the roll-cake made by her; with the layers of rosehip jam so thin, so precise. But the neigbour didn't touch the Swiss-roll. It was a cake power game. And I was enjoying it.

The neighbour did accept a cup of Turkish coffee. I promised to read her fortune from coffee grounds the next time she visited. 'Not on a Wednesday,' I said. 'Coffee turns cheeky on Wednesdays.'

'Cheeky,' the neighbour said and laughed.

'You very beautiful woman,' my mother said to her.

'You too,' the neighbour replied. 'Very beautiful.' Then she turned to me. 'Please tell your mum,' she said, 'that, since I saw her, I've been missing my own mother so much that I begged her to come from Kenya and stay with us next month. She is the only person that Oliver, my boy, cares to make proud of him. He does so much better in school when she visits.'

I translated that to my mother.

'This is life,' my mother said in English to our neighbour and the two of them nodded their heads in agreement for some time, sipping their coffee.

I get off the bus in Kensal Rise. There, I stare at the same mix of Georgian and council buildings next to an unoriginal High Street, just like in any other London's village. I know there's The Heart of this Rise somewhere, but it's too well-hidden for me today. I have no desire to discover it. My lips are glued together by a long, bus-ride silence; my ears spilling with iPod's sweet, nostalgic tones: Meditteranean macho whispers about wounded sea-gulls; adaggio-mixes; rock-ballads that bring back memories of balmy nights spent sitting with friends on the hometown's Central Library steps, when we made plans, before the war of course, to become avant-garde, yet filthy rich. Then the war broke out and we never went *avant* . . . and will we ever?

So I sit on the bus and take a ride back to my SW part of town.

If anything, it seems that I'm regressing. My mother is again, after decades of growing up, the most beautiful face for me to see. I love opening my door to her. She is my most wanted visitor, the one I can choose to entertain or not; the one I can talk-or-not to, while we visit those places where it's boring and cold when I'm on my own, regardless of the place's importance and grandiosity.

And only with her do I feel free enough to say: 'No, mum, again, this is not a good photo. Take one more.' Then one more, and again, and again – and to infinity and beyond – taking photographs in places where that activity is strictly prohibited.

She accepts my suggestions for a 'waste-no-time-lunch', without despising me for being cheap. 'Let's just go to Pret,' I tell her.

And then she says to me: 'Why did we have to skip a proper lunch, then pay to come all the way here and look at this poor cow's head, with blood and flies? I could look at the same scene for free at my butcher's Temo in Podgorica. But I wanted to have lunch made by Jamie Oliver! Or that beautiful Nigella girl. Does she also have a retaurant?'

We take some more forbidden photographs of unused pills and marinated animals. When the gallery's security men approach us, Mother blinks really fast and asks in her impossible language: 'Ist verbotten?' Soon, we are followed by the whole team of security people.

Outside, on the street, I save her life again because she always looks at the wrong direction, sees no cars coming her way, and, proudly marches on. I pull her back on to the pavement. 'Mum,' I say. 'Remeber: London's left is your right.'

'I know,' she growls pushing my arm away. 'I know.' There can be nothing her daughter knows and she doesn't.

She wants to get to know Bob Geldof, who crosses Albert Bridge almost every day, like we do.

'This man is so cute, always with his bicycle next to him, never under him,' she says of Bob. 'And he is a legend.'

But the best thing my most wanted visitor has to offer is – her time with grandchildren. That's the infamous 'quality time', for all of us.

She cooks for them one of her meals that start with olive oil, bell-peppers and onions, and to which she then adds – 'From the fingertips or as much as your nose allows' – everything edible she finds in the house.

She also slow-cooks my children. They bubble gently on the pleasant warmth of her rhythm, instead of burning down in flames of deep-fried hysteria that is their average evening with me. Even the TV is off now. There's a soft sound from a distant radio playing from an unidentified corner of the apartment.

I don't know how to behave. Can I just . . . relax? Yeah, but what about my arms, my legs, my collapsing back, my vocal chords – what do I do with those? Can I just sit like this and stare at my cup of – tea? Sage, ginger, hibiscus – what? I never drink tea. My mother drinks tea; and now we all do.

She winks at her grandchildren and jerks her head towards me.

'Your mother,' she says to them, about me. 'hasn't changed a bit. When she was a teenage girl, she used to stare and keep quiet like this whenever there was trouble. Once when I went to her school for parents' evening and there they told me she'd had detention for writing on the school's walls. I asked the headmistress to show me what she had written and the headmistress said 'All of this', and pointed to the walls: they were filled with your mother's handwriting. Lyrics from songs. 'Oh, Lord, please don't let me be misunderstood', 'How long shall they kill our prophets?', 'Horror is what sets us free'. Stuff like that. They said they'd consulted the translators from counter-espionage . . . My head was spinning. I didn't know where to run, which way to exit the school. I had to give them cash to repaint the walls. 'Why did you do that?' I asked your mother. She just sat like this, at the dining table and thought her thoughts.'

My son is trying not to smile, but the dusting of hair above his upper lip is crooked in a smirk. His grandma has just added another step on the generational ladder; another mirror where his mum's reflection could multiply. He realises now that, yes, even I was a teenager once, with some old-fashioned, but still 'problematic' behaviour. Even I could upset the grown-ups. He wants more of those stories.

My daughter asks her big brother to translate the anecdotes 'a little bit' to English.

The smell of my teenage sweat and tears – and all those years - has crept from under the entrance door into a faraway fifth-floor flat on a faraway island.

My mother has seen all my reflections. The genes, the upbringing, phases and metamorphosis – she has witnessed all of them. My children only know this recent part of me, the part that has moved them abroad and then freaked out frequently, in front of them and even on public transport. And there's nobody in this huge city to tell them: 'No, she's more than that. She's so much more.' Nobody here knows that for sure. At best, everyone here has known me for as long as my children have known me. Sometimes, that's great: I can reinvent myself, like a celebrity; or, to my children, I can lie that I was always like this: reliable, serious and paranoid. ('And that's why I'm still alive,' I can say.) But mostly, it's not so great, both for parents and kids: the identification material runs out as soon as we, parents, are no longer blindly trusted. Where are the witnesses to confirm or beef-up our stories, however self-censored? Where are the countrymen with the similar eccentricities, intensity and sense of humour?

My mother is that witness, that countryman, the reappearing one. That's why she is the most wanted visitor for us, in this town.

But she can never stay for long. She still works, back home. She is the manager of my homecountry's only Shelter for women and children. Other women and children need her. I need her more. I think she knows that I need her; but she also knows that I need her in doses. 'This is life,' as she would say.

She went home: Gatwick - Montenegro.

I am back from Kensal Rise and I can cross that destination out from my 'to-see' list. The neighbour hasn't come back for the fortune-telling session yet. Husband is still away on a business trip; children have clubs after school.

Our fridge is empty. The sky is merciless. The traffic too loud; people too quiet. London is a stranger. The ever-increasing bills of living in a foreign country are spread like playing cards over the dining table. And that table has been falling apart for some time now, but we are adamant not to replace it with a new item – because it is always 'just one more year' before we leave here.

Printed in Dunstable, United Kingdom